EURÍDICE

JOSÉ LINS DO REGO
EURÍDICE

Apresentação
Simone Rossinetti Rufinoni

São Paulo
2023

global
editora

© Herdeiros de José Lins do Rego

11ª Edição, José Olympio, Rio de Janeiro 2012
12ª Edição, Global Editora, São Paulo 2023

Jefferson L. Alves – diretor editorial
Gustavo Henrique Tuna – gerente editorial
Flávio Samuel – gerente de produção
Jefferson Campos – assistente de produção
Nair Ferraz – coordenadora editorial
Bruna Tinti, Tatiana Souza e Giovana Sobral – revisão
Maurício Negro – capa e ilustração
Danilo David – diagramação

Dados Internacionais de Catalogação na Publicação (CIP)
(Câmara Brasileira do Livro, SP, Brasil)

Rego, José Lins do
  Eurídice / José Lins do Rego ; apresentação Simone Rossinetti Rufinoni. – 12. ed. – São Paulo : Global Editora, 2023.

  ISBN 978-65-5612-424-7

  1. Romance brasileiro I. Rufinoni, Simone Rossinetti. II. Título.

22-137186   CDD-B869.3

Índices para catálogo sistemático:
1. Romance : Literatura brasileira B869.3

Aline Graziele Benitez - Bibliotecária - CRB-1/3129

Obra atualizada conforme o
NOVO ACORDO ORTOGRÁFICO DA LÍNGUA PORTUGUESA

global editora

Global Editora e Distribuidora Ltda.
Rua Pirapitingui, 111 – Liberdade
CEP 01508-020 – São Paulo – SP
Tel.: (11) 3277-7999
e-mail: global@globaleditora.com.br

globaleditora.com.br   @globaleditora
/globaleditora   @globaleditora
/globaleditora   /globaleditora
blog.grupoeditorialglobal.com.br

Direitos reservados.
Colabore com a produção científica e cultural.
Proibida a reprodução total ou parcial desta
obra sem a autorização do editor.

Nº de Catálogo: **4471**

Sumário

Eurídice e o anti-Orfeu: o romance introspectivo de José Lins do Rego, *Simone Rossinetti Rufinoni* 7

PRIMEIRA PARTE
Uma casa da rua da Tijuca 21

SEGUNDA PARTE
Eurídice 103

Cronologia 251

Eurídice e o anti-Orfeu: o romance introspectivo de José Lins do Rego

Simone Rossinetti Rufinoni

No contexto da obra de José Lins do Rego, *Eurídice*, de 1947, diferencia-se por ser romance urbano e de teor introspectivo. Nesse sentido, faz corpo com *Água-mãe*, de 1941, ao se desviar do caminho, já consagrado pelo autor, da apreensão do específico local por meio da descendência decadente da oligarquia rural brasileira, com sua parentela, escravos e agregados, na transição entre a velha ordem e o processo de modernização.

Em *Eurídice*, o relato ficcional de cunho memorialístico – no qual o autor é mestre – alia-se ao mergulho na prosa de introversão em uma narrativa cuja temática acompanha o processo de formação de uma subjetividade arruinada pela tragédia familiar, cujas experiências de rejeição e culpa culminarão no crime.

A recepção crítica contemporânea à obra oscilou entre o reconhecimento e a condenação diante da opção do autor por enveredar pelos caminhos do romance de análise. Do primeiro grupo fazem parte Rachel de Queiroz, para quem o conjunto da obra alcança síntese e densidade ao desenvolver "almas se digladiando, se odiando e se violentando", e Temístocles Linhares, que louva a renovação e o tratamento psicológico, o caráter universal do romance, em oposição à tônica anterior do relato da terra e sua gente. Entre os que avaliaram negativamente a obra está Álvaro Lins, para quem o romance não consegue atingir nem a profundidade psicológica, nem o desenho dos costumes ou aspectos sociais. Para o crítico, são problemas de composição as personagens tenderem ao esboço e o protagonista ser "um ser amorfo e inacabado"; aos olhos de hoje, os supostos erros mereceriam ser melhor observados – antes características que deficiências.

Eurídice conta a história da personagem Júlio, desde a infância de menino triste, passando pelo seu processo de *formação* no Rio de Janeiro – os estudos, o contato com a vida pública, o conhecimento do amor – até o desfecho trágico que o leva à prisão. Na primeira parte, "Uma casa da rua da Tijuca", a história familiar grava a desventura de sua vida: o nascimento tardio atrela-se à falência dos negócios do pai, imprimindo-lhe, de modo indelével, a marca do fracasso. Enjeitado pela mãe, ancora-se na irmã Isidora, por quem nutrirá uma afeição ambígua, que beira o incesto. As desavenças familiares unidas ao casamento da irmã e à sua morte no parto vincam fundo a constituição fúnebre e pusilânime do rapaz, no limiar da fase adulta. A segunda parte, "Eurídice", se passa no Rio de Janeiro dos anos de 1930, onde conhecerá o pulsar da vida por meio das personagens que habitam a pensão de dona Glória: o boêmio Campos, o integralista Faria, a ingênua dona Olegária e as filhas da dona da casa, Noêmia e Eurídice. Os apelos da cidade penetram a narrativa e a vida de Júlio, desde o sopro das marchinhas de Sinhô, passando pelo movimento político – cujo olhar lançado sobre o integralismo é digno de nota – até o conhecimento do sexo. A nova sociabilidade contrasta com o caráter lutuoso da sua personalidade, marcada pela influência nefasta da esfera familiar, da qual advém a insegurança, o medo e a inação. Tais solicitações chocam-se com a alma angustiada do menino quase homem, premido entre a mácula do passado e a vontade de assumir as rédeas da sua história. Mesmo diante do frescor da independência, não consegue se descolar da própria desdita, preso sem trégua no círculo inescapável de suas dores.

Ao longo das páginas do relato do narrador-protagonista, traça-se o percurso da formação do jovem provinciano, evocando a tradição do *Bildungsroman* (romance de formação). Certamente Júlio lembra também o protagonista do "ciclo da cana-de-açúcar", Carlos de Melo – ambos nomes usados no diminutivo: Carlinhos, Julinho –, o neto do coronel José Paulino, dado seu caráter vacilante e marcado pela sensação de falta que nada pode dirimir. Além disso, aproxima-os o transitar entre os polos do campo e da cidade, da esfera privada e da esfera pública, socialmente expressivas em termos da oposição entre família e modernidade, passividade e ação. Enquanto Carlos opta pela casa, em manifesta adesão ao patriarcado rural, Júlio, apesar de fixar-se no espaço citadino, rechaça os valores da nova ordem. São movimentos cujas peculiaridades entranham-se na constituição dos sujeitos, porém não os impedindo de serem, notadamente, *heróis problemáticos*. Ambos transitam por espaços que apreendem ritmos diversos da modernização brasileira, ambos sofrem o influxo da esfera familiar coercitiva, marcada pela tradição avessa à emancipação. Nos dois casos, sente-se o peso da derrocada que, muito mais determinante nos romances em torno da cultura do açúcar, não deixa de atuar em *Eurídice*. A atmosfera decadente instaura-se, em primeiro lugar, sob a forma objetiva da falência dos negócios de família ("Seria assim o filho de uma derrota. Nasci e me criei numa casa dominada pela presença de um fracasso"); em segundo lugar, desdobra-se de modo metafórico, como ruína que se infiltra no indivíduo, bem como em sua malfadada travessia. O quadro agrava-se com o trauma causado pela omissão da mãe e pelo papel dúbio representado pela irmã mais velha, ao qual se acrescenta o intento secreto de castigá-la. Circunscrito ao núcleo parental, os imperativos da carência, da morte e do remorso moldarão seu caráter.

Note-se que a trajetória de Júlio apresenta pontos de contato com os dois primeiros romances do autor: de *Menino de engenho*, retém a infância triste e melancólica, a carência materna, o contato com as mães postiças (tia Maria, Isidora) e o despertar da sexualidade; de *Doidinho*, aproveita a vida no internato e as relações extrafamiliares. Em termos estruturais, em *Eurídice*, o memorialismo desprende-se do vezo biográfico, abrindo novas possibilidades à composição. Os temas caros à personalidade estética do autor perdem o invólucro nostálgico, fugindo ao lamento do tempo perdido no qual se podia entrever perigosa aquiescência aos tempos e modos da servidão. Da maior liberdade conferida à ficcionalização da narrativa de memória, participa a ousada escolha de submeter os motivos recorrentes à técnica da sondagem interior.

A sensação de impotência constante alinhava as duas partes da vida do protagonista, da casa da mãe à pensão de dona Glória, da vida em família à solicitação da autonomia pessoal, no espaço da cidade. Nesse sentido, constantemente sente-se contaminado pela marca do erro, da pecha inescapável de menino abandonado – reverberando a atração pela morte que, do amor pecaminoso pela irmã, contamina todos os recessos de sua vida de jovem homem. Assim, avulta o *fracasso* como tema que corta toda a narrativa, comparecendo sob diversas acepções: derrota, aniquilamento, incesto, culpa, melancolia. Julinho traz, por assim dizer, a morte na alma –

"Só a morte, só a morte me daria a paz para aquela angústia de desesperado" (p. 190), "Sim, a morte, como solução para tudo" (p. 194). Esse herói anti-heroico faz jus ao parecer de Mário de Andrade a respeito do romance de 1930. No famoso estudo "A elegia de abril", o escritor modernista aponta a tendência da figura do fracassado nos heróis romanescos do período: protagonistas desfibrados, desprovidos de algum ideal norteador de suas ações.

Dois eixos temáticos organizam a narrativa: o drama familiar e a iniciação à vida adulta, ambos sob a égide da subjetividade falhada e taciturna. A sensação de incompletude migrará para as experiências amorosas, imprimindo-se de modo mórbido na vida sexual. O aprendizado do amor é angustiante e frustrado, sempre crivado pelo desprezo. O medo de viver o faz um fugitivo constante, alguém incapaz de enfrentar as adversidades, tornando-se um pobre-diabo, que passa pela vida como um outro de si mesmo. O mundo, que já se lhe afigura estranho e temerário, mais avassalador se tornará com a assunção do desejo sexual, assombrado pelo corpo morto da irmã e pelo desnorteio ante a posse impossível de Eurídice. O eco da opressão transforma o sexo em imundície e monstruosidade.

É assim que atravessa as experiências de formação como espectador: não toma parte da cena, não se faz sujeito de sua história. A luta política lhe escapa, nos estudos imita o colega de quarto, foge à experiência sexual e, finalmente, conhecerá o amor e o prazer por meio da humilhação do *voyeur*. Desse modo, os passos de sua formação são marcados pela tibieza e pelo ultraje, qualificações indignas que, perversa e paradoxalmente, são por ele cultivadas, ao mesmo tempo em que almeja tornar-se senhor de seu destino. A incapacidade de se desvencilhar dos agravos sofridos, condenado a circunvagar pelo sem-fim dos mesmos infortúnios, faz de Júlio personagem que compõe a galeria dos ressentidos. O opróbrio incrusta-se na sua personalidade, tornando-o indisposto à ambição da realização pessoal. Da psicologia atormentada eclodirá a solução final: o crime intempestivo, estopim das privações acumuladas pela vida afora.

Uma das forças marcantes da narrativa – cujo andamento, é preciso pontuar, possui alguns fios que não se concatenam – consiste na coerência psicológica do protagonista, cujas experiências não permitem assenhorear-se de si, conferindo-lhe um caráter de marionete, de sujeito ao qual é reservada sempre a condição de coadjuvante. Marcado pela morte e observador da vida alheia, vive uma meia vida por intermédio de outros. Assume posição passiva: ensimesmado, raramente se pronuncia, não possui ideais ou convicções e frequentemente quer evadir-se. Como ocorre em romances de introversão, os movimentos da vida interior – mescla de memória, reflexão e emanações do inconsciente – são intensos e contrastam com a posição de marginalidade na vida real. Em passagens notáveis, o romance sugere que os melhores momentos da vida de Júlio acontecem quando observa o ato sexual alheio: escondido pelo sono forjado, conhece o prazer por meio do gozo do outro. Assim, sua condição de sujeito *amorfo* – expressão pejorativa na pena de Álvaro Lins, aqui tomada como característica legítima – é a de não conseguir se fazer agente de sua própria história, ao não abandonar a posição de subordinado. Trágica e paradoxalmente, escapará ao estado de letargia tão somente por meio da violência, ao cometer o homicídio.

Na evocação que a narrativa de si compreende, o conflito vivenciado roça constantemente o fantasma de um princípio de integridade formativa que, apesar de diluído e a cada volta mais esfumado, permanece latente. Trata-se da ambição – que relampeja em meio à mescla bem brasileira de patriarcalismo e autonomia burguesa –, de se fazer, enfim, *homem*: tornar-se *sujeito*. A admoestação expressa pela tia Maria em *Menino de engenho* – "Seja homem" –, repercute em *Eurídice*, seja como cobrança direcionada a si mesmo, ao destacar o paradoxo de uma construção anômala: "Tenho que voltar às origens, aos fatos, ao monstruoso processo de minha formação de homem" (p. 52); seja na fala dos outros, ao ser chamado à responsabilidade: "É um homem de barba na cara" (p. 139); "Mas esse Júlio é uma moça" (p. 144), "Isto não é procedimento de homem" (p. 194). As experiências da estada no Rio de Janeiro parecem exigir que suplante sua condição pueril para, finalmente, romper o círculo vicioso no qual se martiriza. Nesse caminho, trava-se um embate interior entre o impulso à autocomiseração e o anseio por autodeterminação; contudo, coerente quanto à construção da personagem, a vitória pertence ao primeiro movimento, condenando-o à condição de subjetividade inconclusa, inativa e inautêntica. As memórias que escreve perseguem algum sentido para sua parca vida, subsumida pelo ato criminoso, a partir do qual passa, finalmente, a sujeito de suas ações. De modo oblíquo, a sentença do narrador sobre a personagem Campos parece refratar a condição à qual não pôde aceder: "Campos era um homem" (p. 158).

Por sua vez, Eurídice, cujos contornos são primordialmente dados pelos olhos do protagonista, é figura desfocada e enigmática. Sua psicologia e traços evolam-se, como se a turvação da qual Júlio é vítima se comunicasse ao seu retrato. Não sabemos exatamente o que a move, sua constituição equívoca amalgama-se ao torvelinho que o traga: é leviana, desumana, lúbrica, perversa. Moldada pelo enigma, bem como pelo olhar irresoluto do narrador, escapa às fáceis categorias. Ao mesmo tempo, o estado de crise o faz incapaz de destrinchar a mulher que ama, tanto quanto o mundo que o talhou.

Eurídice: o título do romance carrega poderosa sugestão ancorada no mundo antigo. À figura da fêmea fatal conjuga-se a alusão, em chave rebaixada, do mito de Orfeu e Eurídice. Porém, Júlio nada possui da força de Orfeu, aquele que empreende o heroico e malfadado resgate da amada Eurídice do Hades; nem, tampouco, ela se assemelha à mulher que precisa de um salvador. Na roupagem moderna, o arquétipo transfigura-se. A desmitificação compreende, ainda, certa sintomática inversão, a repisar a insuficiência do herói: Eurídice afigura-se o Orfeu de Júlio, como se à amada coubesse libertá-lo de sua tormenta interior, uma vez que ela era "a única que não tinha a menor ligação com todo o meu mundo morto" (p. 176), de modo que "Só Eurídice me afastava de Isidora" (p. 187). Sob a óptica desse anti-Orfeu, Eurídice, porém, malogra, conduzindo-o ao desfecho criminoso. Na trama moderna, resta do mito desconstruído a ida aos infernos e a perdição final.

O romance, narrado pelo crivo das angulações de um sujeito duplamente condenado – pelo trauma e pelo crime cometido – é cortado pela presença da morte articulada à vertigem de *eros*: o desaparecimento trágico de Isidora e de Eurídice; a fantasmagoria do corpo pecaminoso da mãe-irmã que flutua em seu constante delírio e se confunde com o da mulher real. Ele é aquele em cuja vida interior a morte fez morada, cuja pulsão de vida imiscui-se à de morte de modo inextricável, impossibilitando alguma via de gozo ou libertação. Quase como uma revivescência do conflito romântico, a sombra de Thanatos orienta a narrativa, contaminando Eros. Os polos antagônicos travam uma batalha na interioridade desse sujeito fraco e titubeante, cuja narrativa de vida oferece um drama pungente, que faz conviver o tédio de uma alma dilacerada diante das solicitações do mundo, o vexame constantemente em choque diante da potência inexplorada da vida. O ato final conjuga, a um só tempo, a implacável memória do corpo da irmã-noiva com o vulto de outros corpos que, dada sua constituição doentia, lhe aparecem como obscenidade e causam horror. A imagem do desejo como um *monstro* que irrompe – "E aquele monstro me dominou, foi senhor absoluto de tudo o que era meu" (p. 177), "O monstro me possuía, me arrasava" (p. 182), "aquela voracidade do monstro noturno" (p. 183), "E outra vez o monstro me dominou" (p. 197), "E outra vez o monstro" (p. 213) – captura a impossibilidade de descolar-se do anátema de baixeza que o moldou, impedindo que outra fosse sua rota de fuga.

O romance que o leitor tem em mãos dá a ver a versatilidade da literatura de José Lins do Rego, seja por meio do peculiar manejo de seus temas recorrentes – o drama familiar, a figura do fracassado, a formação do sujeito, a eclosão da sexualidade –; seja em termos de experimentação estética – exercício de introspecção – a reverberar a potência criadora do grande escritor.

EURÍDICE

Para José Olympio

PRIMEIRA PARTE
Uma casa da rua da Tijuca

1

SIM, SÓ A VERDADE

Não quero que tomem esta minha história como um romance ou que tudo quanto eu ponha neste caderno, notas de uma história verdadeira, dê a impressão de um desejo de transformar em peripécias de um conto exótico o que só foi a minha realidade.

Nada de pretender carregar nas cores e nem tampouco de me mascarar em homem raro. Sou uma criatura simples, de alma fácil, sem dores que se escondam e caprichos que deem na vista.

Podia deixar de escrever o que pretendo escrever. Mas sem nada a fazer, nesta cela úmida, fora de um convívio que me faça fugir de mim mesmo, de meus pensamentos e de minhas saudades, tento encher as folhas deste caderno. Sei que não estou construindo para a eternidade, tarefa que não será para um pobre homem que nada fez além da mesquinha normalidade de todo homem. Em todo caso escreverei.

Agora mesmo, aqui pelos muros e pelas janelas do presídio, eu escuto que os pardais cantam em alvoroço. E cantam o que seria desprezível para qualquer outra espécie de pássaro canoro. Não saberão, na certa, que aquela alacridade aos primeiros raios do sol não é mais do que uma algaravia impertinente.

Mas cantam porque lhes agrada a luz que nasce e a manhã lhes chega como um afago que os anima, que os exalta. Aos canários que trinam e aos outros pássaros que manejam instrumentos maravilhosos seria desprezível o chilrar dos pobres pardais que se satisfazem com o que lhes deu a sua mãe Natureza. Cantam, e assim dizem tudo o que lhes vai pelos instintos despertos.

Eu mesmo gosto dos pardais alvoroçados. E quando os escuto, nestas manhãs agoniadas, de quem não pode contar com a vida do mundo, é como se fossem os pobres passarinhos uma maravilha de Deus.

Mesmo nas madrugadas de chuva e de vento, eles, mal a primeira claridade do dia rompe as névoas, cantam. Não terei a pretensão de me comparar aos pássaros, embora estes pássaros sejam broncos cantores, insípidos pardais sem voz e sem bonita plumagem, mesmo assim pássaros, que são sempre uma imagem da alada beleza das coisas vivas.

Contarei a minha história. E se pouco valerá para os grandes, será, assim o desejo, o depoimento de quem não quis que o tempo devorasse as entranhas de seus sentimentos. Para atingir o propósito de não calar sobre um passado que não me pesa e nem me dói, cheguei a convencer-me de que melhor seria contentar-me com a paz destes meus dias de hoje, longe e alheio ao que pudesse agitar uma alma parada, e um corpo, pobre corpo sem alegria, despojado de seus arrebatamentos, manso e dócil como um servo.

Contarei tudo. E como escrevo para me dar a sensação de que estou livre, tudo vou contar. Por acaso alguém poderá ler a minha história. A este alguém quero afirmar que não fui além de mim mesmo na narrativa de fatos que são exclusivamente de minha economia sentimental.

Sim, só a verdade, a verdade nua e crua.

2
NÃO POSSO ME ESQUECER

PARA TUDO CONTAR TEREI de voltar a um tempo que me parecia inteiramente morto, mas que, ao tentar escrever o que me vem à cabeça, vejo surgir do passado quase na sua cor natural. Não é um álbum de família o que estou a folhear neste instante. Tudo me chega e me cerca de fatos que julgava esquecidos, de pessoas, de coisas, de alegrias e de tristezas. Ao iniciar esta narrativa tivera o propósito de partir de tempo mais próximo, e no entanto, sem que a minha vontade tivesse agido, me sinto dominado por uma esquisita ânsia de retornar ao mais longe possível. E é assim que vejo a casa paterna. Vejo-a humilde, a casa de um comerciante de papelaria que a má sorte reduzira a quase miséria. E vejo o meu pai velho, a minha mãe acabada, as duas irmãs de muito mais idade do que eu. Fui o filho de um casal nos seus últimos arrancos de vitalidade. Filho de velhos, me chamavam. E era mesmo. Podia ter sido um neto, e o que recebera em meus tempos de menino foram os resíduos de uma maternidade esgotada. Ouvia sempre o meu pai dizer, com aquela sua terrível crueldade para referir-se às suas desgraças: "O Julinho veio ao mundo para mostrar aos meus credores que eu não era tão falido como eles julgavam". Seria assim o filho de uma derrota. Nasci e me criei numa casa dominada pela presença de um fracasso. Ainda me recordo de conversas, de referências ao tempo de uma prosperidade que dera à minha gente uma situação de alguma importância. Uma velha negra que nos servia, nos outros tempos, costumava dizer: "No tempo do carro isto era assim". Tínhamos tido carro de cavalo. As minhas irmãs não pareciam moças como as outras que vinham à nossa casa. Não iam às festas, não tomavam parte nos passeios. Em casa estavam o dia inteiro ao lado da tristeza da minha mãe, que não se escondia. O filho temporão não conseguira vencer a mágoa de sua mãe.

Aquele filho que aparecera no momento exato da desgraça quase que viera ainda mais para humilhá-la, como se para as duas filhas grandes, moças para casar, uma mãe que tivesse força para um filho fosse uma vergonha ou um desrespeito. A mágoa dos negócios infelizes dera ao meu pai um amargor, assim como a tristeza de minha mãe, que se refletia em tudo. Para comigo era seco, quase que hostil; para com as duas filhas mantinha um tratamento distante, de cerimônia. Nunca vi em minha casa uma ceia de família, ou qualquer outra cerimônia, onde se derramasse a menor quantidade de ternura. O Julinho das carícias de minhas irmãs, da severidade de minha mãe, da aspereza de meu pai, crescera igual a um enjeitado. E por várias vezes, sempre que me volto aos dias de minha infância, quero deles fugir, porque sinto que daquela idade não me chega nada que me dê uma saudade boa.

O pai, que me tinha como estranho, para satisfazer as suas irreverências, e a mãe seca, a me olhar e a me cuidar como a uma obrigação, me deram sempre uma sensação de que contra mim era o mundo.

Vi o meu pai morrer quando tinha oito anos. Foi numa tarde, quando voltava ele da cidade. Viera com uma dor a lhe apertar o coração. Subiu para o seu quarto e nem teve tempo de chegar à cama. Caiu fulminado. Todos correram para lá. Chamaram a assistência. Mas tudo estava terminado. Lembro-me de vê-lo de olhos fechados, de terno preto, na sala, estendido no caixão coberto de rosas. Chorei como todos de casa. E vi minha mãe, que eu imaginava mansa e vencida, erguer-se aos gritos e chorar alto, tão alto que ainda agora como que o sinto aos meus ouvidos. Corri para perto dela. E não me esqueço, não posso me esquecer, do gesto de repulsa que ela fez para me afastar de junto. Fugi para um canto da sala, como que batido e ofendido. A minha mãe gritava, os homens foram a carregar o caixão de dourados. Em mim ficou, igual a uma dor de surra, aquele gesto de minha mãe a me empurrar. Não posso me esquecer.

3

FILHO DE VELHOS

Só vim mesmo a tomar conhecimento de que era um filho de velhos quando ao adoecer fui com a minha irmã Isidora ao médico, doutor José Lopes, que nos conhecia de muito tempo. Depois que Isidora lhe falou de meu estado, de tosses constantes, o doutor me examinou com todo o cuidado e disse:

— Não é nada. Este menino será assim sempre. É filho de velhos.

Nada quis perguntar a minha irmã, mas aquilo me ficou doendo. Era um filho de velhos. E por ser assim seria mais fraco, mais doentio que os outros que eram filhos de moços. Em casa Isidora nada falou a minha mãe, e nem eu tampouco lhe falaria.

Cada vez mais, desde a morte de meu pai, sentia que minha mãe me punha de lado. Isidora não. Esta me dava todas as ternuras que valiam como se fossem de um quente coração materno.

Mas passei a refletir sobre a minha vida como se já fosse madura de idade. E por isso não era um menino solto, vivo, dando trabalho pelas traquinices, pelos malfeitos. Agora via minha mãe mais velha do que era realmente. É verdade que tinha todos os cabelos brancos e desde que morrera o marido que não deixara o vestido preto, o ar severo, a imagem de uma dor que não se escondia. E por vê-la assim não a procurava, não me recolhia à sua sombra. Sentia que não poderia contar com ela.

Isidora, com mais vinte anos do que eu, fazia o papel de mãe carinhosa naquela casa de viúva inconsolável.

Já tinha os meus dez anos, era um aluno aplicado, primeiro de todas as classes, quando do meu quarto ouvi a conversa de minha mãe com a sua irmã Catarina, chegada do interior de Minas. Dizia esta:

— Mas, Leocádia, você trata este menino como um enteado!

Então a voz áspera de minha mãe encheu a casa:

— Velha não pode ter essas gaiatices de mãe.

Fiquei quieto no quarto para que não suspeitassem da minha presença. Mas um frio correu-me pelo corpo. Era, não havia dúvida, um estorvo naquela casa. Compreendi que viera ao mundo para magoar, para ser demais. Afinal de contas não era culpado de nada. Procurei consolo na amizade de Isidora. Esta, cada dia que se passava, mais se entregava ao irmão, mais procurava compensar aquela secura absurda da mãe. Várias vezes erguia a voz de tanta doçura para me defender. Fora contra a minha ida para um colégio de Minas Gerais, a conselho da tia Catarina. Pelo gosto de minha mãe devia ir. Era tudo mais em conta e o colégio oferecia todas as vantagens. O menino por lá poderia obter boa instrução, e, mais ainda, um internato onde tudo era melhor cuidado. Isidora se insurgiu com toda a sua força, e venceu. Sei que por isso andou sem falar com os de casa. Não ia à mesa para as refeições, e até chorou, chorou por minha causa.

Não fui para o colégio de Minas, mas teria que sofrer por isso. Isidora caprichava nos seus cuidados, nas providências, nos agrados. Ao contrário, as hostilidades do outro lado se acirraram sempre e sempre. Quisera poder dobrar aquela agressividade de minha mãe. Fazia planos e procurava agradá-la por todos os meios. Se lhe contava de meu sucesso na classe, na ânsia de conquistar um agrado, um sorriso, uma boa palavra, ela me ouvia calada, não fingia sequer uma alegria. E ao contrário de todos de casa, mesmo de meu pai, não me chamava pelo diminutivo. O "Júlio" que lhe saía da boca não trazia um tom natural. Era como se fosse uma referência a um estranho. Isidora compreendia a mágoa que havia em mim, mas nunca tocou no assunto. Ouvi dela, uma noite de chuva, quando ao passar pelo meu quarto encontrou a janela aberta, uma frase que mais ainda me agoniou.

— Quem abriu essa janela, Julinho?

Respondi que havia sido a minha mãe. Então Isidora não se conteve e, violenta, como nunca ouvira, gritou:

— Só quem quer matar o menino!

Não sei se ouviram o grito de Isidora. Chovia muito naquela noite, desta chuva de relâmpagos e trovoadas de alarmar. Isidora chegou-se para a minha cama, apalpou-me para sentir se estava com febre, e, ao beijar-me, senti na minha cara as lágrimas quentes da irmã que sofria por mim. Era um filho de velhos. Viera depois das alegrias do amor, como um intruso impertinente.

4

ISIDORA

— Minha mãe, não precisa que a senhora me diga. Eu sei o que faço.
— Menina, eu estou falando para o teu bem. Ninguém nesta casa não pode dizer nada. Tomam logo para o mal.
— Eu sei, minha mãe. Tudo o que a senhora disse não me adianta coisa nenhuma. Caso quando quiser, e quando bem quiser.
— Não quero casar ninguém à força. Deus me livre. Se estou falando é porque vejo a tua besteira. O doutor Luís é um rapaz de primeira ordem. Onde encontrar melhor?
— Minha mãe, por favor, a senhora não diga mais nada. Eu não sou uma menina.
— Por que não posso falar? Não sou a tua mãe? Esta gente de hoje é assim mesmo. Uma mãe de nada vale. Pois eu te digo, tu não queres casar por causa do Júlio.

Não consegui ouvir mais nada, porque as lágrimas não me deixaram mais. Romperam-se em mim todas as cordas do pranto. E por mais que tentasse dominar o choro não consegui. Era como se tivessem ferido a minha alma nas suas fontes. E uma dor de doer nas entranhas me abafou todos os sentimentos. Ouvi depois Isidora dizer com uma cólera de lábios trêmulos:
— Era o que a senhora queria.

Mas só ouvi isto. A casa ficou em silêncio. E a irmã Isidora, para me consolar, para me curar, me falou de coisas que mais me tocaram. E me disse que não me abandonaria nunca, que me queria mais bem do que a um filho.

No outro dia, no colégio, não fui o primeiro da classe, porque não tinha cabeça para coisa nenhuma. Rodavam-me na mente as palavras duras de minha mãe: "Tu não queres casar por causa do Júlio". Procurei arredar-me da presença daquela acusação cruel, e não conseguia. Ao voltar para casa, encontrei o terrível silêncio da noite passada. Isidora, a bordar, quase que não me olhou quando entrei, e a minha mãe na sua cadeira de balanço lia o velho romance, tantas vezes lido. Fui para o quarto e lá me senti tão só, tão abandonado, tão esquecido, que não tive coragem para mudar a roupa. E assim fiquei até que Isidora apareceu. E ao me ver estendido na cama, com a roupa do colégio, me disse com a voz que me fez lembrar a de minha mãe:

— Não tens juízo, menino; muda essa roupa!

E como quem quisesse corrigir uma grosseria me tomou para um beijo tão terno, tão quente, que me afagou por completo a alma derrotada.

Eu seria, no entanto, um agoniado espectador da luta que se travou entre a minha mãe e Isidora. Era uma batalha de silêncios. Não falava minha mãe e não falava Isidora. Quando sucedia haver visitas em casa, conversavam as duas como se uma ou outra não existisse. A minha mãe não me olhava, e se alguma vez chegava a pôr os olhos em cima de mim, eram olhos que me castigavam, que me varavam a alma e me infundiam terror. A outra irmã casada não aparecia, temerosa talvez daquela fúria em família. Em todo caso Isidora caprichava nos seus desvelos, nas suas atenções para o irmão, que era ali um pobre pomo de discórdia. Curioso pomo que quase repugnava a uma das partes.

Mas os dias se passavam. E o doutor Luís Moura e Sá continuava a fazer as suas visitas a nossa casa. Era um homem maduro, de calma irritante, magro, de olhar medroso para tudo.

Chegava após o jantar, sentava-se na mesma cadeira e não se esquecia do pacote de frutas ou de qualquer outra coisa. Entregava a minha mãe o presente e dizia as mesmas palavras. Se fazia calor queixava-se do calor, se fazia frio queixava-se do frio. Isidora não lhe dava quase que atenção. Mas o doutor Luís parecia não se importunar com aquela indiferença de minha irmã. O pouco tempo que me deixavam na sala era um nada para observar aquele homem sombrio.

A minha mãe abria-se em conversas, a comentar as notícias dos jornais. O doutor Luís concordava, com um gesto tardo de cabeça, e assim ia o serão até tarde da noite. Isidora, às vezes, deixava-o sozinho com a minha mãe e vinha para o meu quarto conversar comigo. Via as lições, ajudava-me nos deveres. E chegava a me dizer, com uma voz de tédio:

— Nunca vi homem mais cacete.

Depois, lá de baixo, vinha a voz estridente de minha mãe:

— Isidora, o doutor Luís vai sair!

E assim foram-se os dias. O doutor Luís sempre nos sábados chegava, e as conversas pareciam que se repetiam no mesmo tom. Isidora já não subia para as minhas lições. E aquilo me dava preocupações e sustos. Estaria acontecendo alguma coisa a minha irmã? Não podia compreender. Era difícil me ajustar àquela transformação. A batalha de silêncios, porém, continuava. Isidora não mudara nada em relação a mim. Mas agora o doutor Luís chegava em visita, mais de uma vez na semana. E os seus olhos assustados pousavam com mais tranquilidade sobre a minha querida Isidora. E o que me ficou de real e de doloroso foi a notícia de que Isidora se casaria com o homem triste.

5

O NOIVO

Tudo o que posso dizer do noivado de Isidora é que ele me ofendeu como uma afronta e uma iniquidade. O doutor Luís Moura e Sá tinha para mim o poder de me infligir qualquer coisa muito próxima do terror. Não era que fosse ou procurasse ser desagradável. Pelo contrário. O que um homem podia fazer para se mostrar amigo, ele fazia. Lembro-me de seus agrados como de tentativas de suborno, de corrupção. Vejo-o chegar em casa para as noites de noivado, vejo-o nos passeios de rua com Isidora, comigo ao lado, e cada vez que me lembro de seus gestos, de sua atitude, de suas palavras, ainda hoje não encontro um jeito de tolerá-los. Em casa tudo se modificara com o pedido de casamento e com a aceitação de Isidora. Os silêncios se quebraram e os preparativos do enxoval, as conversas, os planos giravam em torno do casamento que se aproximava. A minha mãe perdera aquela indiferença agressiva pelas coisas, e a tia Catarina chegara de Minas, para tomar parte nos trabalhos. Isidora parecia-me outra.

Isto eu conto para frisar muito bem uma mudança que me aterrou. Era bem outra a minha irmã. Tudo por causa do noivo, que eu passava a odiar, a evitar como um verdadeiro inimigo, e em quem só descobria defeitos. A vida que levei por essa época foi terrível. Qualquer palavra de Isidora que se referisse ao noivo me doía, me exasperava ao mais violento de minha natureza. Lembro-me de uma noite. Estava a minha mãe lá para dentro de casa, Isidora e o doutor Luís ficaram na sala de jantar, num recanto, dando as costas para a escada.

Eu acabara uma lição de história e pensei em dar uma volta na calçada, onde os meninos da redondeza se divertiam com fogos de são João. Pois quando descia, o que vi me aterrou, provocou-me um tal choque que até hoje não poderia medir. Vi Isidora aos beijos com o doutor Luís. Procurei voltar ao quarto e não sabia como fazer. Estava grudado à escada, a tremer, quase que sem forças para me manter de pé. E só voltei a mim daquela triste situação quando ouvi o grito de minha mãe:

— O que é que fazes aí, menino?

Desci as escadas e saí correndo para a rua. Lá fora a brincadeira dos meninos era para mim de uma distância de légua. Não via nada, não escutava nada. De pé fiquei a olhar para o que não via. E só existia Isidora nos braços do doutor Luís. Os meninos brincavam na porta de casa e havia uma fogueira acesa no meio da rua. Noite de São João, mas não existia nada para mim. Foi aí que se deu o desastre. Tinham posto no meu bolso uma bomba que explodiu com tal violência que me deitou por terra. Acredito que não seria para tanto se não fosse o meu estado deplorável. Perdi os sentidos. Ao voltar à consciência estava a minha cama cercada da família. Ao ver a figura do noivo, debruçada sobre o meu leito, chegou-me uma ânsia de vômito que não contive. O médico que apareceu, um velho que morava defronte, não descobriu nada de mais. Fora apenas o susto, e nem ferimento algum havia. Isidora chorava perto de mim. E quando ficamos a sós senti outra vez a ternura de minha irmã, na sua quentura de outrora. Já era a mesma Isidora a providenciar tudo, a tomar cuidados para que o irmão não sofresse. Mas depois, sozinho no quarto, vi o doutor Luís a beijar a minha irmã. A cena não me saía da cabeça. Enterrei a cabeça no travesseiro para fugir, de olhos fechados, da realidade que me humilhava. Sim, não podia haver dúvida nenhuma: Isidora gostava, ia casar-se porque gostava mesmo daquele homem magro.

E assim o noivo passava a dominar na casa como um senhor absoluto. Tudo se fazia com o pensamento nele. A minha mãe criara outra alma, era toda providências para o noivo, que continuava o mesmo homem tímido e triste, a olhar para Isidora com os seus olhos medrosos e vagos. Mal o via entrar em casa com os embrulhos, e a distribuir os seus agrados e sorrisos, era como se chegasse um inimigo de morte. A minha mãe se esforçava para a conversa e Isidora sentava-se ao seu lado, humilde e terna, sem que ousasse uma opinião ou forçasse o curso da palestra. Os seus olhos brilhantes, a sua cara doce, os seus modos tão mansos se compunham para que o doutor Luís cada vez mais se mostrasse senhor da minha irmã, que eu já considerava perdida para sempre. Fui aos poucos definhando, no colégio transformei-me, as notas baixaram, e o mundo todo me parecia tedioso. Isidora notou essa transformação e foi áspera com os meus desmantelos. Pouco me importavam as palavras ásperas de Isidora. Sabia que ela não me daria mais nada de sua vida. Eu olhava para aquele doutor Luís Moura e Sá como para uma calamidade. Mas o noivo dominava. Só o noivo era grande, em torno do noivo girava a casa inteira.

6

O VESTIDO DA NOIVA

Apesar de tudo, as relações entre mãe e filha continuavam inalteradas. Isidora trabalhava para o casamento, mas o estado de frieza familiar voltara ao que era. Se estavam a sós, não trocavam palavras; se havia gente de fora, fingiam o mais que podiam. Aquilo porém desagradava à tia de Minas, que não se continha. Por mais de uma vez ouvi-a em censuras a Isidora:

— Tu devias compreender que Leocádia é uma sofredora. Para que machucar desta maneira o coração da pobre?

Mas Isidora não cedia, não se abrandava na sua determinação. A minha mãe só tinha mesmo um contentamento: era o futuro genro. Nunca tratara alguém com tantos mimos. Para ele eram as suas atenções, os seus agrados. E para cúmulo, para espanto de todos, que nunca a viram em arrebatamentos de carinho, chamava o doutor Luís de meu filho. Era o meu filho em todas as conversas. A minha irmã casada não tolerava aqueles excessos e não escondia a sua revolta:

— Para o doutor Luís, mamãe tem tudo. Jorge parece que não é o meu marido. Isto é demais.

E o fato é que aquela parcialidade de minha mãe deixou um mal-estar entre as filhas. Laura acusava Isidora de querer tudo para ela. Sem dúvida que a mãe abriria mão de suas apólices para o doutor Luís. Jorge que trabalhasse, que fizesse o impossível para viver. O grande era o doutor Luís.

Eu sentia toda aquela desavença, e pouco reparava nos fatos porque era todo da minha mágoa. Não podia compreender que Isidora estivesse tão entusiasmada pelo casamento. Lembrava-me das suas referências ao doutor Luís antes do noivado, e agora, a observá-la, naquele pegadio com o mesmo, me exasperava. Às vezes me sentia possuído de uma ira diabólica. E imaginava tudo para contrariar aquele casamento. Imaginava até a morte do noivo. Se dependesse de mim não vacilava: matava-o. Aqueles pensamentos de vingança não me deixavam tranquilo. Nos silêncios da noite, quando todo mundo pensava que eu estivesse dormindo, estava a imaginar, a compor as minhas ciladas, os meus golpes, as minhas tremendas vinganças.

O casamento caminhava para o dia marcado. Seria a 8 de dezembro. O vestido da noiva estava quase pronto. Trabalhavam de dia e de noite. Em casa dormiam duas costureiras do subúrbio, duas moças que passavam o dia num bater de língua que não tinha fim. Às quintas-feiras não saía de casa, encerrado no meu quarto, e fingia que estudava as lições do outro dia. Podia assim ouvir muito bem a conversa das duas mulheres. Nesse dia os de casa haviam saído não sei para onde, e as costureiras falavam mais à vontade. E sem saber que o menino tinha os ouvidos abertos para o que diziam, foram falando sem receio de serem escutadas. A mais moça dizia para a outra:

— A noiva não fala com a mãe.

— É briga velha. Parece que a dona Isidora não queria o casamento.

— E a velha fez finca-pé. O doutor Luís tem muito dinhciro.

— Acho graça na besteira de dona Isidora! Aonde ia ela encontrar melhor?

— É. E já de idade... Se dissesse que era uma menina, vá lá. Mas uma solteirona!

— E esse menino, é filho da velha?

— Parece neto. Também é tão miudinho!

Preparavam o vestido branco para o casamento. As mãos escuras eram como se fossem de fada, no bordado da seda fina. O corte fora de dona Luci, mas tudo mais seria das duas moças do Méier, conhecidas antigas de uma vizinha que as indicara. Vi Isidora a vestir o vestido de cauda, a se olhar no espelho da sala, onde o seu corpo inteiro aparecia, esbelto, fino, como uma princesa dos contos. A primeira vez que a encontrei assim, com as duas moças a mirarem, a darem opinião, tive medo. Tive medo ao vê-la assim. Parecia-me morta, que a estivessem preparando para um enterro. Depois o que me ficou daquele vestido foi um ódio mortal. As mãos morenas das moças do Méier bordavam a seda branca. Isidora mirava-se com orgulho da sua beleza, do seu porte. Assim chegaria para o altar, para os braços do homem magro e triste. Não dormi naquela noite. Por mais que forçasse, por mais que fugisse, o que estava ali aos meus olhos era Isidora vestida de noiva, toda de branco, com o seu corpo esguio, a cara bonita, a olhar-se no espelho da sala. A tia de Minas lhe disse que ela parecia uma noiva de cinema. Uma das costureiras lembrou-se de uma artista para compará-la. E nem estava ainda com o véu e a capela! No outro dia continuava a faina, as mãos morenas a compor, para que fosse mais belo, o vestido de Isidora. A minha mãe não se continha, na alegria. Ao vê-la assim, toda a sorrir, na efusão das bodas que chegavam, via uma árvore seca que uma manhã de chuva tivesse coberto de folhas e de brotos. A minha mãe voltara à felicidade, a um instante de juventude. E eu me sinto miserável em contar o que fiz. Mas tudo tenho que contar, embora me coloque em situação desgraçada. É que não pude me conter. Hoje ainda eu me recordo do fato e tenho dó de mim mesmo. Ao voltar da escola, vi estendido no cabide, na saleta, o vestido de noiva. As costureiras não estavam. E como que movido por uma vontade de diabo, apanhei a tesoura que estava em cima da máquina e, cego e louco, cortei o vestido da noiva. Nem gosto de escrever: era como se tivesse cortado o próprio corpo de Isidora.

7

A TIA CATARINA

Veio a tia Catarina para passar uns dias e ia ficando em casa como uma verdadeira providência. Muito mais moça do que a minha mãe, era alegre, franca, dessas que têm a alma espelhada na face. Tudo o que fazia e dizia era para colocar as coisas nos seus lugares. Ficou minha amiga desde os primeiros instantes. O marido, que era juiz em Minas, escrevia-lhe longas cartas. E ela nos lia todas, e a cada frase do marido saudoso, tinha uma anotação a fazer:

— Veja você, Leocádia, o Fontes não sabe fazer nada. Lá está em Alfenas e tudo tem que ser resolvido por mim. Preciso ir embora, senão aquele homem se acaba.

Mas a casa inteira pedia para a tia Catarina ficar. E ela ia ficando. Iria após o casamento de Isidora.

Na noite em que descobriram o atentado contra o vestido da noiva, só a tia Catarina permaneceu tranquila na tormenta. Vi a minha mãe em desespero, Isidora a chorar, as costureiras aterradas. Só a tia Catarina não alterou a voz. E como se fosse água na fervura, com a sua voz doce e pausada, foi dizendo:

— Mas Leocádia, você parece uma louca. O que aconteceu, aconteceu. Isidora não vai acabar o casamento por isto. Vestido de noiva se faz e se desfaz.

Não souberam a quem atribuir, mas a minha mãe não se curou do choque, apesar de todos os conselhos da tia Catarina. E botou a culpa para cima da filha casada. Aquilo só podia ser obra de Laura. No outro dia, porém, as coisas se remediaram, mas contra Laura ficou a suspeita. Não tive a coragem de falar. E por tanto ter feito mal, sofri muito. Cada vez que olhava para Isidora, via-a no pranto, com o vestido cortado. E aquilo me acusava, me ofendia, me dilacerava o coração. Laura voltou à casa uma semana depois e ninguém lhe falou no vestido, como se tivessem medo de feri-la ao tocar no crime que lhe atribuíam. A tia Catarina porém contou-lhe tudo, e ela mostrou tamanha indignação que levou a tia de Minas a criticar a minha mãe em conversa.

— Eu não dizia, Leocádia, que Laura não era capaz daquela miséria? Não é por ser minha afilhada, mas aquela menina tem sentimentos muito bons.

Em todo caso, não era pela culpa atribuída à outra irmã que eu sofria, era sempre por causa de Isidora que eu, cada vez mais, me julgava sem esperança. Sem a tia Catarina, o que seria de nós todos para vencer aquela dificuldade, aqueles atritos de mãe contra filha? Ela costumava dizer:

— Deus não me deu filhos. Mas os filhos de Leocádia são os meus filhos.

E era mesmo como se fosse mãe. Ao lado da irmã, parecia feita de outra natureza. Catarina e Leocádia não seriam do mesmo sangue. Muitas vezes contava ela coisas de sua vida. O Fontes, o marido, hoje juiz de direito, casara-se com ela mais para ter uma mãe do que uma mulher. Era uma verdadeira criança. E se não fosse ela, que não teria acontecido ao Fontes, tão acanhado, sem coragem de tomar a posição que merecia? Hoje era juiz de direito. Sofrera tantas preterições! Se ela não tivesse escrito uma carta ao presidente do Estado não teria o marido passado de juiz municipal. O Fontes era uma criança. Ali em casa tudo se resolvia agora pela tia Catarina. A minha mãe só cuidava mesmo de agradar o futuro genro. E Isidora não tinha expediente para tomar as providências necessárias. Tudo era a tia Catarina. E assim estabelecera ela o seu poder, o exercício de seu poder benéfico e manso. Todos procuravam a tia para que ela dissesse a última palavra. A minha mãe, para tudo, mandava que procurassem a irmã. Isidora a consultá-la sobre ordens e preços. E a própria casa triste era agora outra coisa. Só o meu caso escapava às soluções da tia de Minas. Ela de nada sabia, e não desconfiava do que andava pelos meus instintos, pela minha mágoa. Chegava-me para me agradar, para a sua doce proteção, e queria saber de minhas lições. Quando Isidora falou para que me levassem a um alfaiate, porque ela queria que o irmão estivesse muito bem-posto no dia do casamento, a tia Catarina lhe disse que não era preciso. Ela já tinha escolhido na cidade um terno que me ficava perfeito. E naquela tarde me levou para concluir as suas providências. Não quero me recordar dessa viagem com a tia Catarina, mas tenho-a na mente como se fosse de ontem. Até chegar à loja, foi me falando; e com um jeito que só era dela, me disse:

— Julinho, você precisa compreender as coisas com mais seriedade. Isidora vai se casar e Leocádia não tem mesmo paciência para cuidar de gente pequena. Em Alfenas tem um colégio que é de primeira. Você quer ir comigo para lá?

O bonde descia para a cidade, e as palavras da tia Catarina caíram sobre mim como se me esmagasse um bloco de pedra. Não tive coragem para uma resposta. As lágrimas rolaram, e, de cabeça baixa, continha o soluço com medo que o povo estranho me visse naquele estado. Quando vi na vitrina o menino feliz do manequim, com aquele sorriso que se abria numa boca de dentes brancos, nem consegui reparar na elegância, no porte airoso, da criatura de gesso. Dentro de mim havia um coração partido. A tia Catarina queria saber a minha opinião sobre o terno tão bonito. Não podia falar. E o menino do manequim sorria, sorria tanto que me pareceu um insulto à minha dor.

8

O MENINO DO MANEQUIM

Aquele menino de sorriso tão franco, tão elegante, tão feliz que se exibia na vitrina, não desapareceu de minha cabeça. Voltei com ele para casa. Comigo estava aquela sugestão da tia Catarina: a ameaça do colégio de Alfenas e a confissão de que a minha mãe não tinha jeito para tratar de gente pequena. Isidora quis me ver com o terno novo. Vestiram-me, e estive a ser examinado pelos de casa. A minha mãe preferia que tivessem comprado terno mais escuro, e Isidora achava que podia ter vindo com as calças compridas. Quando me vi no espelho da sala, onde Isidora se mirava com o seu vestido de noiva, quase que não me reconheci. Fixei no espelho os meus olhos e o sorriso do manequim apareceu-me para dizer que bem outra era a cara triste daquele que lhe roubara as vestes bonitas. Lá estava ele de cara radiosa, corado, com os braços em atitude de quem fazia um gesto gracioso. Seriam assim todos os meninos do mundo. Seriam assim os meus colegas ricos do colégio, que iam para a escola de carro, que traziam roupas finas, que falavam de tantas grandezas. O espelho me dizia que eu era magro, pálido, de olhos tristes. Quisera ser assim mesmo, ser bem outro que o menino da loja, mas que comigo estivesse sempre Isidora, que para mim continuasse a irmã, que não me deixasse um instante esquecido e à toa. O colégio de Alfenas era o sinal de que Isidora não me tolerava mais. Doutra vez, quando a minha mãe se lembrara de me mandar para lá, vira Isidora de voz erguida para me defender. Agora as coisas seriam diferentes. Iria ela para o marido, e seguiria o irmão para os confins do mundo, bem longe, bem a distância da felicidade que o casamento lhe daria. O menino do manequim sorria tão bem para todo o mundo, aqueles cabelos penteados, aquelas unhas luzentes, aquela alegria efusiva irradiavam uma simpatia absorvente. O espelho da casa, ali colocado na cadeira, para que Isidora se visse nas provas de seus vestidos, para que a beleza fosse muito bem aproveitada pelas habilidades das costureiras, que mostrava o menino sem esperanças que eu era. A tia Catarina compreendia tudo muito bem e por isso falara naquele colégio que era como um refúgio para um menino sem pais, sem carinhos, sem o amor que todos os outros tinham.

Aquela noite fora a mais agoniada da minha vida. Estava abandonado, não havia a menor dúvida. Na hora do jantar, com a presença do doutor Luís, o noivo feliz, a tia Catarina voltou a falar no assunto do colégio.

Não sei se tudo isto que escrevo tem razão de ser, ou merece algum interesse. Para mim vale como um fato terrível, uma sentença malvada. Mas a tia Catarina foi dizendo:

— Hoje falei com Julinho sobre o colégio de Alfenas.

Baixei a cabeça para não olhar Isidora. Esperava que ela dissesse qualquer coisa. Esperava a sua voz áspera como no dia da sugestão da minha mãe. Mas não ouvi uma palavra. E ao olhar para a mesma calada eu vi a fisionomia do noivo, a expandir-se em contentamento agressivo. Aqueles olhos miúdos, aquela alegria que não podia dissimular o que ia pela sua alma me fizeram perder a cabeça. E como se houvesse um furacão dentro de mim, eu me levantei da mesa às carreiras, e subi as escadas do quarto com uma violência que não pude conter. E lá em cima esperava que Isidora viesse para me dizer qualquer palavra de consolo. Mas quem apareceu foi a tia Catarina.

E com aquela sua ternura de mansa autoridade, me passou as mãos pela cabeça que eu tinha mergulhado nos lençóis:

— Julinho, você fez um feio. Lá embaixo a sua mãe está muito triste com você. O que não vai dizer o doutor Luís?

Agora chorava. Já a minha raiva se desmanchava em lágrimas. E a tia boa compreendia, sem dúvida, a dor que me atravessava o coração. E continuou:

— Leocádia não tem paciência para cuidar de menino assim de sua idade. Coitada, não tem culpa. E Isidora vai morar com o marido na fazenda. O doutor Luís é homem que não fala, que não dá opinião. Quem sabe se quer menino com ele?

Depois que a minha tia saiu consegui um pouco de paz para melhor avaliar a situação. O que me desesperava era a indiferença de Isidora. Abandonado estava pela irmã que imaginava que fosse tudo para mim. Os olhos miúdos do noivo e aquela alegria de besta, me alucinavam. E outra vez uma raiva assassina se apoderou de minha vontade. Estava certo que Isidora não me deixaria ir para o colégio de Minas, e ela deixava. Era por causa do noivo. Só ele seria culpado de tudo. Se eu fosse homem mataria aquele miserável. No silêncio da noite as vozes da conversa dos grandes chegavam ao meu quarto. Ouvia muito bem a voz áspera de minha mãe a falar do crime que os jornais noticiavam. Um homem matara uma mulher para roubar-lhe uns brincos de brilhantes. A voz do doutor Luís, uma voz grossa, subia para me exasperar ainda mais. Depois ouvi muito bem Isidora, numa gargalhada. Aí senti-me mais ofendido, a mais humilhada das criaturas. Isidora às gargalhadas. Como eu queria que a irmã subisse e viesse me dizer: "Olha, Julinho, tudo o que faço é porque a minha mãe quer. Dorme, Julinho, dorme, meu anjo; eu sou mais do que a tua mãe!"

Ah! Se isso acontecesse eu seria feliz como o menino da loja. Mas não era.

9

O TIO DOUTOR FONTES

Viera de Alfenas para as férias em nossa casa. A tia Catarina muito gostou quando chegara a notícia da vinda do marido. E todos da família não esconderam a satisfação. Assim a tia providencial não voltaria, como andava a dizer, com as saudades do Fontes a pedirem que ela retornasse. Para mim o conhecimento do parente apareceu no melhor momento. Outra vida surgia para mim ao lado daquele homem que vinha me dar uma nova satisfação. Estava tão abafado, tão infeliz, tão desgarrado de tudo, que o tio Fontes apareceu como uma verdadeira tábua de salvação. Criado sem homem dentro de casa, ao gosto das mulheres que me desprezavam ou me amavam, vi no tio a imagem de uma força que ainda não conhecera. Para o tio Fontes, juiz de direito, se voltava toda a atenção da casa. Não era como o noivo, cerimonioso e calado. Era o homem sério, de palavras medidas, de gestos graves, mas com tal ternura na voz, com um tão delicado falar e dizer, que me encantara à primeira vista.

Dizia a tia Catarina que o Fontes, quando tinha que dar uma sentença, de direito difícil, não dormia noites inteiras, com medo de erro, de injustiça. Ficava o homem como se estivesse com resguardos de mulher parida, assustado, a sofrer horrores, a temer os acórdãos do Tribunal, como se fosse um réu, uma parte. Era um juiz. A tia Catarina achava graça nas dores do marido, mas respeitava-o tanto que em sua presença não fazia a menor referência a estes seus medos.

O tio Fontes tomou-me logo para seu amigo. E como as mulheres não saíssem de casa, todas absorvidas nos preparativos do casamento, escolheu-me para o seu companheiro. E assim levei dias inteiros a sair com o tio juiz. Fomos a Petrópolis, estivemos no Pão de Açúcar, e quase todas as noites levava-me a cinemas. Mas além de tudo o tio me considerava um homem-feito. Quando estava em compras, queria saber de minha opinião sobre uma gravata, sobre a cor de uma camisa, sobre as botinas que pudesse usar em Alfenas.

— Isto é muito bom para aqui, mas não é para Alfenas – dizia sempre ele.

Fitava o meu tio na rua e sentia-me orgulhoso de vê-lo. Todos olhavam para a sua figura. Tinha barba grande e negra, era alto, de olhar manso, mas com o nariz de bico de tucano, assim como aquele do Marechal Deodoro, da história do Brasil. Por toda parte chamava a atenção. Tinha orgulho de ver-me ao seu lado. Não sei, porém, o que combinaram com ele, que certa vez, ao sair comigo, procurou falar-me do colégio de Alfenas. Não lhe dei uma palavra e o tio tanto compreendeu aquela atitude de repulsa que não voltou a falar-me mais. Mas quem me falou foi a tia Catarina. Disse-me ela:

— Julinho, o Fontes não se cansa de te gabar. Ontem mesmo, ele, brincando com a tua mãe, dizia a ela: "Olha, Leocádia, você nunca me deu nada. Por que não me dá o Julinho?" Leocádia riu-se. E é verdade, Julinho, você podia ser o nosso filho.

Não sei bem se foram essas as palavras exatas da tia. Sei que me aterrou aquela sugestão a tal ponto que me esqueci de toda a delicadeza de tio Fontes, para odiá-lo como a um ladrão. Todos aqueles agrados, todos aqueles passeios, todas aquelas palavras, só tinham um fito sério: era me arrancar de Isidora, conduzir-me para bem longe. A alegria, que voltara aos meus pensamentos, foi-se outra vez. O tio Fontes não passava de um corruptor da pior espécie. Então comecei a fugir da sua presença, a temer o seu contato. Queria tomar o que era meu. Era somente uma sedução. E disto tomou conhecimento o tio Fontes. Recusei, a pretexto de lições, os seus convites, até que ele me chamou para um canto, e, como se tratasse com pessoa de sua idade, sério e solene, me disse:

— Julinho, você anda aborrecido comigo?

Nada consegui responder ao meu tio. Aquelas palavras, ditas com a severidade e a mágoa como foram proferidas, me tocaram de tal maneira que me abalaram. Tocaram-me bem fundo na alma, e chorei. Era um menino de dez anos, e ao sentir aquela ternura, aquela humildade de um homem que me levava a sério, que me tratava como a um igual, não resisti a um choro convulso. O tio me abraçou, e não sei se foi engano ou perturbação do instante, mas ao beijar-me, senti na testa uma quentura de lágrimas. Não quis olhar para o meu tio, tinha a cabeça recostada ao seu corpo. As suas mãos finas acariciavam-me o rosto banhado de pranto. Naquela tarde saí com o tio Fontes, e ele levou-me para um cinema, na Avenida, onde passavam uma fita de uma tristeza de cortar coração. Ficou-me do romance a cena de uma mãe que, abandonada pelo marido, que ela sabia vencido por uma paixão, saía a sua procura, até encontrá-lo como um mendigo torpe e desgraçado. Muito chorei, e quando a luz apareceu, vi o tio Fontes com o lenço aos olhos. Na volta, no bonde, o tio Fontes começou a conversar comigo como se eu fosse um homem. E me disse que pretendia outra comarca, que já fora preterido, que a carreira de juiz não lhe dava tempo para viver. Não dava uma palavra às afirmativas e sugestões do meu tio. No entanto aquela conversa no fim da tarde, no bonde que me conduzia à Tijuca, ao lado do tio, para quem todo o mundo reparava, me encheu de uma enorme confiança em mim mesmo. Afinal de contas era capaz de saber da vida de um homem como o tio Fontes.

Ao chegarmos em casa estava o noivo, com aquele mesmo sorriso e os olhos miúdos.

10

AS APÓLICES

Acordei com enorme barulho em casa. Ouvi que discutiam alto. E ouvi aquela voz áspera da minha mãe quando ela se enraivecia. Ouvi bem que dizia aos gritos:

— Faço o que bem quiser. São minhas, estão no meu nome.

E outra voz não ficava atrás na elevação e no tom agressivo:

— Mas não pode; todas somos suas filhas.

Era a minha irmã Laura. Tive medo de descer. A tia Catarina e o marido não haviam ainda tomado café. Laura chegara quase de madrugada para a briga. Falavam as duas ao mesmo tempo. Quando a tia Catarina apareceu baixaram de violência. E eu ouvi bem a voz doce acomodando:

— Afinal de contas, de que se trata?

Aos poucos o assunto surgiu, e veio como um pedaço de tempo claro após uma trovoada. O tempo claro eram as apólices que o meu pai deixara, em nome de minha mãe, para que ela pudesse viver bem, sem precisar de bater à porta de parentes. A falência do velho não o deixara em miséria. Viemos a saber que da ruína sobrara muita coisa. Eu tinha casas em Niterói,

Isidora um terreno em Copacabana e Laura um sobrado no centro. Para a minha mãe ficaram as apólices. Pelo que dizia agora Laura, uma fortuna. E era por causa dessas apólices que a irmã mais velha aparecera, naquela manhã, para desabafar as suas mágoas.

— Madrinha Catarina – dizia ela —, aqui nesta casa eu sou um resto. Tudo é para Isidora, e para mim é somente cara feia. E mais nada. Jorge nem gosta de vir mais aqui. E tem toda a razão. Para receber desfeitas?

— Não diga isso, menina – gritava a minha mãe. — Eu faço o que posso. Catarina, veja você que desgraça esta minha. É assim que filho trata mãe.

E chorou. Há muito que não via aqueles olhos duros de minha mãe assim como estavam. E como naquela tarde da saída do enterro do meu pai, o seu choro subiu de tamanho, era um choro diferente dos outros, assim como uma linguagem furiosa, misto de desespero e de ódio. A tia Catarina estremeceu. Pela primeira vez senti que ela não podia com os fatos. De seus olhos azuis brotavam lágrimas, que ela procura cobrir com as suas mãos. O doutor Fontes não tivera coragem de sair do quarto.

Mas a tia Catarina fora feita para vencer as tempestades, a sua natureza dispunha de energias inesgotáveis. E assim que dominou a emoção que o pranto trágico da irmã lhe provocara, ela foi, com a voz macia, a exercer o seu poder mágico:

— Minha afilhada, isso que tu estás fazendo não se faz nem com madrasta. Então a tua mãe, velha, acabada, só merece de uma filha essas descomposturas?

— Minha madrinha, a senhora não sabe de nada.

— Sei de tudo, minha filha, e por isso é que te digo o que estou te dizendo.

A minha mãe tinha agora o rosto entre as mãos, a cabeça arriada sobre a mesa. Ouvia-se apenas um soluçar brando como de menino. Toda aquela tempestade se reduzia àquele pingo de biqueira de fim de chuva. A tia Catarina queria saber as razões de Laura. Tudo se reduzia às apólices. Jorge ouvira dizer, por um corretor da praça, que a dona Leocádia mandara passar para Isidora todas as suas apólices.

— É mentira! – gritou a minha mãe. — É tudo mentira! São minhas. Se eu quisesse dar, eu daria. Mas é tudo mentira!

— Veja, Laura – disse a tia —, Leocádia não pensou nisso. Ela bem sabe que vive dessas apólices. Como iria passar para Isidora o que é o seu meio de vida?

— É, minha madrinha, se ela não passou, vai passar. E não é por causa de Isidora não. É para encher a barriga desse doutor Luís, sujeito muito conhecido como caçador de dotes.

Aí Isidora, que estava fora de tudo, apareceu para defender o noivo. E eu fiquei do lado de Laura.

— Se ele quisesse caçar dote não faltava moça rica.

— E quem queria aquele amarelo! – gritou mais alto Laura. — Quem queria aquele chinfrim?

Isidora ficou lívida; aproximou-se de Laura e, como se a quisesse estrangular, com os olhos incendidos e a voz trêmula, lhe disse:

— Melhor ser um chinfrim do que um ladrão como o teu marido.

Foi quando apareceu o tio Fontes. E eu vi, o juiz de Alfenas a se aproximar para uma mesa de júri. A barba, o andar vagaroso, a cara grave e a voz solene eram de um homem que sabia ver o bom e o mau das coisas. Parecia que ele entrava em cova de onças enfurecidas. Mas todos os animais se calaram.

O tio Fontes sentou-se à cabeceira da mesa, e antes que dissesse qualquer coisa, o silêncio da casa era uma realidade. Ia principiar a sua audiência:

— Por que tanto barulho?

— Não é nada, Fontes – lhe disse a tia Catarina acanhada daquele escândalo. — Coisa de família.

— Eu sei que é coisa de família, Catarina, e é por isso que tudo vai se acabar em paz.

Laura disse-lhe tudo o que já dissera à tia Catarina. O juiz ouviu as razões da irmã. E sem que quisesse ouvir a minha mãe, falou baixo, medindo as palavras, mas bem persuasivo, bem direto no assunto:

— Laura, você, minha filha, acreditou no que não se passou. Há, evidentemente, um intrigante neste caso. Leocádia sabe o que faz. E você, minha filha, andou muito mal.

A minha irmã não se deixou vencer pela sentença que, sem dúvida, achou injusta. E com a voz mais tranquila foi dizendo o que já dissera. Era ali naquela casa uma estranha. E por fim saiu-se com esta:

— E até o Julinho vão dar a Isidora para que ela coma os aluguéis das casas dele.

Laura me tinha na mesma conta das apólices: eu podia ser dado.

11

O HOMEM TACITURNO E O TIO FONTES

Não acredito que toda esta história de minha gente tenha interesse para os estranhos. Tem, e muito, para mim. Ao começar estas notas não imaginaria nunca que tanta coisa me viesse à memória, que tantos fatos estivessem vivos, tão próximos de minha recordação. E, sem querer, já vou longe no relato de situações que só este escrever e esta faina a que me impus me revelaram como se fossem de ontem. E assim vou a descobrir um mundo que se considerava bem morto, e, no entanto, cada vez que pego nesta pena para as minhas notas, sinto que o mundo morto não estava de todo morto, e me submeto às ordens de um poder que me escapa e escrevo tudo, como se uma luz estranha se acendesse para clarear os meus passos e situar as coisas no seu lugar. Por mais de uma ocasião pretendi fugir desta presença que, a cada página que escrevo, mais me domina. E é em vão. Tenho que voltar às origens, aos fatos, ao monstruoso processo de minha formação de homem. E não posso fugir. Agarra-se à minha memória e vem à minha sensibilidade este tempo da infância infeliz, de tantos amargores, de tão cruéis feridas em meu corpo e em minha alma. Lembro-me de ter lido nas memórias de um escritor que ele via no menino, considerado em si mesmo ou nas relações com os contemporâneos e, em todas as suas atividades, de acordo com a sua força, uma criatura sábia e racional, ao mesmo tempo que ágil e luminosa, em tudo o que se refere aos seus desejos. Não acredito neste menino, porque, ao me examinar detidamente, ao ligar fatos e situações, todas as manobras de minha vida de criança, nunca me vi e nunca me senti, realmente, conduzido por qualquer ordem sentimental, ou mesmo por qualquer sabedoria de meus instintos ou de meu comportamento. Tudo o que estou a contar é mais um distúrbio do que uma sequência lógica de fatos. Em tudo me vejo conduzido por uma série de contradições que, aqui desta cela úmida, na solidão humana, me parecem violências de uma natureza sem norte, ao desamparo de meus nervos, derrotado por uma hostilidade de todos, desde o mais próximo ao mais distante de meus desejos e de minha repulsa. Mas tenho que contar tudo. E contarei. Tudo que me vier do fundo do poço, da escuridão, para esta luz de um crepúsculo, mas luz, contarei sem pavor de mim mesmo, sem medo dos outros. Curioso é que, ao escrever esta nota, vou adquirindo uma coragem que nunca tive, e me vejo forte, dono de meu destino, como jamais fui. Ontem imaginei em parar, em não ir mais longe no meu relato triste. E hoje volto ao caderno e aqui estou com firme vontade de ir até o fim. E assim estarei pronto a continuar neste meu trabalho. Quero que saibam, porém, que cada palavra escrita neste caderno não exprime outra coisa que a mais verdadeira realidade. Não exagero em nada, não digo nem de mais nem de menos no que conto de mim. Serei por este modo até cruel com as minhas fraquezas, mas franco e real com a minha vida. Recordo-me que li não sei onde, quando se tratava da Renascença, uma referência aos italianos daquele tempo. Dizia o crítico que os homens do grande período podiam ser ávidos, nada cristãos, mentirosos para os outros, mas francos para consigo mesmos e nunca falsificadores em seus princípios ou hipócritas para com os seus próprios sentidos. Procuro dar a estas minhas recordações este caráter de autenticidade. Hoje mesmo, ao imaginar que melhor faria se parasse, se nada mais escrevesse, fui tomado de um pavor que não saberei explicar. Pareceu-me ouvir vozes íntimas que me davam ordem para continuar. E se nada pretendo do mundo para um julgamento, para me condenar ou libertar-me, continuarei.

  Aqui nesta cela mora comigo um homem taciturno. Há seis meses que entrou para companheiro de prisão e até este instante mantém-se fora de qualquer relação de intimidade. É do sim, do não, do trivial no convívio com os seus semelhantes.

Ao ver-me, porém, escrever todas as manhãs, suspendeu a sua atitude de reserva e perguntou-me se estava fazendo algum trabalho de obrigação. E quando lhe disse que nada me obrigava e que procurava somente tomar as horas, o homem taciturno quis saber, rindo, se eu fazia versos. Mostrei-lhe justamente a parte da minha narrativa que tocava no meu tio Fontes. O homem ouviu tudo e como eu lhe perguntasse que achava do que ouvira, ele me disse:

— Este velho esconde alguma coisa.

Nada respondi, mas ao voltar às recordações, ficara-me a observação do companheiro. Que é que, por acaso, escondia o tio Fontes? Naquela manhã da disputa de Laura com a família, o tio crescera para mim. A figura de barba negra e o olhar sereno não era de um homem que escondesse coisa alguma. Falara-me ele da comarca, que não era boa, de suas ambições de ser mais alguma coisa que um juiz. Que queria, por acaso, ser o tio Fontes?

O homem taciturno me alertara, e só em aparecer com aquela sugestão me perturbou no seguimento da narrativa. Parei de escrever, a marcar o tio Fontes, para descobrir-lhe uma situação suspeita. Por que aquela suspeita do companheiro? E ao ver-me, parado, sem ânimo, para escrever, voltou o homem a insistir no tio Fontes. E me contou que não era o primeiro homem assim tão sério, tão grave, que encontrara a esconder uma coisa. E me narrou a história de um parente seu, lá do Norte, homem assim culto e solene que matara a amante, que lhe bebera o sangue e lhe retalhara o corpo. E era um homem bom, querido de toda a cidade, desembargador até, mas escondia um desejo, e era um monstro.

Não quis continuar a minha história. Mas não me faltará tempo. Todo o tempo é meu.

12

A MÃE IRADA E O TIO COMPASSIVO

Volto à minha história com a mesma vontade. E é ainda a família que me anima a tanto, porque de muito perto me tocava. Ouvi Laura a dizer que me queriam dar por causa das casas de Niterói. Eu seria de Isidora. Não porque Isidora me quisesse, mas porque a irmã tomaria conta do que era meu em seu benefício e do marido. Quando ouvi a acusação terrível de Laura procurei não acreditar no que ela continha de desagradável a meu respeito. Eu tinha confiança em Isidora. A conversa que se travou, na família, após a saída de Laura, ainda a conservo bem nítida. Dizia o meu tio que a sua afilhada estava fora de si. E só podia ser uma intriga. Para a minha mãe, Laura era só o marido. Ali viera para satisfazer as ambições de Jorge, que não passava de um vadio. Nunca fora com os modos e os gestos daquele rapaz. A tia Catarina ficara triste para um canto. E Isidora saíra para a cozinha, a pretexto de qualquer coisa. Então a minha mãe falou de alma aberta para o meu tio. Não imaginara em dar as tais apólices a Isidora, mas, pensando bem, um homem como o doutor Luís merecia confiança. Se fizesse testamento saberia o que fazer. Foi a tia Catarina quem a contrariou. E lhe disse, com toda a sua franqueza:

— Leocádia, filho é filho. Tu não podes fazer diferença. E Julinho?

A minha mãe, sem dar pela minha presença, respondeu-lhe:

— Julinho já tem demais. É homem.

E com um gesto que ainda hoje guardo como uma verdadeira chicotada, acrescentou:

— Este, fora bom que não tivesse vingado.

Fiquei quieto, na cadeira de braços, para que não me vissem. Mas a tia Catarina insurgiu-se contra aquela terrível sentença, e gritou para a irmã:

— Isso até é contra Deus!

O tio Fontes silenciou, passou as mãos pela barba, e ao levantar-se, me viu, encolhido na poltrona igual a um fugitivo, a um réprobo, a um pobre nada. Aí o meu tio, com o seu grande corpo, me cobriu a figura desolada, com medo que as duas mulheres me vissem. E assim ficamos um instante que me pareceu uma eternidade. A tia Catarina se calara e a minha mãe fora até a porta da rua. Fugi para o meu quarto. E não tardou que lá chegasse também o tio Fontes. Sentado na cadeira de palhinha que havia ali, quis falar-me e não sabia como. Mas me olhava com tal serenidade na cara, com tanta mágoa na atitude confrangida, que me arrancou lágrimas. Aos poucos fui ouvindo a sua voz de consolo. Chamou-me de filho e procurava atenuar a dureza materna. Para ele a minha mãe sofrera demais com a morte do marido, e dizia o que não sentia.

— É, Julinho, o coração às vezes faz enganos. A Leocádia se comportara como uma criança. Eu não sei o que dizer, mas Catarina sempre me contou coisas de tua mãe que me espantavam. Ela é assim desde moça. Por isso não deve um menino de juízo tomar o que Leocádia diz como o que ela sente.

E como eu não respondesse nada e ficasse mais triste ainda, o tio Fontes parou. Nem mais uma palavra saiu-lhe da boca. Era uma verdadeira estátua, com o nariz de bico enorme. Lá de baixo vinha a voz de minha mãe a tratar no mesmo assunto. E a tia Catarina agora acompanhava a irmã no mesmo diapasão. Gritavam as duas. Aí o meu tio aproximou-se outra vez da minha cama, e com uma carícia sobre os meus cabelos foi me dizendo:

— Julinho, por que não vem comigo para Alfenas?

Procurei fugir do seu afago, e quase que demonstrava a minha repulsa pelo juiz, tão manso e tão sério. Ontem me disse o meu companheiro que achava que o doutor Fontes escondia alguma coisa. Agora, a escrever o que escrevo, quase que me vejo obrigado a sofrer a influência da suspeita do homem. Não. Tudo o que havia no velho era amizade, um amor de pai que pretendia realizar-se no menino abandonado. Não tive tempo para responder ao tio, porque a tia Catarina gritou pelo marido. E escutava o que ela dizia para a minha mãe:

— Aqui não fico nem mais um dia. Fontes, vá comprar passagem. Leocádia está muito enganada.

Mas apareceu Isidora e ouvi muito bem um lamento de pranto. Era a minha mãe outra vez aos gemidos, aos soluços cortados de brados de cólera. Isidora falava para a tia Catarina. Era a doce voz de minha irmã, terna e humilde, para a tia ofendida:

— Mamãe não quis ofender a senhora, minha tia. Tudo é nervoso. Aqui nesta casa parece que vive um demônio.

— Demônio? Então eu sou demônio, filha desnaturada! Ah! É por isso! Todos me querem ofender!

E outra vez os soluços, os gritos, os gemidos. Aí a tia Catarina caiu em si, e verificou que a irmã sofria de verdade. Não se escutava mais nada. A máquina de costura era o único rumor da casa muda. Mais tarde o carteiro apareceu com um registrado para o tio Fontes. Era o escrivão de Alfenas que mandava a notícia de que a Apelação de Belo Horizonte confirmara uma sentença do juiz Fontes.

Então o tio Fontes ficou de uma alegria extraordinária. Iria comigo ao teatro.

13

O TEATRO

O ACÓRDÃO DE BELO Horizonte dera ao tio Fontes uma espantosa alegria. Já não cuidava ele do mal-estar que reinava na casa. Tínhamos que sair para o teatro, e, com a mesa posta para o jantar, a família se portava como se houvesse um silêncio obrigatório. Apenas o tio falava, e de assunto que nada tinha que ver com os fatos da manhã.

A minha mãe tinha tamanha tristeza na cara amargurada que me impressionou. E a tia Catarina passou a comentar com o marido notícias de Alfenas. O promotor se casaria mesmo com a filha do presidente da Câmara. Mas o meu tio queria referências ao acórdão. E lembrou à mulher do que se tratava. Fora a sentença sobre a fazenda de uma dona Carolina, que os herdeiros do primeiro marido pretenderam tomar. E o tio nos contou todos os trâmites da questão. Dera razão à mulher, embora contra ela estivesse toda a política. E agora o tribunal lhe dava esta satisfação. Sem dúvida que era a maior vitória em sua vida de magistrado. Havia até pareceres de mestres do Rio, e o juiz da roça botara todos no chinelo. Não quisera a tia Catarina acompanhar o marido nas suas efusões. Isidora, muito calada, carregava atribulações na alma. Mas a cara dolorosa da minha mãe me alarmava. Ao vê-la assim, posso dizer que temi pela sua sorte. É um sentimento de pena este, que confesso não para de crescer aos olhos de meus semelhantes. Tive pena de minha mãe; e se não me aproximei para lhe dar um apoio, foi porque sabia, na certa, que seria repelido. Enquanto o tio Fontes falava fiquei a notar a dor que se estampava naquela face magra, naqueles olhos fundos. E quase já estávamos no fim quando apareceu o doutor Luís. Não viera jantar porque ficara com um parente chegado de Vassouras. E sorria para todos nós. A pena que me dera a minha mãe se mudava em asco por aquele homem aborrecido. Mas o doutor Luís tinha o que falar. E sem perder um instante, quando soube que o tio sairia para o teatro, foi dizendo o que pretendia. É que fora procurado pelo marido de Laura, e quase que chegaram a um desforço pessoal. Não era homem de brigar, mas não pudera aguentar as ofensas do tal Jorge. Pois não vinha entrar na família para abrir discórdias. Era um homem cordato, não procurava desavenças. Agora, uma coisa era ser do seu lugar e de suas obrigações e outra era ouvir o que ouvira do marido de Laura. A minha mãe ainda mais se amargurou, mas pôs o amigo à vontade, dizendo-lhe:

— O senhor não deve levar em conta os atrevimentos daquele cachorro.

A resposta às queixas do doutor Luís foi dura demais. O meu tio levantou-se da mesa e a tia Catarina lembrou-lhe que devia levar o capote. O tio a sorrir foi lhe dizendo que não iria espantar o povo com aquele capote de caipira.

E assim saímos para o teatro. A alegria do tio não se podia conter. Fomos de bonde, e durante a viagem tudo lhe era pretexto para um dito. Eu é que não achava graça em coisa nenhuma. O acórdão do tribunal bulia com os humores do juiz. Mas o menino posto às garras dos interesses dos outros não podia fugir de sua gravidade. E tanto me compreendeu o companheiro que, aos poucos, foi descendo de sua alegria para mais ficar comigo e mais e mais me arrancar daquela tristeza. As luzes da cidade e os rumores das ruas movimentadas foram me desviando para a vida que passava por nós. A peça a que assistimos era justamente a história de uma mãe. Um rapaz fora chamado para defender uma pobre mulher criminosa. E todo o drama era de grandes palavras, de gestos dolorosos. A sala inteira vibrava aos golpes de cena. O júri ia julgar uma assassina. Uma mulher matara o suposto marido e ali estava para o julgamento. Pobre mulher! Era alta, tinha no rosto um véu negro, e as suas palavras tocavam a assistência, pelo tom compungido. O advogado trabalhava para arrancar da constituinte uma só palavra que lhe revelasse o passado. O passado da mulher havia morrido para sempre. E, no entanto, se ela falasse, se quisesse dizer tudo, ela teria que dizer que aquele rapaz que lhe dava todas as ajudas possíveis não era mais do que o seu filho. Havia pranto pelas cadeiras, pelos camarotes. A mãe destroçada morria com a sua dor, e o seu crime nada era mais do que uma dignidade que não pudera se submeter à sua desgraça e às misérias de um amante. A ré misteriosa do dramalhão me encheu a alma de piedade pela minha mãe. Vi-me injusto, terrível, como o mundo que tudo negava à mulher de véu.

À saída do teatro o meu tio me dizia que os atores não andaram bem nos papéis: o juiz não tinha nada de juiz, nem o convencia, tampouco, o desempenho do advogado. A peça era boa, mas um júri não era aquilo que estava ali.

Para mim o drama era todo como se fosse contra mim e contra todos de casa. E no bonde, com o meu tio que se concentrara, a medir talvez os altos e os baixos do processo, eu me voltei para o caso de minha mãe.

Havia em nossa casa um erro monstruoso. Em breve levaríamos a nossa mãe a um sofrimento como aquele da mulher acusada do crime. E assim o teatro me reduzia a um filho cruel. E a minha mãe, pela primeira vez em minha vida, não era a dura mãe que eu conhecia.

14

A MÃE FURIOSA

No OUTRO DIA NÃO consegui afastar-me da ideia de que todos nós sacrificávamos a pobre mãe, e de que havia naquele seu coração um verdadeiro amor a todos, e todos nós a púnhamos de lado. No colégio não me abandonou este pensamento de culpa. Vi os meus colegas alegres nos jogos de recreio e sabia que tinham mães a quem amavam, e que os amavam. O que houvera conosco não acontecia com os outros. Acreditei que ainda poderia achar um meio de remediar aquele desencontro terrível. E, coisa estranha, me sentia quase que o único responsável, o culpado de todos os nossos erros. Que teria querido dizer a minha mãe quando afirmara que melhor seria que eu não tivesse vingado? Sem dúvida que a minha vida carregava alguma desgraça, e sem dúvida que a minha morte, ao nascer, poderia ter trazido para a família a paz perdida. Eu viera como um transtorno, como uma imprudência, ou, como melhor pensara, com a minha imagem de menino, como um resto de gente. Por isso caía sobre as minhas costas, sobre o meu destino, aquele ódio de mãe agoniada. Era, de fato, demais na casa triste. E assim passei a um submisso de uma fatalidade que não podia vencer.

Mas ao voltar do colégio encontrei a casa em rebuliço. Chegara a notícia de que a Laura botara advogado para provar que a minha mãe não estava no seu juízo perfeito. A tia Catarina havia saído, à procura da afilhada, e o tio Fontes afirmava que tudo não passava de ameaça do tal Jorge para forçar uma providência qualquer em benefício de seus interesses. O que mais me espantou foi encontrar a velha na mais absoluta tranquilidade. Lá estava na sua cadeira de balanço, a ler o seu romance, de cabeça inclinada sobre o livro, a bulir com os lábios como se comesse as palavras. Não me viu chegar, e nem prestava atenção à conversa do tio Fontes com Isidora. E Isidora mostrava uma indignação de raiva. Era uma miséria. A irmã não merecia o nome de filha. O tio procurava passar ao genro ambicioso todo o mal da história. Isidora insistia em só responsabilizar a irmã. Jorge só fazia aquela miséria porque contara com a sua aquiescência. Senão o tipo não teria coragem para tanto. Ao ver-me parado à escuta Isidora mandou-me sair. Aquilo não era conversa para menino. Subi com aquela imagem da mãe passiva, vítima da ganância e da ingratidão dos filhos sem dó e sem piedade. O rodar da máquina de costura abafava a conversa das costureiras. Aos poucos, porém, fui percebendo o que falavam as mulheres. Sei que acusavam Laura. Mas ouvi bem quando uma dizia:

— Também a dona Leocádia é aquela cara de pau, de manhã à noite.

— É – dizia a outra —, aquilo é sofrimento muito.

Depois a máquina continuava a rodar, e lá embaixo o silêncio era de uma casa abandonada.

Naquela tarde de junho, um frio molhado vinha com o vento que balançava as folhas da amendoeira que subia até o meu quarto. Olhei para o morro coberto de uma neblina como se fosse um manto espesso, e a tristeza que estivera comigo no colégio me abafou o coração. A máquina rodava com o seu gemer monótono, e a culpa imensa de uma desgraça que eu provocara pesou sobre todo o meu corpo como se me esmagasse de uma vez para sempre. Aí me surgiu a ideia sinistra. Sim, pela primeira vez a ideia da morte me apareceu. Nunca pensara na morte. Só a vira como um espetáculo; no meu pai estendido, coberto de flores, e no choro patético de minha mãe. Mas naquele instante a morte me vinha como uma solução. Então eu me levantei da cama e fui olhar o mundo lá fora. A velha amendoeira aguentava o vento com uma tranquilidade de quem estava com as suas raízes no fundo da terra. Firme, bem firme nos seus fundamentos. Se perdera Isidora, se era responsável por toda aquela mágoa de uma mãe sofredora, só merecia mesmo a morte. Tudo aquilo me abalou de tal maneira, que quase caí com uma tontura. Voltei para a cama e, coisa que ainda hoje não sei explicar, comecei a vomitar com tal violência que chamou a atenção de Isidora. E ela me disse:

— Esse menino não se emenda. Eu não falei para não comer aquele queijo?

Aos poucos me voltou a paz, e dormi um pouco. Mais tarde a conversa dos grandes me chegou de longe, de muito longe. Depois ouvi bem. Era a tia Catarina. E só ela falava. Devagar, a voz da tia foi se sumindo, e adormeci. Pela manhã, já me havia preparado para a escola, e ia sair de casa quando vi a minha mãe na sua cadeira a ler o livro de sempre. Uma vontade invencível me encheu de coragem e eu corri para perto dela e tomei-lhe as mãos para beijá-la.

Aconteceu, porém, isto que eu conto ainda com uma ferida no coração: a minha mãe fugiu do meu agrado, e de olhos vidrados, com um grito de nojo, empurrou-me. As suas mãos se ergueram em garras, e se eu não tivesse fugido de perto, me teria ela estrangulado. Escuto ainda nos meus ouvidos aquele grito e as palavras que vieram após:

— Peste! Vai para o inferno!

Quando cheguei à rua, era como se tivesse sido açoitado por um chicote de carrasco. O medo me fizera correr até a esquina. E não parei. Saí a correr, até que uma voz de não sei quem me deu a noção de que fugia. Estava atordoado, a boca me amargava, e as minhas pernas vacilavam. Sentei-me no batente de uma loja. Corria-me o suor do rosto. Uma mulher apareceu e me quis amparar. E, quando as suas mãos tocaram-me a cabeça, levantei-me a correr, em desespero. Senti ainda as mãos da mãe furiosa.

15

O PRISIONEIRO

Durante todo o dia, não me pude conter. Qualquer coisa me assustava, não tomava conhecimento das lições e parecia um tonto. Meu professor me mandou ao quadro-negro, e a cada pergunta sua vinha-me à cabeça uma resposta vaga. Nada fiz, nada sabia. Sei que aos meus disparates a classe inteira caiu em gargalhadas. E por isso fui posto de castigo, com duas horas de banca após as aulas. Teria que chegar em casa quase de noite. Gostei da solução, porque só de pensar em ver a cara de minha mãe assaltava-me um medo que me arrepiava. Só, naquela grande sala deserta, me abandonei aos mais terríveis pensamentos. Tinha a certeza de que a minha mãe, se pudesse, liquidaria comigo. E eu não contaria mais com Isidora. Antes eu me amparara no amor da irmã desvelada. Antes eu sabia que no pior momento Isidora aparecia, gritava, opunha a sua vontade à vontade dos outros. Perdera Isidora. E só em pensar nisto, uma fria sensação de pavor me reduzia a um nada. A sala vazia e o grande silêncio do colégio abandonado me isolavam do mundo. Seria melhor se ficasse ali para sempre. Não queria mais saber da minha gente. E aos poucos foi me chegando aquela certeza de que tudo seria melhor se eu desaparecesse da minha casa. A solução de fugir, de escapar, de não mais parecer um estorvo, me aparecia ali, na solidão, como a tentação da tarde anterior. Morrer. Pensara na morte, mas ao olhar o mundo lá fora, a amendoeira a resistir ao vento, os galhos no balanço, e o tronco preso à terra, fugira da ideia sinistra. E vieram aqueles vômitos e viera Isidora para me cuidar. Mas aquele gesto furioso da minha mãe dera-me aquela vontade de correr de rua afora, de escapar de mãos que me pareceram garras de fera. Era um esquecido, um maltratado, um abandonado. E se em casa não me queriam para coisa alguma, só mesmo a fuga seria a minha solução. A tarde era fria e pelas janelas abertas do colégio entrava a aragem úmida do pátio. Cantava, naquele instante, uma mulher que fazia qualquer coisa, na outra sala. Ouvia quase todas as palavras de um fado. E sem querer sentia a história que cantava. Era um homem que não tinha mãos, que perdera a validez, e cantava para a namorada. E sem saber como, a voz fanhosa da mulher me comoveu de tal maneira que me vi com lágrimas nos olhos. E quando o diretor mandou que me arrumasse para sair, não atinei com a ordem. Dei-lhe a impressão de que não ouvira, e ele, exasperado, gritou que me levantasse. E a imaginar que estivesse com propósito contra ele, aproximou-se de mim para me dizer que não admitia atrevidaços no seu colégio, e que para menino malcriado ele tinha o olho da rua. As lágrimas que me enchiam os olhos talvez que lhe abrandassem a fúria, e chegou-se para mim para aconselhar-me. Sempre fora um menino aplicado, comportado. Não era correto que estivesse a perturbar a classe com as minhas distrações. E, para meter-me em brios:

— Olhe, você é o homem de sua família. É preciso fazer o possível para não desgostar a sua mãe.

As palavras do homem ainda estavam nos meus ouvidos ao chegar à porta da rua. Teria que tomar o bonde, e preparava-me para olhar a cara terrível da minha mãe. Foi quando uma coisa me disse que eu devia fugir. De nada mais soube. E como um atormentado, levado por uma vontade que era superior a mim, tomei o carro para o Alto da Boa Vista.

Era noite quando paramos ao fim da viagem. Desci do bonde para me recolher debaixo de uma árvore, e o frio fazia-me andar. Estava só no mundo, ninguém me veria, mãos de garra não me ameaçariam. Uma primeira sensação de alívio me encheu de quase tranquilidade. E fui andando mais ainda. E agora não havia casas e nem sinal de gente. Estava só e era feliz. A noite não me dava o menor medo. O que não desejava era sofrer a presença de minha mãe, o que desejava era ser um menino que não tivesse a culpa de todas as desgraças da família. E fui andando. Sabia que na noite, no meio daquelas árvores, na solidão imensa, não me aparecia aquela cara de minha mãe, aquele grito, aquele asco, aquele nojo que ela manifestara com tamanha violência. Mas aos poucos, na mata espessa, ao clarão da lua, ia descobrindo a estrada por onde caminhava. Estava só. Ouvi, então, umas vozes que se aproximavam. Escondi-me por trás de um tufo de palmeiras e escutei a conversa. Eram dois homens que tratavam de negócios de jogo de bicho. Temi os homens, mas passaram rápidos e, ao ficar outra vez só, já não era o mesmo. Aquela presença de gente não me animara. Pelo contrário, era como se me tivesse despertado de um sonho. Acordei no esquisito da mata e tive medo. E toda aquela noite, e todas aquelas árvores, e até o clarão da lua na estrada, me pareciam a cara de minha mãe. Tudo aquilo era a minha mãe de garras erguidas. Corri em sentido contrário, e ao chegar outra vez ao lugar de onde saíra, vinha ofegante. Parei para respirar, e uma voz, que me abalou da cabeça aos pés:

— O que é que está fazendo aqui, menino?

E agora havia mais gente em derredor de mim.

— É um menino perdido – dizia um sujeito velho.

Quis fugir, quis despregar-me do grupo, mas foi inútil. Era um prisioneiro. E assaltado por um choro convulso, fui obrigado a entregar-me.

16

A VOLTA DO PRÓDIGO OU AS LÁGRIMAS DE ISIDORA

Eu não encontraria uma casa em festa para me receber, e nem os melhores agrados, e nem a família a descobrir impossíveis para contentar o que voltara batido pelas desgraças. Nada disto.

Eram quase 11 horas da noite quando me deixaram em casa, extenuado e triste. Havia um alarme geral. Só me recordo, como de uma imensa consolação, do abraço e dos beijos da irmã Isidora. Depois foram os gritos de minha mãe, as ameaças de castigo. E o sono pesado. Ao despertar, estava o tio Fontes no meu quarto.

— Menino – me disse ele —, você quase que nos punha loucos com essa tolice.

E quis saber o porquê de toda aquela minha resolução. Quis contar-lhe as passagens com a minha mãe, e não tive coragem. Silenciei. Mas o tio Fontes não se conformou e apelou para tudo. Tinha-me na conta de homem, confiara tanto em mim, e agora eu fazia aquela. Ele sabia que eu estava a esconder algum segredo. E ficou de cara amarrada. A voz do tio era como se fosse ainda um resto daquela noite do Alto da Boa Vista. Não me amparava, não me fazia esquecer a cara da minha mãe. E a presença do tio ali no quarto, em vez de dar-me coragem para resistir, me alarmava ainda mais.

Por que não confiava no tio Fontes? Ao escrever hoje este relato não me situo bem diante daquela minha hostilidade ao juiz. Não era ele tão franco, tão carinhoso, tão camarada comigo? Era, e eu não tinha o menor motivo para desconfiar dele. E entretanto desconfiava. Não o via talvez muito separado da minha mãe. Via-o sempre a concordar com ela, a justificar as suas asperezas, a ser sempre o bom cunhado. Enquanto o tio Fontes não saiu do meu quarto não sosseguei. Incomodava-me a sua figura. A barba preta, o tom doce da voz me punham em estado de rebeldia. E desde que ele desceu para a mesa do café, pude sentir-me mais tranquilo, e saber de meus planos. Os passarinhos cantavam na amendoeira, e eu os escutava como se fossem vozes mais humanas do que as de minha casa. Lá embaixo ouvia bem a minha mãe a falar:

— Tudo é por culpa de Isidora. Este menino nunca apanhou, faz o que bem quer. Isto não é criação que se dê.

Estranhei que Isidora não me defendesse. Mas a tia Catarina estava na conversa para me acusar também. E, pela primeira vez, escutei-a a acusar. E me acusava. Para ela só mesmo o colégio interno. Isidora ia casar e o menino não podia ficar solto.

— Você, Leocádia, não tem paciência. O melhor é o colégio interno. E ele está bem na idade.

E nada de ouvir a voz de Isidora. Pouco me importava que todos me reduzissem a nada, mas queria ouvir a voz de Isidora.

Aquilo me doía mais fundo do que tudo. Era que Isidora não estava em casa. Mas ao ouvir a minha mãe dizer: "Quando Isidora chegar da missa...", não sei como explicar, foi como se me tivessem arrancado de uma forca. E Isidora chegou para ouvir e dizer como nos velhos tempos. Aí já não existiam mais dores para mim.

— Pois minha mãe, a senhora está muito enganada. Se é para botar Julinho no colégio, não me caso.

A mãe levantava a voz, mas Isidora levantava a sua com violência dobrada:

— Querem matar o menino! Pois não matam não!

Ouvi a minha mãe aos gritos, e outros gritos de Isidora cobriam a cólera da velha. Tremia como se me sacudisse em meio de uma tempestade.

— É assim mesmo, tia Catarina, caso para me ver livre desta vida de cachorro. E agora vão maltratar o Julinho.

A tia Catarina, que desde o começo da conversa vinha contra mim, mudou a direção do debate para perguntar a Isidora se era algum crime botar-se um menino no colégio.

— Quisera eu ter tido muitos e ter posses para mandar os meus filhos para o colégio.

E o tio Fontes, que estivera calado durante o conflito, se pôs a falar com a sua voz mansa, com os seus termos conciliatórios:

— É verdade, Isidora, o que se quer fazer com o menino é só para o seu bem. O Julinho é uma criança de boa índole, mas está a se perder.

— Ora esta é muito boa, meu tio. Não vejo menino mais quieto do que Julinho. Nunca me deu trabalho. E eu só caso se ele for comigo.

— Mas, menina – adiantou a tia Catarina —, tu já indagaste do noivo se ele admite isso?

— Pois se não admite, que se dane.

A minha mãe falou para a irmã:

— Eu não te digo, Catarina? Todas são assim. Só fazem o que querem. E ainda ofendem.

— Leocádia, você precisa ver que Isidora criou este menino, e fez dele a sua vida.

— Que vida, que coisa nenhuma! Tudo é para me contrariar. Pois me mate, filha dos diabos!

Aí não pude perceber mais nada. Os gritos da minha mãe se repetiam, num tom infernal. E não parava mais. Sei que Isidora subiu as escadas, e caiu aos pés da minha cama, a chorar em desespero. Sei que a tia Catarina acalmava a minha mãe em cólera. E que os pássaros que cantavam na amendoeira deviam ter fugido para longe. E a minha mãe não parava de gritar. Por fim aquele choro terrível, os soluços como brados de uma ira indomável.

Tremia em cima da cama, e as lágrimas de Isidora vieram sobre a minha face como um bálsamo do céu. Não mais escutava o berreiro lá de baixo; era só aquele choro de Isidora que me tocava a alma feito uma música doce, terna. Sim, não me importava que o mundo se acabasse, não me importava com as fúrias de minha mãe: tinha Isidora a chorar ao meu lado.

17

O HOMEM TACITURNO

Voltou o homem taciturno a pedir para que lhe lesse alguma coisa das minhas anotações. E quando terminei, em voz pausada, de relatar-lhe o capítulo da "mãe furiosa", ele permaneceu em silêncio, levantou-se para um canto da cela, procurou esconder qualquer coisa, mas terminou por me dizer:

— Você não compreendeu a sua mãe. Eu não sei, mas para lhe falar com franqueza, falta a verdade nessa sua história. Uma mãe vale muito mais do que isto que você escreveu.

Respondi que nada mais fazia do que repetir o que estava escondido dentro de mim, e que todos os fatos narrados eram absolutamente exatos.

O homem taciturno não pôs dúvidas às minhas palavras, mas disse-me que a verdade não seria aquilo que a gente imagina que fosse a nossa verdade. Ela se escondia, se disfarçava, para nos fazer a surpresa de nos convencer, de nos contrariar, de ser mais forte do que os nossos desejos. Fiquei quieto, mas o meu companheiro estava disposto a expor-me ao jogo de minhas fraquezas:

— Eu, se fosse você, não continuava a escrever. Para quê? Se pretende com estas fraquezas chegar ao fim, muito há de se arrepender. Melhor guardar as nossas mesquinharias do que expô-las aos outros.

Disse-lhe que outro intuito não tinha do que vencer os meus tédios.

— Mas não o faça com o sacrifício da sua vida.

E calou-se. E virou o rosto para o lado da parede suja, e até a noite não me deu mais uma palavra. Reli o capítulo da "mãe furiosa", para medir a sua verdade. E senti que não exagerava uma linha nem mesmo carregava nas cores. Aquela era de fato a minha mãe, a mãe de minha infância, a que estava, como em água-forte, em minha memória.

Uma mãe valia muito mais, me dissera aquele homem que de sua vida não me adiantava um mínimo incidente. Eu sabia que era um condenado por crime de morte. Matara a mulher, conforme me informara o guarda, e que fora homem de posição, em outras épocas. Era velho, tinha cabelos brancos e uns olhos fundos, mas luminosos, de uma penetração aguda sobretudo. O ar de aborrecimento, os seus silêncios, a sua solidão, me davam sempre a ideia de uma criatura que não queria ligações com os seus semelhantes. E no entanto aquele homem duro me acusava de castigar uma velha para impor uma verdade que ele descobria que não convenceria a ninguém. Reli outra vez o capítulo, e não tive coragem de alterar uma linha. Sim, eu sabia que uma mãe valia muito mais do que a "mãe furiosa" que estava nas anotações de meu caderno. E por que parar de escrever? O homem fora sincero comigo. Nada pretendia das minhas palavras mais do que elas pudessem dizer nem menos do que elas possam exprimir. No princípio eu afirmava que só me valia a verdade. Mesmo uma verdade de muita dor e de muita crueldade. E assim irei, sem medo, sem arrogâncias, sem nenhum propósito de reduzir ou aumentar os fatos. Vejo a minha mãe, como na narrativa ela aparece. Pelo que me deu a entender o homem, tão crítico e tão pessimista a meu respeito, o que desejei no traçar o retrato da minha mãe foi cometer um crime, ou quase um matricídio. Agora que escrevo, vejo-o a ressonar na sua cama estreita, e sem querer sinto que a sua presença me oprime um pouco. Após ouvi-lo, após dar-me aquele conselho para não continuar em minhas anotações, ao senti-lo ao meu lado, é com mais cuidado que volto ao trabalho. Deveria parar? Aqueles cabelos brancos não seriam uma grande experiência? Mas se quero escrever, hei de escrever. Tudo ficará para contentar somente esta minha ânsia de falar para o mundo. Não me escutarão, estou certo, mas continuarei no meu monólogo, a fixar as minhas fraquezas, os meus pegadios, as minhas paixões, os meus desencantos.

Tinha, no último relato, Isidora aos meus pés. Viera ela de um bate-boca tremendo com a gente de casa. E agora vejo-a aos meus pés, deitada no chão do meu quarto, em lágrimas que me lavavam a alma aflita. Sabia que errara, que ofendera a minha irmã ao julgá-la de modo a tê-la quase que como uma inimiga. E por que não falar da irmã que rompera com as conveniências, que estava disposta a todos os sacrifícios para amar o irmão que era mais do que a sua própria carne?

Vejo o homem taciturno de costas para mim. Estará, sem dúvida, a me considerar um monstro porque escrevi as palavras precisas para tratar do caso de minha mãe. Quero continuar a escrever, e qualquer coisa me embaraça, me turva a memória. Era de Isidora que falava, e a imagem da minha mãe persiste, como a de uma sacrificada pela impiedade de um filho que não sabia conter os seus ressentimentos. Fujo da crítica severa, mas tropeço, vencido. Aqui está, estendido em sua cama, o homem que me atribui uma vontade sinistra. Sei que não devo obedecer às suas ordens nem levar a sério a sua sugestão. E a memória não me socorre. Isidora continua aos meus pés. Tenho vontade de não continuar mais. Talvez que seja cansaço. Paro de escrever. O homem continua a ressonar.

Não devo me submeter à imposição de um maníaco. Tenho que contar esta minha vida, como prometi. Continuarei amanhã.

O homem taciturno levanta-se e me olha como se me surpreendesse num crime.

18

AS CONFISSÕES DE ISIDORA

Passo a contar tudo como se passou. Chegara Isidora ao meu quarto e chorava, com a cabeça apoiada na cama, estendida no chão. Já confessei que toda aquela dor da irmã que me procurava me enchera de uma satisfação que não posso medir. Até que afinal eu podia contar com Isidora. Mas aos poucos foi ela voltando ao natural, e não quero perder uma só de suas palavras, neste relato que escrevo de coração aberto.

— Julinho – foi ela me dizendo —, eu sou culpada de tudo.

E falava baixo, quase aos meus ouvidos. A sua voz vinha numa surdina que era mais do que uma música.

— Julinho, eu sou culpada de tudo. A minha mãe não tem culpa. Ela não te quer bem e nem mal. Eu é que devia saber de tudo, e não quis saber. O meu casamento vai ser feito porque eu não quis matar de desgosto a velha. Ela quer me casar. E eu vou casar. Mas Julinho, eu não me separo de ti. Se o Luís não te quiser eu não quero casamento.

E me apertou nos braços com tal força que me doeram os seus afagos. Depois eu vi Isidora calada, como se estivesse dormindo e como se eu fosse a sua proteção. Havia um enorme silêncio na casa. E só o movimento da rua nos dava a certeza da vida dos outros. Isidora não se movia. E eu me tinha na conta de um vitorioso contra o mundo inteiro. Mais tarde a irmã levantou-se e era hora do almoço. A tia Catarina chamou-a. E o tio Fontes apareceu para me falar. Era como se nada tivesse acontecido e ele me procurava para sairmos à tarde. Tinha que provar um terno e queria saber a minha opinião. Escolhera uma casimira escura, que desse muito bem para presidir o júri e os atos de cerimônia. E saiu o meu tio sem que tivesse eu dado conta de sua presença. Pouco depois, voltou Isidora para perto de mim. Já era outra criatura. Tinha os olhos meigos, sem aquele vermelho do pranto, aqueles seus olhos que pareciam a coisa mais bela da Terra. E sorria para mim. E só em vê-la assim, senhora de si, eu avaliava que não me faltaria mais nada. Mas Isidora ainda me pretendia falar de mais coisas. E me disse que eu ficaria em sua companhia. Quisesse ou não quisesse a mãe ou o noivo. Falava-me com tal segurança que não podia mais deixar dúvida alguma. E adiantou:

— Se o Luís ficar de cara feia eu acabo tudo.

A minha alegria era tamanha que não sabia mais o que falar. Vi Isidora no meu quarto, e parecia tudo aquilo um sonho. Ali ao meu lado, a cantarolar baixo, no quarto, fingia que passava a vista no meu livro de leitura, bordava de cabeça pendida para o trabalho. Era uma formosura Isidora. Todo o esplendor da beleza se irradiava daqueles seus cabelos castanhos, da sua cor morena, dos seus lábios. Contei-lhe que ia sair com o tio Fontes, e para meu espanto vi Isidora fazer um gesto de desprezo. E, sem que eu lhe perguntasse nada, foi dizendo:

— Esse tio Fontes só tem conversa. Aqui em casa fazem dele o que querem.

E como se se tivesse arrependido:

— Mas a tia Catarina é muito boa.

Contei-lhe então que o tio Fontes falara em levar-me para Alfenas.

Isidora contrariou-se:

— Não falam noutra coisa. Mas eu mostro a eles.

Eram para mim uma surpresa todas aquelas palavras de Isidora. Nunca podia crer que as coisas estivessem naquele pé. Agora era outra criatura.

Levantei-me da cama para olhar pela janela o dia maravilhoso de junho. E a amendoeira pacífica, com todo o seu folhame, sem um movimento de agonia, serena, como se todas as suas raízes estivessem no fundo da terra dando o que podiam dar, e arrancando das profundezas as suas seivas de vida. Era um dia grande para mim. Tinha ali a minha Isidora, e aquele sol que batia nos vidros da casa fronteira, e aquele azul que descia do céu e cobria os morros, aquilo tinha um dono só: era da minha alegria, do meu triunfo. Isidora continuava a bordar e a voz de tia Catarina enchia a casa inteira. Falava com o tio Fontes e tratavam de Alfenas. Nada mais me desagradaria, nada mais me daria aquele gosto de fel na boca, aquela terrível sensação de fracasso. Tudo era meu, bem meu. A cara dolorosa da minha mãe se fora, não poderia me esmagar as ambições. Tudo que me fizera sofrer estava derrotado para sempre. A passarada cantava na amendoeira, e o homem das laranjas, com a sua cantoria saudosa, tomara conta da rua. Chegava-me com o cheiro do limoeiro do quintal uma aragem de frio bom. Era o mundo feliz.

Com pouco mais apareceu o tio Fontes para me falar do passeio. Teria que me vestir para sair com ele. Isidora fez que não o vira chegar, nem levantou os olhos do pano. Olhei para a minha irmã a fim de encontrar um gesto ou uma palavra. Ela bordava, e vi que era um L grande, num linho branco, para fronha. De repente uma mágoa à toa escureceu a claridade do meu dia festivo. O coração leve carregava outra vez um peso de chumbo no seu bater angustiado. Aquilo feriu-me com crueldade. Era um L que Isidora gravava com as suas mãos finas, com os seus dedos redondos e macios. Era a letra do noivo. Fiquei quieto a olhar para o que não via. E só despertei com a voz de Isidora que me soava aos ouvidos, como uma ordem dura:

— Julinho, vai te preparar. O tio Fontes está esperando.

Aí foi que vi que a cara da minha mãe me esperava lá embaixo.

19

O L DE LUÍS

Aquilo tinha me ficado na cabeça e, diria melhor, em todo o meu corpo. Já não via a cara terrível de minha mãe, porque o que via, por toda a parte, era o L, bonito e trabalhado, que Isidora bordava para o travesseiro onde o noivo deitaria a cabeça. E via a grande cabeça, os olhos miúdos, todo o homem desprezível no aconchego da cama.

O tio Fontes provava a roupa azul. No seu corpo magro o casaco caía como num manequim de madeira. Ele se olhava no espelho e pedia opinião. Sei que dizia ao alfaiate que não queria coisa exagerada, mas terno que durasse, que lhe servisse para todos os atos.

Mas não estava cuidando do tio Fontes. O que me havia tomado e absorvido a atenção era o L da fronha que Isidora bordava. E com aquele L na cabeça andei pelas lojas com o tio, e cheguei ao cinema para uma fita que era a história de Cleópatra, a rainha do Nilo. Tudo se passava na tela com a minha agoniada indiferença. Só me ficou mesmo aquela serpente que a rainha arrancara de uma cesta de frutas e de flores, e à qual entregara o peito para a picada mortal. A linda mulher morria com a derrota. A cobra mordera-lhe o seio ofegante. E os seus olhos pretos se arregalavam na dor da morte. Morria a rainha com o amor saciado, com os seus navios afundados. Foi o que vi de todo o romance. De volta para casa o tio Fontes me falou do seu regresso. Catarina ficaria. Alfenas não tinha as ruas do Rio de Janeiro, mas carecia dele. E tinha muito trabalho a resolver. O tribunal confiava na sua justiça. E aquilo foi somente um pretexto para falar da sua sentença e do acórdão da Apelação. Recebera uma carta do escrivão dando notícias do sucesso. O advogado Neves, que fora procurador da parte vencida, gabara-lhe o trabalho. Nada ouvia do tio que me desse o menor interesse. Só o L de Luís, que as mãos de Isidora bordavam no linho branco, me tocava fundo. As palavras do tio Fontes eram palavras perdidas. Sei que, antes de chegar em casa, subiu para o bonde um homem gordo e trajado com elegância. E mal se avistou com o tio foi com uma alegria enorme que o abraçou:

— Mas seu Fontes, onde você anda?

O tio lhe falou de Alfenas, e o homem gordo lhe falou de São Paulo. Reparei então que o homem trazia um grande anel no dedo, e chapéu do chile.

— Seu Fontes, deixei a carreira e estou fazendeiro. O meu sogro entregou-me as propriedades para administrar.

O juiz quis falar-lhe da comarca, mas o homem gordo não lhe deu oportunidade:

— Pois, seu Fontes, venha para São Paulo. Peça aposentadoria e venha advogar. Posso lhe garantir que em Rio Preto vai fazer fortuna.

O meu tio sorria, mas devia estar sofrendo uma tentação.

— E este menino?

— É meu sobrinho.

— E você não tem filhos? E ainda continua naquela terra de Minas?

A conversa se prolongou. O homem gordo ia à Tijuca visitar um parente, mas queria saber onde estava hospedado o tio Fontes. E lhe afirmou que estava falando de verdade, que garantiria ao colega uma situação esplêndida em Rio Preto. E quando ele nos deixou no seu ponto, o meu tio se voltou para mim, e desabafou:

— Veja você, menino, o que é o mundo. O Lopes era o pior aluno da turma. E tudo lhe saiu às mil maravilhas. Isto de sucesso vem do berço.

E calou-se o tio Fontes, mas ficou triste. O homem gordo, rico, cheio de felicidade, de opulência, devia estar naquele silêncio, naquele olhar, naquela tristeza do tio Fontes. Foram-se as alegrias do acórdão, e o que ficou foi a vitória do colega, o pior da turma, que lhe aparecia num bonde, após vinte anos, com as promessas de riquezas de outra vida.

E enquanto o tio estava a braços com a vitória do colega, em mim trabalhava o L que Isidora bordava para a cabeça do noivo repousar. Era um L de talhe bonito, se abria no pano, pelos dedos redondos de Isidora.

Quando cheguei em casa já estava na sala de jantar, todo penteado, de olhar rasteiro, o noivo feliz. Isidora conversava com ele. E mal me viu, o homem foi botando nas minhas mãos um presente que trouxera. Era um livro de histórias. Quase que não pude receber aquela dádiva de quem seria dono de Isidora. E quando ia saindo para subir para meu quarto, ouvi muito bem Isidora sorrir para ele, a dizer-me:

— Julinho, agradece a teu tio Luís.

Quis fugir, quis sacudir aquele livro no chão. E o teria feito se não fosse o olhar duro e imperativo de minha irmã. E apertei a mão do tipo. Não era só isto. Isidora queria mais:
— Julinho, beija a mão do teu tio Luís.

E a mão pequena e branca do homem estava ali aos meus olhos, para que a beijasse. Senti um asco de quem fosse obrigado a devorar uma imundície. Todo o meu corpo reagiu num ímpeto violento. E corri para o quarto, a subir aos pulos as escadas. Ouvi o grito de Isidora. Nada me deteve. Lá em cima, porém, ia acontecer-me uma desgraça. Isidora apareceu e, tocada por uma raiva diabólica (aquela não era a Isidora que eu amava), atacou-me com tal ira que manchas ficaram no meu corpo.

No outro dia de manhã, lá estava, em cima do consolo da sala de visitas, o L de Luís no linho branco, na fronha onde a cabeça do noivo repousaria no sono feliz.

20

AS MANCHAS AZUIS

Foi de tanto me bater que Isidora deixara manchas azuis no meu corpo. Como acontecera semelhante coisa? Sei que, a subir correndo para o quarto, para não beijar a mão do noivo, lá chegara depois Isidora, e com as suas mãos, as suas mãos que bordavam o L infame, me batera com uma ira de assassina. Não eram as mãos de garra da minha mãe, eram as mãos de dedos redondos de Isidora. Mas dormi profundamente naquela noite e só me apareceu a mágoa indomável na manhã seguinte, quando vi outra vez em cima do consolo o L no linho branco, como uma mancha de sangue, na linha vermelha do bordado. E assim estive o dia inteiro quase sem saber avaliar com segurança o fato da noite passada.

Por que Isidora fizera aquilo? Antes a vira aos soluços ao pé de minha cama, e agora a via furiosa, a bater-me impiedosamente.

E à noite simulei uma dor de cabeça e fiquei no quarto. Isidora saíra com a tia Catarina para uma visita e quem apareceu para conversar comigo foi o tio Fontes. Vinha tocar no colega que o convidara para advogar em Rio Preto. O Lopes era o pior aluno, e estava rico e podia ainda dar-lhe a mão. Era quem tinha razão. Se tivesse se dedicado aos trabalhos do foro seria homem rico, teria grande nome e a sua vida não era aquela vida pequena de magistrado da roça. O que era Alfenas para ele? Uma boa cidade, boa gente, mas o que poderia fazer ali, além do que já fizera? Não dissera nada a Catarina, mas não havia dúvida: iria aposentar-se. Aceitaria o convite do colega. Era ainda um homem moço, e com a prática de juiz poderia assombrar uma comarca do interior.

Tinha a impressão de que tio Fontes falava sozinho. De mim não esperava uma só palavra. As suas considerações marchavam às carreiras, sem os tropeços de um interlocutor. Estava deitado, e ele ao lado, com a sua barba negra. E os olhos grandes me davam a figura exata de uma imagem de santo que já vira. Se não me engano, era de são Francisco de Bórgia. Depois de tanto falar, o tio se lembrou de mim e me disse, com estas próprias palavras:

— Julinho, fizeste bem em não beijar a mão daquele tipo.

E como tivesse se arrependido:

— Mas menino é menino e deve obedecer aos grandes. A tua irmã é a tua mãe.

Saiu o tio do meu quarto e já era tarde quando ouvi vozes na sala.

Chegaram a tia Catarina e Isidora da visita. E como a casa estivesse em silêncio de coisa morta eu consegui ouvir o que elas conversavam em voz baixa. E conversavam a meu respeito. Ouvi bem a tia Catarina dizer para Isidora:

— Menina, tu és culpada. Criaste esse menino com muito dengo. E aí está ele que parece um não me toques.

— Qual, minha tia, o Julinho é uma criatura muito sensível. Não pode avaliar a senhora como me arrependo do que fiz com ele. Coitadinho, nem teve coragem de olhar para mim, nem ontem nem hoje.

— É por isto que ele faz o que faz.

Não ouvi mais nada, e não queria ouvir. Bastava-me aquela confissão de Isidora para me consolar de tudo o mais. E me esqueci das mágoas e procurei dormir, mas sem poder. Vi Isidora entrar no meu quarto e fechei os olhos para que não me surpreendesse acordado. Cobriu-me com o cobertor, e baixou o rosto sobre a minha cabeça e beijou-me. Era o beijo quente, o beijo da irmã que me amava, apesar de tudo. Naquela noite não consegui mesmo dormir, e vi de madrugada a luz aparecer no vidro da minha janela, e ouvi o primeiro cantar dos pássaros, e ouvi os galos em matinas, e ouvi os passos de todos os que atravessavam a calçada. E tudo me dava uma alegria extraordinária. A casa inteira não tinha um só movimento de vida.

O primeiro sinal de vida veio do quarto de minha mãe que se levantava para a missa das seis. Fazia muito frio, mas ouvi bem o rumor da chaleira, e a tosse da velha a sair da ducha gelada. Aquilo era todas as madrugadas. Aos poucos o dia entrava de janelas adentro, e a vida teria que começar.

O tio Fontes já se levantara e conversava em voz alta com as mulheres. Com pouco Isidora apareceu para me ajudar nos preparativos do colégio. E depois desceu para providenciar o café. Só no quarto outra vez, a cuidar das lições, não imaginava naqueles absurdos que imaginara no dia anterior. É preciso que eu diga: pensara em matar-me. Pela segunda vez me passara pela cabeça essa ideia da morte, o desaparecer para sempre, acabar com a desventura de viver sem Isidora. Não fizera outra coisa durante todas as horas em que estivera no colégio. Era o melhor, e era o mais fácil. Isidora que sofresse, Isidora que pagasse, Isidora que carregasse nas costas a morte do irmão. O noivo miserável com aqueles olhos miúdos e aquelas mãos pequenas nojentas! Agora, porém, tudo era outra coisa. Ouvira a voz doce de Isidora a dizer que eu era um anjo, e o mundo nascia outra vez para mim. Mas quando cheguei no banheiro, e quando vi aquelas manchas azuis, as marcas dos dedos de Isidora no meu corpo, senti que tudo aquilo era maior, era mais meu do que o L que era de Luís.

21

O HERÓI

O CASAMENTO SERIA EM dezembro e tudo correria muito bem se não fossem as tentativas de Laura contra a paz da família. O marido da nossa irmã mais velha cumprira as ameaças de interditar a minha mãe. E agora, sem o tio Fontes, as mulheres não sabiam o que fazer. O noivo, porém, apareceu para manobrar tudo, e parecia o chefe, num tom suficiente de fala. Ouvia, à noite, quando ele chegava, o noticiário dos acontecimentos, os comentários que fazia. Todos o escutavam e todos acreditavam nele. Afinal era o homem da família. Sabia que a minha mãe não podia suportar por muito tempo aquelas impertinências de exames de sanidade e outras atrapalhações da Justiça. No dia em que estiveram lá em casa, os médicos que dariam laudo sobre ela se reuniram em conferência na sala de visita, trancados. Ao saírem os homens graves, a mulher parecia de uma tranquilidade espantosa. Mas tudo aquilo era como um céu fechado antes de uma tempestade. Vieram depois o coruscar dos relâmpagos e o roncar dos trovões. A minha mãe abraçou-se com a tia Catarina, na subida da escada, e com pouco os seus gritos, as suas imprecações, os seus soluços atravessavam a rua para chegar até longe. Um vizinho veio perguntar se não queriam que chamassem a assistência. Ficou nesse estado até quase o escurecer. Mas quando o noivo chegou sorridente, com os olhos miúdos, a voz aveludada, tudo passou em minha mãe. E era toda ela um céu claro, um tempo magnífico. Lá do meu quarto escutava a conversa do noivo que dizia que, pelo que ouvira de um dos legistas, o estado de saúde de minha mãe seria dado como esplêndido. E tudo correria muito bem. Afinal a família estava em paz.

No entanto, a tia Catarina, no seu quarto, conversava com Isidora e, pelo que dizia, não estava tão tranquila em relação à irmã. Temia pela saúde de Leocádia. Aqueles gritos e aquele choro não eram de gente sadia. Mas Isidora achava que sempre fora assim a nossa mãe. E tudo passaria ao primeiro contato com uma satisfação qualquer. Luís tinha aquela força de fazê-la feliz como nunca fora.

— Aquilo não é felicidade, menina; aquilo é doença. A tua mãe é capaz de morrer por este rapaz.

Isidora não respondeu coisa alguma. E só se escutava a voz do noivo a falar com a minha mãe. E o que ele dizia não merecia a menor contestação. A tia Catarina, porém, não se conformava e garantia a Isidora que no outro dia iria à procura de Laura, com a certeza de acabar com as brigas.

Naquela noite, porém, iria acontecer um fato que me faria mudar em muito a minha opinião sobre o noivo de Isidora. E conto tudo. Estávamos na sala de jantar quando ouvimos uma pessoa penetrar em casa, sem bater. Era o marido de Laura. Na mesa todos pararam assustados com aquela aparição. Vi minha mãe erguer-se da mesa. Mas o marido de Laura lhe disse:

— Pode ficar, dona Leocádia. Vim aqui para dizer justamente à senhora que nada tema contra a sua pessoa. Não queremos que a família passe por mais um vexame.

Então minha mãe não lhe deu tempo a terminar e, com uma fúria de raiva terrível, gritou-lhe:

— Saia desta casa, seu cachorro!

E como se fosse de pedra, parou estarrecida, com os olhos a fuzilar, toda hirta. Jorge não encontrou uma palavra para terminar, mas o noivo de Isidora, muito calmo, de fala mansa, em tom de conversa, foi dizendo:

— O senhor não devia aparecer por aqui. Já que procedeu como procedeu, devia ao menos respeitar dona Leocádia.

O outro aproximou-se dele, e o doutor Luís levantou-se de sua cadeira e, com o dedo quase que na cara de Jorge, continuou:

— O senhor não abuse de uma casa de família. Já lhe disse que não tolero o menor sinal de desrespeito.

E aí a voz do noivo de Isidora era grave e dura:

— Já lhe disse que não sou criança. O que o senhor pretende é fazer mais uma chantagem.

Jorge pretendeu fazer qualquer gesto, vi que ele botara a mão no bolso, mas aí o noivo de Isidora já o tinha parado a distância, pois de arma em punho gritava que se retirasse.

As mulheres se alarmaram. A tia Catarina chorava alto e Isidora punha-se ao lado do doutor Luís. Só a minha mãe, em pé, firme, tal qual uma pedra, parecia fora de tudo o que se passava. Só ouvi o seu grito:

— Saia desta casa, cachorro!

E a figura do doutor Luís, sereno, com o revólver à mostra, e o desgraçado Jorge a se retirar. Ao chegar à porta de saída, olhou para todos, riu e ameaçou:

— Eu te espero lá fora, canalha!

Depois fez-se um silêncio na sala. A minha mãe sentou-se na sua cadeira de balanço. E a tia Catarina, ainda transtornada:

— Eu nunca imaginei que viesse para casa de Leocádia para ver estas coisas.

E chegando para mim:

— Vai dormir, menino.

Subi para o quarto e quem estava na minha cabeça era o noivo de Isidora. A figura desprezível, os olhos miúdos, a voz aborrecida me escaparam, para surgir aquele homem de coragem, firme, com uma energia de bravo. Isidora seria dele. Era um homem, mandaria em Isidora, mandaria em nós todos. E me senti fraco, mais fraco, mais covarde, mais um pobre-diabo do que Jorge.

22

A DORMIR COMO UMA LESMA

Uma carta do tio Fontes abalara a ordem da nossa casa. Porque era sobre a tia Catarina que repousavam os negócios e as manobras do casamento de Isidora. E depois da leitura da carta houve como que uma revolução. A tia Catarina teria que embarcar, às carreiras, pois não se conformaria com aquela resolução do marido. Só mesmo coisa de quem perdera o juízo. Ela não admitia que Fontes caísse naquilo. Mandara o tio dizer que estava disposto a pedir aposentadoria e mudar-se para São Paulo. E a tia Catarina gritava:

— Só mesmo coisa de doido. Abandonar a carreira para meter-se em aventuras.

Mais tarde as coisas se acomodaram, e em vez de seguir para Alfenas a tia escreveria, com toda a energia, para chamar o marido à realidade. E tudo parou por causa da tia Catarina. O seu assunto era o marido, só falava de bobagens de Fontes. No outro dia, porém, as coisas voltaram ao seu ritmo normal, e a tia Catarina comandava o barco com a mesma atenção e desvelo. A minha presença na casa passara para um plano secundário, e aquilo me atormentava. Todos podiam me colocar à margem; não Isidora, que chorara aos meus pés. E o fato era que Isidora não me dava a menor atenção. Cheguei a fingir doenças, a me queixar de dores e a ficar casmurro para os cantos. E nada de Isidora tomar-me a sério. Era só do casamento que se cuidava. Já havia convites impressos. A tia Catarina fora contra, mas o doutor Luís exigia. Não era um vagabundo qualquer para se casar sem as regras e os preparativos necessários. Vejo-o, na sala de jantar, a discutir com a tia Catarina os dizeres do convite. Viria a viúva, com todo o seu nome, e no outro lado os nomes de seus pais. Fazia questão que botasse o coronel José Moura e Sá, com residência na fazenda tal, no estado do Rio. E teriam que mandar convites para parentes. Havia um coronel do Exército que estava em Mato Grosso e que seria convidado. Não viria, é certo, mas era preciso que ele soubesse que um seu primo se casara, e que era gente. Escutava todas aquelas exigências do noivo, e agora já não o tinha naquela conta da noite do encontro com o meu cunhado Jorge. Vi-o mesquinho, egoísta, torpe. E voltava outra vez a desejar-lhe as maiores desgraças. Isidora me batera por sua causa. E para mais aguçar este meu ódio viera encontrar aquele incidente entre a tia Catarina e o noivo. Tudo por causa de minha mãe. A tia Catarina levantara a ideia de levar a minha mãe para passar uns dias com ela em Alfenas, logo após o casamento. Mas o doutor Luís, como se já fosse dono de todos nós, discordou, em termos que irritaram a nossa tia. Achava ele que a dona Leocádia não podia sair do Rio a não ser em sua companhia. A minha mãe quis consertar a grosseria do futuro genro, mas a tia Catarina não se conteve:

— Então, doutor Luís, que é que o senhor imagina que eu sou? Leocádia não precisa de tutores.

Disse isto e se retirou da mesa. Tive nojo do tipo, que me parecia naquele instante asqueroso. E mais nojo tive quando ouvi, lá em cima, a conversa de Isidora com a tia Catarina:

— Não é nada não, minha tia, mas o Luís sabe que a senhora é madrinha de Laura e ficou com ciúmes.

Aí a tia não se conteve:

— Então, Isidora, esse pelintra pensa que eu quero comer o dinheiro de tua mãe? Tanto ele como Jorge são dois tratantes.

No outro dia estava a tia Catarina muito triste e a casa inteira triste. Só a minha mãe conservava-se no mesmo, a ler em sua cadeira de balanço o romance. E à noite a tia Catarina não apareceu para o jantar. E o noivo muito falou de políticos, de suas ligações com um primo do presidente, de sua candidatura a um lugar de promotor. Mas, sem querer ouvi-lo, subi para estar mais perto da tia ofendida. E lá encontrei-a de óculos, a trabalhar em peças de enxoval de Isidora. Tive vontade de falar-lhe, de dizer-lhe algumas palavras para que soubesse que estava ao seu lado contra o miserável. Tia Catarina, porém, ao clarão da lâmpada, com o olhar fixo no pano que examinava, era toda a minha mãe. Era aquele mesmo duro olhar, e quase que tive medo dela. E assim não dera pela minha presença, e fui ficando à espera de uma oportunidade para sair.

— Menino – me disse —, vai buscar uma cesta que está em cima da máquina.

A voz era a da minha mãe. E quando cheguei com o objeto, retirou os óculos para limpar, e vi então que os seus olhos não eram os da minha mãe. Havia neles aquela doçura, aquela bondade de Isidora. Aí me animei a falar-lhe:

— Tia, o noivo não gosta da gente.

Ela sorriu, mas logo depois ficou áspera e esmagou-me:

— Cala a boca, menino.

E puxou de dentro da cesta de costura uma camisola de dormir, de rendas brancas. E levantou-se, e pôs a peça ao contrário da luz para examinar qualquer coisa. E ali estendido eu vi, não sei ainda como explicar, o corpo de Isidora, nu, para que a visse assim o noivo miserável. Aquilo apareceu-me como uma visão de terror. Quis fugir daquela imagem e a imagem ficou na minha cabeça. Fui dormir e não houve jeito. Era Isidora que estava ali, na camisola de seda, nas rendas brancas. E era o noivo, o tipo horrível, o homem de olhos miúdos, que eu via ao seu lado, a dormir como uma lesma.

23

O MONSTRO

HÁ DIAS QUE O meu companheiro de cela não me dá uma palavra. Vejo-o solitário, calado, horas e horas voltado para a parede suja, e não tenho coragem de lhe dizer nada.

E não come. Ao guarda que reclamou aquela recusa a alimentar-se, não respondeu nada. Tenho medo deste homem e quase que sinto saudade daquele seu bate-boca a propósito de minhas anotações.

    Mas voltemos aos fatos. Ficara justamente na noite em que a tia Catarina tocara, em minha presença, em peças do enxoval de Isidora. E aí se dera tudo o que conto, com a minha maior franqueza. Podia fugir deste trecho perigoso de minha história, mas prometi narrar tudo tal como aconteceu em minha vida. E assim faço. Vira a camisola de seda e rendas brancas de Isidora, e não sabia como explicar o que vira, nítido, sem dúvida alguma: o noivo deitado como uma lesma ao lado de minha irmã nua. O que se passara comigo para imaginar semelhante coisa, não posso explicar. Mas posso contar. Só ali no meu quarto (tudo isto eu sinto como se fosse agora mesmo), uma coisa esquisita apareceu-me, de súbito. Não era uma dor, uma mágoa, um medo. Não era o pavor da escuridão, e nem o frio das histórias do outro mundo. Nada disso era. Mas eu via Isidora nua, e via muito bem o tipo de olhos miúdos ao seu lado, estendido na cama. E aquela camisola de seda e as rendas brancas, e o travesseiro com o L de Luís no vermelho da letra. Estou certo que tinha dez anos, naquela noite.

    E com a insatisfação infernal me agitava na cama. Queria saber que era aquilo que me ligava ao gesto de tia Catarina, a olhar contra a luz o tecido de seda. E ali inteira estava Isidora. Sim, que era a minha irmã que eu via, toda despida, nos braços do homem de olhos miúdos. Era ela, só ela. E só aquela figura em carne, branca como a seda alvíssima, estava na minha cabeça. E depois estava no meu corpo inteiro. Meu Deus, eu não posso anotar tudo como se passou de verdade. Era assim como um medo misturado a uma alegria estranha. E logo me vinha uma ânsia de fugir, e mais parecia um desejo de não sei quê, a vontade de chegar ao mais próximo, ao mais íntimo de uma felicidade que me escapava. E como se estivesse com o corpo fora deste mundo, estava embalado em cima de um precipício. Era o fundo de mil léguas o que andava lá por baixo. Eu me chegava para Isidora, e o doce beijo da minha irmã, e aqueles afagos dos dedos redondos, e as suas lágrimas quentes me ofereciam uma certeza de que não estava longe e nem separado da vida. Mas o que era aquilo que agoniava? Procurava uma situação semelhante, queria que fosse como na noite da fugida ao Alto da Boa Vista, queria que fosse como no dia da bomba que estourara no meu bolso, e não via nada de parecido. Isidora, à luz da lâmpada, na camisola de neve, era assim como um luar, qualquer coisa de fim do mundo, e de dentro, de muito dentro do mundo, ao mesmo tempo. Eu nem sei se estou sendo real no que conto. A mulher que estava ali tão perto do meu corpo, na cama, era Isidora, e não era a minha irmã, aquela outra dos meus carinhos. Era ela em carne, em luz de lua, tão quente, tão boa, tão ingrata, tão perto e tão longe. Era ela, não podia haver dúvida. E como se pelo meu corpo fosse sentindo um calor morno, e como se pelas minhas pernas fosse subindo uma quentura terna, eu fui sentindo que qualquer coisa me dominava, me abafava, me cobria de um perfume que nunca sentira. E saía do meu corpo como se fosse um botão que rompesse, ou uma semente que brotasse da terra, uma força que eu sabia que era minha, que era tão só de minhas entranhas. E eu gritei, não tinha como me dominar. Gritei alto, em desespero, aos soluços, terrível e violento como se um monstro tivesse me visitado. A tia Catarina foi quem primeiro apareceu no quarto. E quando ela tocou-me no corpo, tinha as mãos frias de gelo:

— Este menino está com febre.

Já Isidora aparecera. E a figura da irmã, toda alarmada com o meu grito, na meia escuridão do quarto, não era aquela figura de Isidora que eu vira há pouco. O luar, a brancura, o morno da carne, tudo era de um sonho, de uma visão esquisita. Todos de casa achavam que eu estava com febre. Subira para me ver o noivo, e também falara em doença. Era preciso muito cuidado, pois andava dando escarlatina no Rio. E quando todos saíram, e, mais tarde, Isidora voltou com a dose de acônito, o gosto do remédio amargou-me na boca. Vieram-me ânsias de vômito. E a irmã cuidadosa não parou enquanto não me viu calmo.

A lua caía em cima da minha cama e pelas janelas abertas eu via a noite de estrelas, e um canto de música triste vinha de muito longe. Estava só outra vez. E outra vez uma louca vontade me dominou. Aí tive medo. Seria uma tentação, seria o quê, tudo aquilo? Era Isidora que se deitara na cama, tinha o corpo nu, e bem pegado a ela o doutor Luís, sujo, imundo, dono de todas as partes de Isidora. E em vez daquela alegria que me arrebatara, da alegria e do pavor, uma tristeza de morte me aniquilou por completo. Isidora voltou para fechar a janela. E me beijou, beijou-me bem no rosto. Fingi que dormia. E não podia dormir. Só a morte me poderia dar o sossego e a paz. E esta ideia da morte foi me trazendo uma segurança, uma certeza de que era capaz de sair de todos aqueles perigos com a minha própria força. No outro dia de manhã, Isidora não quis que eu fosse para o colégio. Todos de casa me acharam muito pálido. E a minha mãe falou em óleo de fígado de bacalhau. E disse para Isidora:

— Este menino precisa de sangue.

Um monstro estivera comigo.

24

A MORTE

Paro a minha história para, aterrado, contar o que aconteceu ontem aqui, nesta cela onde vivo. E se não contasse, como poderia continuar a escrever? Tenho ainda na memória – não, não na memória, que é um depósito de fatos e sensações –, tenho guardado dentro de mim, preso a todo o meu ser, o quadro sinistro de um homem morto pelas suas próprias mãos. Como teria acontecido, eu não sei bem. Alta noite acordei com um roncar esquisito do meu companheiro. A princípio imaginei que fosse mais um jeito de dormir, e toquei no seu corpo encolhido. E insisti, porque não parou aquele rosnar cavo. Mas ao insistir verifiquei que o homem não se movia. Todo ele parecia de uma rigidez de quem estivesse em ataque. De repente me chegou a realidade. Era a morte que estava ali. Então comecei a berrar pela portinha do cubículo, e ao guarda que apareceu dei-lhe a notícia. De fato, o homem estava quase morto. E quando vieram outros guardas e o conduziram para fora, descobriram um frasco vazio de pílulas. Puseram-me em confissão para saber de alguma coisa. E ouvi um guarda dizer para outro:

— Esse velho já tinha cumprido a pena inteira. Com mais dois meses estaria na rua. Foi por isso que ele nunca quis livramento condicional. Também tinha matado a mulher e um filho de dois anos. O tipo era mau mesmo.

No outro dia, de manhã, me levaram para interrogatório. Queriam saber de quem recebera ele as pílulas. Tivera há uns cinco meses a visita de um parente longe. E o guarda do nosso raio estava em minha presença para acareações. De nada sabíamos. Ouvi o diretor afirmar que não havia dúvida que o suicídio vinha sendo preparado de longa data. O homem não queria a liberdade.

— Aqui tem havido desses casos. Há sentenciados que matam companheiros para continuar no presídio.

Voltei para a minha cela com o morto pegado a mim. E aqui relato, neste caderno, em que só devo contar o que a mim se refere, este fato que muito me abalou. Nada poderia escrever mais se não pusesse no papel a desgraça de ontem. O homem calado havia-me dito que eu não sabia o que era uma mãe. E me censurava, e me pusera em luta comigo mesmo, por causa de uma franqueza rude de minha narrativa.

Ontem liquidou a vida por não pretender a liberdade. Assim considerava o diretor. O mundo para aquele homem não existia, era uma prisão mais dura que a nossa. E por isso foi para a morte. Venceu assim o seu inimigo, teve a coragem de enfrentar o pavor do outro lado. Aqui está a sua cama desfeita; olho para os seus lençóis, e vejo a sua figura, a tristeza de todo o seu corpo. A tristeza dos olhos baços, da boca murcha, dos gestos pausados, da voz sem fôlego. Vejo-o deitado, de rosto para o outro lado, horas e horas, sem um movimento. E não posso esquecer. As suas palavras sobre o tio Fontes, as suas advertências sobre a minha mãe, não me saem dos ouvidos. Tentei dormir: em vão. A lâmpada elétrica do corredor entra com a sua luz para a minha cela, como um olho de abutre. Ilumina a cama, o pano escuro e a parede suja, com aquelas manchas de sangue dos bichos noturnos, e me dá a presença real do homem. Tenho medo como uma criança. Tremo, e quase não posso com esta caneta que me pesa como um martelo. Sim, vou parar de escrever. É o homem taciturno e triste que não deixa. Tentarei amanhã.

25

AS CASAS DE NITERÓI

AQUELA MORTE DEIXOU-ME EM petição de miséria. Muito fácil seria dizer que pude escapar da tragédia que abatera o meu companheiro, mas comigo ficou a presença daquele homem hirto e, agora que volto a escrever, é ainda dele que me aproximo. Toda a minha memória sofreu como que uma pane. E caí em uma espécie de pântano, e não havia jeito de me salvar de influências indomáveis. Assim estive alguns dias, mas com o tempo e a mudança de cela (agora estou do lado norte do presídio, por uma graça, não sei de quem), posso ver a lua e o céu, e sentir a chuva e o calor do sol. Estiro as mãos pela janela de grades, e os pingos d'água molham-me. E a lua, eu a vejo, embora um instante, mas a vejo nos seus momentos de plenilúnio. E com este pouco eu me dou por feliz. Não será esta a palavra exata para o meu caso. Diria melhor que me satisfaço com este pouco do mundo para conseguir dominar a impressão tremenda que me ficou do homem morto, duro, que se matara para que não fosse a vítima de uma liberdade que lhe pesaria mais do que os vinte anos de cadeia. Mas é preciso que volte à minha história. Estou só nesta cela, e a solidão dos meus primeiros dias, que me incomodara, adaptou-se à minha natureza e, para espanto meu, sinto-me bem.

Tudo em nossa casa se preparava para o dia 8 de dezembro. Isidora não parava, o tio Fontes viera para o casamento, e graças à tia Catarina voltara a paz à família com a desistência do marido de Laura da ação que iniciara contra a minha mãe. Tinha-se a impressão de que reinava a felicidade em nossa casa. Até a minha mãe era outra. Perdera todo aquele seu ar de sombra coberta de dores, para se mostrar de uma alegria à flor da pele. Vi-a na agitação geral e reparava que, enquanto a tia Catarina moderara o seu entusiasmo, ela parecia agora a força maior dos preparativos. De repente veio-lhe aquela febre de mandar. E a casa inteira era uma peça que ela manobrava.

Estávamos em fins de novembro, e tudo estaria correndo bem para mim, pois até me viera uma conformação com os fatos, quando me aconteceu escutar uma conversa dos grandes a meu respeito. Ouvi bem a voz solene do meu tio a assumir a direção da conversa:

— É – dizia ele —, eu acredito que o colégio interno resolve o caso. O menino é bom, e vai se acostumar.

Isidora não queria e, com a sua voz áspera (tinha a voz áspera à primeira contrariedade), falou alto:

— Eu já disse que o Julinho vai comigo.

A tia Catarina se intrometeu para arredar a minha irmã de sua intransigência:

— Julinho precisa de gente que cuide dele. Menina, você vai se casar e precisa primeiro que tudo olhar para a sua casa e o seu marido.

— Então por que não posso cuidar do Julinho? Não é como se fosse meu filho?

— Primeiro que tudo está o seu marido, Isidora. Ou tu olhas para ele, para a tua felicidade, ou as coisas desandam. E, depois, o doutor Luís estará disposto a levar Julinho para a sua casa? A casa é dele, minha filha.

— A casa é minha, tia Catarina.

Aí a minha mãe, que permanecera calada, não se conteve e, elevando a voz, gritou:

— Catarina, não perca tempo. Júlio vai para o colégio e está acabado.

Isidora ergueu-se mais solene, e ouvi muito bem as suas palavras firmes e cortantes:

— A senhora não pode falar sobre a vida de Julinho. Para a senhora melhor seria que ele tivesse morrido.

Estremeci com a afirmativa de Isidora. E o tio Fontes voltou a intervir. A tempestade estava formada. E tudo teria descambado para mais uma cena dramática, com a minha mãe em crise de soluços, quando bateram à porta. E era justamente o noivo que trazia o pai, que chegara da fazenda para uma visita à família da futura nora. E a conversa parou no convencional de um bate-boca monótono. Retirei-me para o meu quarto para rememorar tudo o que ouvira. A luta entre Isidora e a família não me dera a alegria de ver a minha irmã a se bater por minha causa. E julguei-me uma vítima sem remédio, uma criatura positivamente derrotada. Era um menino que a mãe desejava que tivesse morrido. Pela primeira vez a indiferença da minha mãe me apareceu como uma condição definitiva. Não devia ter nascido. E – coisa que nunca me acontecera – comecei a odiar a todos de casa. A odiar Isidora. Queria excluí-la deste meu ódio. E era impossível. Todos naquela casa eram da mesma espécie. Dissera Laura que Isidora queria somente as minhas casas de Niterói. Pensei nisso. Não havia benquerer, não havia nada para quem carecia de tanto amor. As minhas casas de Niterói. E aquela sugestão miserável não me saía da cabeça. A conversa lá embaixo se entabulara entre o tio Fontes e os dois outros homens. A tia Catarina viera para o seu quarto e eu escutei o que comentava com Isidora:

— Veja, menina, o pai do doutor Luís já sabia do caso de Julinho. E o velho acha que o menino devia ficar mesmo com vocês.

Eurídice • 97

— Só a minha mãe é que não vê isto. Ela o que quer é ver o menino sofrer.

— Cala a boca, senão ele pode escutar.

E falaram mais baixo. Mas o que falaram foi o bastante para mais ainda crescer o meu ódio. Todos queriam as casas de Niterói. O velho só viera para isto. Todos enchiam os olhos com as casas de Niterói. E o meu ódio crescia, crescia como se dentro de mim só existisse um sopro maligno. E assim estive até que Isidora apareceu no meu quarto. Viu-me deitado e procurou me agradar com as suas mãos quentes. E aquelas mãos, que já me haviam coberto de tantas carícias, pareceram-me ásperas como as de um bicho. Tocou-me no rosto, e eu tive medo das mãos de Isidora. Era porque existiam as casas de Niterói.

26

NÃO ERA A MORTE

Lembro-me bem: as acácias naquele dia de dezembro enchiam a minha rua de um amarelo de ouro e cantavam as cigarras num frenesi de fim de vida. Lembro-me do dia 7 de dezembro, e tudo vou contar como se falasse de uma passagem de ontem. O casamento seria no dia de Nossa Senhora da Conceição. E a nossa casa só se movia para as festas das bodas. O tio Fontes me levou à cidade, e o vejo na cadeira do barbeiro, no preparo da cara. Vejo-o no espelho, no arranjo da barba negra. E ainda escuto a voz irritante do cabeleireiro, a elogiar-lhe a cor preta dos cabelos:

— O senhor tem barba para um homem de trinta anos.

Andamos pelos lugares de movimento, e na rua do Ouvidor, numa leiteria, onde um velho de longa cabeleira branca tocava harpa, encontramos o noivo. Tinha que ir naquele instante ao convento de Santo Antônio para confessar-se. E o fazia com muito prazer. Era católico e não compreendia homem algum sem religião. Depois despediu-se com tamanha alegria que o tio Fontes me disse:

— O homem parece que viu passarinho verde.

No bonde o tio, grave, quis continuar naquela sua confissão. Mas ao nosso lado vinha uma mulher de chapéu bonito, e o meu tio não teve coragem de me tratar como a gente grande. Naquele instante, odiava-o.

A raiva que se acumulara no meu coração crescia hora a hora. Tudo que via Isidora fazer, via com desprezo. As suas providências, os seus zelos para comigo me irritavam de tal forma que ela notou, e não se conteve:

— Que é que tens, Julinho?

Quis iludi-la, mas ela me conhecia bastante e me agrediu com estas palavras:

— Menino mal-agradecido.

Calei, não quis demonstrar o meu ressentimento, e Isidora também se perdeu na agitação dos preparativos. Não via nada. Apenas, de tarde, me chamou para o seu quarto e mandou que vestisse o meu traje comprado para o casamento. Lembrei-me do menino feliz da vitrine, do riso de candura, da beleza do seu rosto cor-de-rosa. Isidora disse-me que estava tudo magnífico. E me botou o gorro na cabeça, e me agradou tanto! Fiquei indiferente a todos os seus agrados.

À noite a casa estava cheia. Viera Laura sem o marido. E houve lágrimas de reconciliação. A tia Catarina não escondia a sua maior alegria.

— Fontes – disse ela —, eu já posso morrer descansada. Laura me deu uma alegria que não tem tamanho. Tudo foi obra de Deus.

O vestido da noiva estava no cabide, fora do guarda-roupa, e a brancura do véu parecia um raio de lua na meia escuridão da saleta. Estava no meu quarto, e tinha um nó na garganta. Não era vontade de chorar, não era nada de parecido com tudo o que já me acontecera.

Conversavam lá embaixo. E a voz da minha mãe dominava. Dizia ela, bem claro, como se fosse outra criatura que falasse:

— Catarina, *O Globo* deu a notícia do casamento.

E ela própria lia a notícia social. Lá apareciam o doutor Luís Moura e Sá e o nome de Isidora, os nomes dos pais, os nomes dos padrinhos. Falava-se no doutor Luís Manuel Fontes, magistrado ínclito. Conto tudo isto, e, a relembrar estes fatos, as palavras me chegam como se as escutasse no silêncio desta cela, na solidão do presídio. E as vozes daquele passado, cada vez que escrevo, mais se aproximam.

Como dizia, no meu quarto, sem que procurasse, foi me chegando uma ideia terrível. A princípio não quis acreditar, mas a ideia estava dentro de mim. De que modo chegou, não sei bem dizer. Sei que me dominava, me esmagava. Isidora, de anjo, passara a uma criatura odiosa. Bem que a quisera ver morta, morta de parto, morta, bem morta. Sei que naquele dia de verão as acácias da rua se desmanchavam em flores amarelas e que dentro de minha casa havia um rumor de gente que entrava e saía, de homens que traziam encomendas, de sorrisos, ordens em voz alta. E a minha mãe mandando em tudo como dona. E a ideia apareceu-me como uma ladra de pés de lã, e começou a mover a minha vontade. Era uma força que me arrastava.

Tudo parara de existir, a casa não contava mais; para mim, o mundo inteiro era aquela ideia, viva e avassaladora. Sim, eu podia acabar aquela alegria de minha mãe, eu podia destruir a felicidade de Isidora, eu tinha força para fazer a casa inteira sofrer. Eu podia morrer. Pela morte eu chegaria aonde mais desejava chegar. E posso dizer que não sofria naquele instante. A ideia era fria, nada me doía, não tinha vontade de chorar, de soltar-me num pranto. Nada. Eu queria fazer todos da casa sofrerem muito, acabar aquele casamento, destruir Isidora, cuspir na cara de todos, ver o mundo cair por cima de todos e esmagá-los. Eu podia morrer. A morte me daria tudo o que me faltava. E a ideia era agora um fato consumado. Havia no banheiro um vidro com umas pílulas vermelhas que ouvira a tia Catarina dizer que eram veneno. Ali estaria a minha razão de ser. E ainda hoje não compreendo como se apoderou de mim aquela segurança calculada, aquela convicção inabalável. Todos lá embaixo estavam nas últimas demãos. Vieram flores para as jarras. E nada mais existia ali para mim. Só queria a morte. A morte estava nas pílulas vermelhas. Venceria assim, com a minha fúria assassina, as alegrias da casa inteira. Fui então ao banheiro e de lá trouxe o frasco e tranquei-me no quarto. Nunca fizera nada com maior sangue-frio. Eu não tremia, não vacilava, não me analisava. A pastilha vermelha parecia ser um talismã. Morreria, e a minha morte acabaria com os planos da minha mãe, com a felicidade de Isidora. Todos de casa veriam o menino morto, e não haveria o casamento. Isidora com o vestido branco, com o véu como numa réstia de lua. E a casa inteira me cercaria no caixão, na sala, estendido como o meu pai, coberto de flores. As flores que viessem para Isidora seriam para o meu caixão. As flores estariam cheirando para o meu corpo frio como o do meu pai. E calmo, sereno, senhor de mim, engoli a pastilha amarga. E esperei a morte. A morte que me viesse. E, de olhos fechados, esperei os passos da morte sobre o meu corpo. Por onde viria ela? Pelos pés que esfriavam, pelos olhos que cegavam, pela língua que se endurecia, pelas mãos, pelos olhos? O meu corpo, estendido na cama, aguardava o momento último. Mas aos poucos uma dor terrível foi me queimando o estômago. Tinha fogo nas entranhas. Quis resistir. Era a morte, era a morte tremenda que aparecia, enfim, como brasas que houvesse engolido. E não pude aguentar aquela prova terrível. Gritei muito. A porta fechada só se abriu pela força. Vi então a cara enorme de tio Fontes, a gente da casa aos berros. E Isidora a chorar nos meus pés, como na noite feliz. Veio a assistência.

O menino pensara que fosse bombom, e fizera aquela traquinagem. Agora que estava fora de perigo, vi que a morte me iludira. E as bodas se fizeram. Isidora apareceu no meu quarto toda vestida de noiva, como uma rainha. Fiz que a olhava, e os meus olhos estavam cegos para Isidora. E se não morrera, morrera o mundo inteiro. Doía-me o estômago, como se tivesse engolido chamas.

A voz de minha mãe crescia, era uma voz de mando, que não encontrava réplica.

E então comecei a chorar, e todas as minhas lágrimas eram como chuva que apagasse um incêndio. E eu tive medo da morte.

SEGUNDA PARTE
Eurídice

1

VOU CONTINUAR A MINHA HISTÓRIA

Volto ao caderno depois de mais de um ano de interrupção. Razões houve para que parasse. Não quero discuti-las, e nem tampouco escusar-me dos propósitos da minha decisão. Tudo dou por conta desta minha vida e de fatos que só mais tarde poderei discutir. Volto hoje às minhas anotações e não sei mesmo como poder encadear a infância que a memória desenterrou de profundeza tão escura com o que mais me parece que seja o essencial de minha existência. Antes de voltar, reli, página por página, tudo que escrevera sobre o passado, que por mais doloroso que me seja me toca ainda, e me dá saudades. Sim, reli as páginas do caderno, e me senti quase que um estranho no princípio da narrativa. Mas, ao passo que caminhava, se apoderou de mim uma saudade, uma esquisita saudade, até das dores que chorava. E toda a vida do menino abandonado não me provocou o que seria normal que provocasse. Senti em tudo uma aura de felicidade, como se todos os sofrimentos daquela época nada mais fossem do que trechos de sonhos, quadros de uma fantasia, restos de um mundo que se pudesse ver, de muito longe, através das lentes de um binóculo de que nos servíssemos ao contrário. Tudo de uma distância de milhas, mas nítido, e a me dar a sensação de que podia pegar com as minhas mãos. A princípio quis descobrir nas minhas fraquezas o exagero dos que tendem sempre a aumentar o que se viu, o que se sentiu em idade tenra. Mas tive o cuidado de medir fato por fato, e para cada um verifiquei que não alterara uma linha ou exagerara, metendo no seu decorrer um mínimo de corrupção. Nada disto. Nada de auxílio de minha cabeça para transformar as criaturas e as coisas. Fora de absoluta fidelidade à minha e à realidade dos outros. Acredito que não haja nenhum interesse nesta minha narrativa. E, após o tempo que se passou, desde o dia em que suspendi estas histórias até hoje, tenho sempre na mente aquelas palavras do homem que se matara ao meu lado, quando me dizia que a verdade quase sempre não era aquilo que nós contávamos que fosse a verdade. O que se espera que seja a nossa verdade pode não ser mais do que um esforço pela nossa mentira, por uma simulação, por uma força forjada pelos nossos sentidos ou pela nossa vontade. Muito me detive em analisar-me; senti os fatos que me pareceram reais e cheguei a verificar que a minha verdade não seria um único desejo de sobrepor-me aos outros, ou de aos outros parecer o que não era. O que existe em mim, como senhores e donos absolutos, são as lembranças; são as lembranças que não se apagam, a própria carne de minha carne. Delas procuro fugir, e elas me dominam, me arrastam a caminhos que não quero seguir, e quase sempre me deixam extenuado e de corpo mole, como se fossem amantes insaciáveis. Já uma vez dissera o poeta que muito melhor é perder-se a vida, perdendo-se as lembranças da memória, pois fazem tanto dano ao pensamento. E é mesmo. Sei que seria uma criatura em paz, se não fossem as visitas noturnas desses monstros imponderáveis que me assaltam e me possuem com uma fome de bacante. E não fazem suave o meu tormento. Fazem amargo e pungente o quotidiano de minha solidão. Mas sem estas lembranças não poderia ter-me de pé. Não são um ópio, que ópio só faz miragens. Não são um veneno que me entorpeça as faculdades. São torpes, são visguentas e luminosas ao mesmo tempo.

Quero, no continuar da história que vou contar, permanecer fiel a tudo, sem o menor desvio de meus passos para estradas outras que não sejam os caminhos estreitos, de pedra, de espinhos, mas os meus caminhos.

Não se iluda com a sua mentira a pensar que seja ela a única verdade da Terra, quisera dizer-me o homem que iria morrer, sem medo da morte, o homem que não quisera saber de uma pequena liberdade, e se fora. Mas não mentirei. No começo eu dissera que só a verdade, nua e crua, me conduziria no escrever estas anotações. Com o mesmo intento retorno aos fatos, para não ser mais que um servo dos fatos. E assim estarei outra vez na minha caça ao passado, ao tempo que não está perdido porque em mim tudo fica. A vida que se escapou do meu domínio, não se foi à toa. Comigo ficaram despojos, fiapos de sonhos, e, dura e cruel, a verdade. Quando, em momentos de insignificante paz, eu consigo parar um instante, os monstros me chegam, me sugam o sangue, me sacodem ao chão como a um trapo, e assim continuo a ser o escravo, o vil escravo de todos os meus dias idos e vividos. Não vencerei nunca esta ânsia de voltar. "Bem sei que hei de morrer nesta saudade, em que nem esperar é tudo vento, pois nada mais espero ao que desejo", diria o meu grande poeta de amor derrotado. Bem sei que não poderei por mais tempo vencer as minhas misérias sem que não sacrifique a minha própria vida. Sei que só a morte me dará a única paz, o único lugar, o único leito sem tormento. Mas tenho medo da morte.

Vou continuar a minha história.

2

ENGANARAM-SE COMIGO

Não sou mais o menino Julinho a chorar por tudo. Foi-se a infância igual a um correr de filme. Estou com 17 anos, cheguei do colégio de Alfenas, tenho todo o curso para matricular-me na Escola de Direito. Muita coisa se passou desde aquele dia do casamento de Isidora. E tudo foi como o desenrolar de acontecimentos que hoje vejo com a maior naturalidade. Quero fixar-me neles, e não consigo. Mas, para que esta história siga o seu caminho, preciso se faz que diga que Isidora morreu do parto do primeiro filho. Isto se deu quando eu estava no internato de Alfenas. E a notícia, que poderia ter arrasado o menino pegajento, foi para ele um fato como os outros. Isidora morreu ao primeiro parto e passou a minha mãe a morar com a tia Catarina. Ficara da irmã um filho, e o marido quase que desaparecera de nossa vida. A família era, assim, só a família do doutor Fontes, sereno e grave, um grande na terra onde morava. Não sei que mudança se operara na minha natureza, sei que dera para os estudos com tal paixão, que chegara a criar renome em toda a cidade. Os mestres me davam como exemplo de trabalho, de inteligência apurada, de comportamento de homem-feito. E, assim, a vida do colégio que poderia ter sido um desespero para mim, transcorrera tranquila e mansa. Sei que, quase sempre me dava mais por satisfeito em ficar na casa-grande do colégio que ir para casa viver com a minha gente. A tia Catarina tinha a cabeça branca e os olhos azuis e cada vez mais parecidos aos olhos de Nossa Senhora. A casa em suas mãos era de tão fácil direção, a palavra serena não se alterava para uma ordem mais veemente. O tio Fontes, na saleta, com os seus livros e com os seus papéis. E até me divertia em ver chegar, para conversar com ele, homens que tinham questões a decidir, advogados que passavam horas em conversas para chegar à parte culminante da visita. E a cabeça grande do tio vacilava no tronco esguio e tudo ouvia, calmo e submisso, parecendo que decidiria de acordo com as razões dos que lhe falavam. A tia Catarina mandava levar o café, a visita se animava e, quando deixava a casa do juiz, levava a ilusão de um direito ganho, de uma causa vencida. O juiz, porém, ia sofrer com as provas dos autos. Era mesmo um sofrer a decisão do meu tio. Lia, relia quantas vezes, me chamava e dizia: "Julinho, lê aí estas razões".

Mandava que parasse em certos trechos, mandava que voltasse a outros, e levantando-se de supetão arrancava os autos das mãos e quase que roçava as barbas no papel, de olhos parados em cima do manuscrito. Depois o tio trancava-se na saleta e horas e horas levava assim. A tia Catarina costumava dizer:

— Hoje é dia de paixão para Fontes.

Às vezes abria a porta, e a figura que me aparecia, de olhar turvo, de barba desgrenhada, era a de um homem batido em luta corporal. O tio, calado, se punha a passear de um lado para o outro, e só sossegava quando a tia tomava partido pela causa:

— Eu acho que o constituinte do doutor Neves não tem razão.

Aí o tio Fontes começava a dar conta à mulher de todos os passos do processo. Relatava parte por parte, ia aos princípios da petição inicial, discutia as razões dos advogados, citava um por um os depoimentos das testemunhas. E, no fim de tudo, com a mulher extenuada, o juiz lia a sua sentença. E dizia, com uma convicção de certeza absoluta:

— Esta será confirmada.

Assim era a minha vida na casa da tia Catarina. A minha mãe se reduzira a viver quase que na igreja. Não tomava parte em conversas, e vivia distante, fora do mundo, sem uma referência, um fato. De vez em quando, chegava uma carta do genro, a que não dava resposta.

Isidora morrera na fazenda, ano e meio depois do casamento. Custa-me confessar que não senti a morte de minha irmã. Hoje não encontro palavras para justificar tão terrível indiferença. Depois do casamento saíra ela para a sua lua de mel. Não quero voltar a este tempo, porque o tenho quase como uma vergonha. Isidora me abandonara, fugira para outras terras e nem chegara a compreender aquela loucura da tarde do casamento. Tudo se apagara em mim com o medo da morte, e outra criatura surgira do ato malogrado. Isidora tinha morrido para mim antes mesmo de sua morte. A tia Catarina, que trouxera a minha mãe para passar uns dias em Alfenas, não deixava nada para os outros cuidarem. Ela fazia tudo. E assim passou a proprietária do Julinho, a ser para todos os meus interesses uma autêntica mãe, sem pieguismo, sem aqueles agrados de Isidora, mas uma mãe verdadeira. A outra me tinha a distância, e era tão necessitada de cuidados da família, tão coberta de dor, tão infeliz!

Poderia demorar-me nas referências aos anos de Alfenas. Mas aquele teria sido um período quase que morto de minha vida. Estudava, era um aluno de todos os prêmios. E só isto. Não era feliz e não era infeliz, não amava, não odiava, não me arrebatava pela menor coisa deste mundo. Os meus colegas chamavam-me de alfenim. Mas se era assim frágil para a vida exterior, não o era para outra vida. Enganavam-se comigo.

3

DONA GLÓRIA

A CASA ONDE FORA morar, na rua do Catete, não era propriamente uma pensão. Apenas dona Glória alugava quartos e fornecia comida aos seus hóspedes. Era uma mulher que sustentava a família, viúva de funcionário dos Correios, com duas filhas e um filho mais ou menos da minha idade. Trouxera-me para ali um rapaz de Alfenas, estudante de Direito, a quem o tio Fontes pedira para me vigiar nos primeiros dias no Rio. Revi a minha cidade com entusiasmo. Saíra para Minas, numa manhã de chuva, e quando avistei as luzes dos subúrbios – e, na noite de verão, me apareceram a cidade enorme, as grandes casas – foi como se tivesse retornado a outro mundo. A vida em Alfenas me educara naquela paz de ruas desertas, de tudo tão manso, de andar despreocupado. Agora era o tumulto da minha cidade. No colégio sentia orgulho quando falavam do Rio. E tinha mesmo na ponta da língua o Rio para, nas discussões, reduzir a nada os argumentos dos colegas.

O estudante José Faria me conduzira para a casa do Catete, onde deveríamos ficar. O cansaço da viagem não me deixou entrar em contato com a gente que seria a minha companhia de muitos anos. Pela manhã, o rumor da cidade, a cantoria dos pregões, o ruído dos bondes fizeram-me despertar em alvoroço. O meu companheiro já estava nos preparativos para sair, e ao vê-lo pronto para o café, tive medo. Iria ficar só. E não pude esconder o meu receio:

— Você não me leva à escola?

— Só amanhã.

Fiquei só, e sem coragem de sair do quarto. Mais tarde bateram-me à porta, e era a velha, que apareceu para conversar. A voz cantada e o tom de cidade de seus modos, aqueles cabelos negros de tinta, todo o seu jeito me deu uma péssima impressão. Mas logo, a dona Glória foi tomando conta das suas funções e me falou da sua casa. Ali o hóspede era mais um filho. E me contou de homens de importância que com ela estiveram, anos e anos ali, comendo o seu feijão com arroz, e hoje eram grandes na política. O que queria era respeito, era que considerassem a sua casa como a sua própria casa, e que se conduzissem como homens de boa família. E quis saber de todos de minha casa. E falou-me do meu companheiro com palavras tocantes:

— O José é de meu coração. Aqui está há três anos, e nunca tivemos a menor desinteligência. Também é um moço de qualidade. O seu pai não podia escolher melhor companhia.

E quando lhe disse que não tinha pai, quis logo saber de toda a minha vida. Aquele meu fraco de confessar-lhe a situação foi uma porta aberta para dona Glória. Ela também perdera o pai aos doze anos e fora criada por uma tia do Norte. E quase que me emocionava com a sua história de menina a correr atrás da tia casada com um oficial do Exército, a viver por este Brasil afora. Estivera até nos confins de Mato Grosso. Depois na sala de jantar encontrei a família quase que inteira. Apenas o rapaz havia saído para o trabalho. Estavam as duas moças, que me deixaram embaraçado.

— Esta é Noêmia – me disse a mãe. — E esta é Eurídice.

As moças sorriram, mas continuaram na conversa sobre cinema, num tom de voz de quem estivesse em briga.

— Não se espante – me disse a dona Glória. — Elas só falam assim.

Pude reparar que eram lindas, que tinham os cabelos soltos a cair nos ombros e que os seus olhos grandes e os lábios vermelhos eram de mulheres como eu nunca vira. Nada poderia dizer de mulheres, naquele tempo, porque não as conhecia. Seriam para mim, aquelas duas, extraordinárias criaturas de carne, de perturbadora beleza. Não quis olhá-las e elas não tomaram conhecimento da minha presença. Dona Glória é que me falava, e mais alguma coisa queria saber. Tudo ia dizendo, com o olhar fixo na senhoria. E as moças acharam graça no meu falar.

— Este é mineiro puro-sangue – disse uma para a outra.
— Que mineiro! Carioca da gema. É da Tijuca.

Depois a moça foi para o telefone. E foi uma conversa de risadas e ditos.

— É o cara de ontem – falou para a irmã. — Está divertido.

E riram alto.

— Não se espante, senhor Júlio, estas meninas de hoje só cuidam disso.

De volta para o quarto, de portas fechadas, estava ansioso para que voltasse o meu companheiro. Nunca conhecera a vida de gente que não fossem os de minha casa. No colégio interno continuava a viver uma ordem que unificava a vida de todos. Posso dizer que aquela primeira experiência da rua do Catete me perturbou. Só no quarto, tive medo. Parece incrível: estava com medo daquelas mulheres.

O telefone tocara outra vez, e a voz da moça, como um toque de música estranha, enchia a casa inteira. As palavras me apareciam todas com um sentido que não me era normal. Ouvi bem que falavam do Faria.

— É, chegou ontem. Não, não, já saiu.

E ria-se bem alto, numa risada como nunca ouvira. Mais tarde apareceu outra vez dona Glória para me pedir informações. Queria saber sobre as minhas necessidades. Daria pensão com roupa lavada. Mas o que dona Glória queria era saber de mais coisas. E falou-me de Faria. E quis saber se era verdade que ele tinha noiva em Alfenas. A figura da senhoria já não me parecia de pessoa de cerimônia. Em poucas horas dona Glória se apoderara de mim.

— Aqui em casa – me disse ela — as coisas são como está vendo. Tenho estas duas meninas que não cuidam de outra coisa, vivem de telefone e de passeios. O Jaime não me faz companhia. É um verdadeiro homem.

E voltou dona Glória a falar de sua vida. O marido morrera na gripe de 1918 e ela ficara, moça ainda, com três filhos para sustentar, com 150 mil-réis de montepio. Dera conta da família e graças a Deus podia olhar para todos com a cabeça levantada. A sua pobreza não fazia vergonha.

As duas moças gritavam na sala de jantar. Dona Glória abriu a porta do meu quarto e falou duro para as filhas:

— Parem com isto, desmioladas!

4

O MEU COMPANHEIRO FARIA

FARIA JÁ ESTAVA NO quarto ano de Direito e era um homem feito para tudo. Posso dizer que ao seu lado me sentia garantido, sem medo ou vergonha. Quando me levou à escola o ruído e o tumulto dos trotes me tontearam à primeira vista. Faria me conduziu pelo meio dos inúmeros rapazes e, pelas suas mãos, atravessei os maiores perigos. Todos o respeitavam e a sua figura serena e grave parecia mais de um mestre do que de um aluno. De fato, a presença de Faria impunha respeito. Quando ele estava em casa, ouvia sempre dona Glória a gritar para as filhas:

— Falem mais baixo, meninas, Faria está aí.

E as moças, em sua frente, não eram tão livres, não se conduziam com aquela imprudência, aqueles modos que me chocavam. O rapaz de Minas não saía de casa para festas, para teatros, para se encontrar com outros companheiros. Mais de uma vez o ouvi dizer a algum colega que lhe fazia convite:

— Não estou aqui para passeios. O meu pai me paga para estudar.

E era só o que ele fazia. Os poucos livros que tinha estavam lidos e sabidos. E toda noite ia ainda à biblioteca e lá passava horas e horas tomando notas.

— É verdade, seu Júlio, você precisa aprender a estudar.

E fui assim adotando os hábitos de Faria. Dona Glória tinha-o na conta de um de seus melhores hóspedes. Várias vezes a ouvi em conversa com as filhas:

— Esse menino Faria não tem defeitos. É uma pérola. Filhos assim são a alegria dos pais.

E desde que Faria chegava à mesa, ou saía do quarto para o banho, estabelecia-se na família um silêncio respeitoso.

Havia outros hóspedes que saíam muito cedo de casa. E o velho Campos, funcionário da Repartição de Águas, homem de hábitos estranhos. Não comia carne, e usava longos cabelos que lhe caíam pelo pescoço, como cabelos de mulheres. As moças gostavam de puxar conversa com o velho. E ele sabia de muita coisa, falava correto, com frases que compunha e recitava como se as soubesse de cor. Todas as suas conversas tinham um tom especial. A princípio eu não tolerava o velho arrevesado e pedante. Aos poucos fui vendo o funcionário das

Águas como ele era de fato. Os longos cabelos caíam-lhe até a orelha, e, mesmo no seu pijama de cores vivas, nas chinelas surradas, era como se estivesse bem preparado para sair com o seu terno azul e as botinas lustrosas. O falar difícil era para tudo. Dizia a dona Glória que o senhor Campos já tivera seção diária em jornais, e que fazia versos. Fora redator carnavalesco – isto ele me contara, certa vez – de um jornal do velho Brício Filho. Mas o Carnaval não tinha mais a sua grandeza de outrora. E perdera o gosto. Sempre fora dos Tenentes dos Diabos. Hoje em dia só sabia que havia Carnaval pela boca dos outros. O Rio era uma cidade conquistada, me dizia. Os gaúchos acabaram até com o Carnaval. Além do velho Campos tínhamos dona Olegária, professora, viúva, muito dada aos concertos e que em tempos fora declamadora. Dona Glória não ia com as conversas da professora. E sempre estavam as duas de rixa, nas palestras da mesa, ao jantar. Mas desde que Faria tomava partido não haveria mais razões para qualquer disputa.

Para mim, o meu companheiro começava a ser, como já era para dona Glória, a última palavra. O seu guarda-roupa bem asseado, a mesa onde escrevia com as coisas nos seus lugares, a folhinha na parede com a marca certa do dia, todo o quarto na ordem que ele estabelecera, e os livros com capa, e os pontos passados em letra firme. Era assim o ambiente que, por sorte, me coubera para iniciar a minha vida de estudante.

Muitas vezes, deixava Faria os seus livros para saber das minhas dificuldades. E tinha paciência para me orientar, indicar páginas de livros que estavam na biblioteca. Mostrava-me o seu caderno do primeiro ano. E lá estavam anotadas as páginas dos compêndios a procurar, os números das fichas, as explicações dos mestres, as suas dúvidas, as suas soluções, tudo numa letra que parecia de imprensa. A princípio cuidara que aquele método rigoroso não passasse de mania, mas vi que era mesmo o temperamento de meu colega, que vencera em tudo. Podia ter naquele tempo vinte anos. E quem o visse na rua, pelos trajes, pela severidade do rosto, pelo jeito de falar, lhe daria muito mais idade. Na escola não estava nunca entre os mais exaltados. Parava num canto da sala, e a ele vinham ter colegas de todas as correntes. Nunca vi Faria de voz erguida para dizer alguma coisa, com mais veemência. Sempre calmo, sério, capaz de afirmar tudo o que queria, mas sem ofender, pronto nas respostas e amigo e calmo nos conselhos. Os grupos não o tinham como aliado. Não era de nenhum partido. E me dizia sempre:

— Seu Júlio, se você quiser mesmo estudar, não vá atrás de política de estudante.

E o fato é que Faria me fez o primeiro aluno do meu ano. Não me seduzia coisa nenhuma que não fossem os meus livros, não me arrebatavam as agitações da escola. Para lá ia em companhia dele, e se acontecia demorar em aulas mais do que ele, esperava-me, para que juntos chegássemos em casa. Dona Glória me disse:

— Seu Júlio, o senhor tem sorte. O seu companheiro tem sido o seu pai.

E era mesmo. A influência que sobre mim exercera o meu tio Fontes não me dizia muita coisa. O colega Faria, em menos de dois meses de convivência, me modelara à sua imagem. Queria ser como ele, e, apesar dos meus dezoito anos, copiava-lhe os gestos, os modos.

O velho Campos me disse, certa ocasião:

— Este rapaz acaba ministro do Supremo. Já tem cara de magistrado.

E muito me falou de ministros que conhecera, até de Pedro Lessa, que fora dos Tenentes dos Diabos.

5

O SEU CAMPOS DAS ÁGUAS

Não gostava Faria das conversas do velho Campos. Implicava mesmo com o homem de tantas palavras difíceis. Eu, porém, não o acompanhava nesta sua aversão, e até, confesso, começava a sentir falta das histórias do velho. Lembro-me de uma vez: chamou o telefone e, como não havia ninguém por perto, atendi. Era uma voz de homem que me perguntava pelo Campos das Águas.

— Bem – respondi —; Campos das Águas?

Aí apareceu o velho Campos e me disse que era com ele. E o ouvi bem a dizer:

— Olha, moço, chama-me pelo nome. Chamo-me Alberico de Campos, ouviu?!

E depois, ao passar pelo meu quarto, e como lá não estivesse o Faria, parou para conversar.

— Não está o senhor ministro do Supremo?

E sorriu com aquela sua candura, e começou a falar:

— Esses tipos de repartição são todos da mesma categoria. Aquele tipo que me chamou pelo telefone sabe que me chamo Alberico de Campos, e insiste nesta história de Campos das Águas. A princípio, não me incomodei. E até cheguei a assinar quadras no *Século* com este pseudônimo. O Duque-Estrada ali na porta da Garnier me elogiou a riqueza dos versos. E o velho Brício me disse: "Olha, Campos, o *Século* é você". Mas isto são coisas da mocidade. Não admito que venham com esta história de apelidos.

E continuou a me narrar fatos de sua vida. Fora amigo de Floriano e fizera parte de um clube de jacobinos que arrebentara muita cara de galego. Agora era um homem quieto, e nem queria que lhe falassem em versos e polêmicas. Tivera polêmicas com o Laet, e sem querer se gabar, botara o carola à parede. Mas Laet não era homem com quem se pudesse discutir. Descambava logo para os debiques. Não usava luvas de pelica como o Felício Terra.

Mas o velho Campos não gozava de muito conceito com dona Glória. Ouvi dona Glória referir-se a fatos que não diziam muito bem dele, de sua vida privada. Mesmo na presença do velho ela não se continha:

— Ora, seu Campos, o senhor falar em maus costumes!

E ele sorria maliciosamente para dona Olegária:

— Bem, dona Glória, então a senhora opõe embargos à minha conduta?

— Nada disto, seu Campos, o senhor afinal de contas é poeta.

Aí o velho sorria também, e a passar as mãos pela cabeleira dizia:

— Já fui, dona Glória. Hoje não sei mais o que é um bom soneto.

Dona Olegária queria saber dos versos de seu Campos, mas ele queria falar de Guimarães Passos.

— Olhe, dona Olegária, o Guima, sim, que era um homem. Quantas vezes na Pascoal trocávamos impressões! Mas como o vate do "Lenço" não havia igual. Lembro-me que uma vez saímos, já com muita bebida no crânio, pela Gonçalves Dias, eu, o Guima e o Emílio, e quem vinha de rua afora? O Bilac. Vinha que quase não podia com o pincenê. E todos saímos para uma festa em casa de um comendador Sales, um português que importava vinho. E foi aquela bebedeira que a senhora não avalia. Pois foi nesta noite que o Bilac, quase não se mantendo em pé, me chamou para um canto e me perguntou se tinha papel. Tinha papel e lápis. E, dona Olegária, ainda hoje, quando falo nisto, sinto frio: o homem tirou o pincenê, e ali mesmo pegou no lápis e escreveu aquela joia que se chama *"In Extremis"*. Posso dizer às senhoras que chorei naquela noite, e não era de bebedeira, que bebida nunca me pegou; chorei de gozo estético, dona Olegária.

Quando Faria estava presente o velho não falava de seus sucessos e nem de glórias passadas. E era por tudo isso que não podia concordar com Faria sobre o seu Campos. Uma noite a casa estava quase sem gente e eu ouvi o velho Campos ao telefone. A sua voz era naquele instante de muita doçura e, pelo que dizia, parecia falar a mulher:

— É, meu bem. Não diga semelhante disparate. Olha, meu bem, amanhã. Sim, amanhã. Levarei rosas. Ah, não quer? Então levarei bombons.

E riu com muito gosto. Depois da conversa ouvi a voz rude de dona Glória:

— Velho gaiteiro!

A casa estava vazia e o velho Campos parou na minha porta e bateu. E desde que não estava o meu companheiro, não se conteve:

— É o diabo! Aqui nesta casa não se pode usar o telefone. Essa dona Glória tem ouvidos de tuberculosa. É, meu filho, que tenho uma pequena. Que culpa tenho eu? A garota me telefona, e não vou fazer grosserias. Também não sou uma carcaça.

E me contou o seu caso. A coisa se dera da seguinte maneira: estava à espera de um bonde, ali no Largo do Machado, e notou uma moça a olhá-lo com visível insistência. Tomou por uma curiosidade. Mas aos poucos verificara que aqueles olhos queriam dizer qualquer coisa. E conversaram, e foram até Ipanema numa troca de ideias.

— Ah! Meu filho, o velho nessa noite parecia aquele dos tempos da Pascoal. Disse-lhe versos. E ela me disse versos. Notei-lhe um gosto bizarro pelo Augusto dos Anjos. Recitei-lhe versos de minha lavra. E a coisa pegou, meu filho. E isto já dura dois anos. E a pequena não me deixa. Estou velho, meu filho, mas te garanto que há muito rapaz por aí a se babar de inveja.

E depois voltou para o seu quarto. Mais tarde apareceu para me mostrar uma fotografia:

— Veja que mimo! E que cabelos! São louros, um pouco ouro velho. E que hálito! É de rosa, meu filho.

Mais tarde, quando Faria chegou, contei-lhe as histórias do velho Campos e o meu companheiro não levou a sério:

— Isto é de velho demente.

E nada mais disse.

Dona Glória quis saber das conversas do seu Campos comigo. Mas fugi de suas indagações. Ela, porém, não se conteve e me disse:

— Menino, esse velho não é companhia para você. Eu é que sei da vida dele.

Às dez horas saía o seu Campos para o emprego. A casimira azul assentava-lhe impecável no corpo esguio, e os sapatos luziam como novos.

6

UMA VISITA DO TIO FONTES

Posso dizer, sem exagero algum, que aqueles primeiros tempos da rua do Catete foram os melhores de toda a minha vida. Ali não me atormentava aquela dor crônica de minha mãe e nem tampouco me exasperavam, apesar de todas as suas solicitudes, os cuidados de um falso pai como o tio Fontes. Recebia do tio cartas longas, cheias de conselhos e, a cada passo, com indicações de quem se tinha na conta de um mestre em Direito. O Faria me dizia sempre que o velho Fontes era, de verdade, um juiz de primeira ordem.

Podia ser para os outros. Para mim havia nele qualquer fraqueza que não sabia explicar. E não acreditava assim na sua sabedoria, e nem tampouco que a sua justiça fosse a de um justo. As cartas do tio Fontes me afastavam mais ainda da família. E quando ele apareceu, um julho, para uns dias no Rio, quis ficar na pensão de dona Glória. Para a velha seria uma honra. E botaram mais uma cama no nosso quarto. Faria não se opôs. E tivemos uma semana com o tio Fontes a nos convidar para teatros, almoços na cidade, cinemas. Para registrar a verdade, posso dizer que o velho não me aborreceu em toda a temporada. Mas quando faltava um dia para o retorno, saímos os dois, a pé, até o Largo do Machado e, num banco da praça, ele falou, para me dizer que a minha mãe estava à morte.

— É um caso de tumor maligno. O doutor Estêvão não encontrou dificuldade para diagnosticar. Coisa de rápida propagação. É morte certa.

E como eu ficasse quieto, sem uma resposta, o tio Fontes continuou:

— Você sabe, Julinho, eu até me opus, mas a Leocádia fez testamento. E dispôs da parte que lhe cabia testamentar para Catarina. Isso vai dar o que falar. Laura, sem dúvida, criará com o marido todas as dificuldades. E o doutor Luís, sem que nem mais, escreveu-me uma carta para insultar-me. É que o escrivão de Alfenas bateu com a língua e a coisa espalhou-se. Nada quero de Leocádia. E vou até lhe dizer: Catarina está disposta a legar todos os seus bens para você.

Nada adiantei ao tio, e saímos a andar pelo largo e subimos de Laranjeiras acima. Por onde passava, o juiz de Alfenas chamava a atenção.

Posto de lado o assunto de minha mãe, o tio Fontes falou-me de sua transferência. Estava classificado para outra comarca, de instância superior, e qualquer dia abandonaria a sua pacata cidade. Ali não fizera inimigos e nem amigos. Fora somente juiz. Levava a sua consciência tranquila. Errara, sim, porque era homem. Sempre, porém, cuidara de servir a verdade e os legítimos direitos.

Ao chegarmos em casa, naquela noite, Faria ainda não havia voltado. E por isso ficamos na sala de visitas. Dona Olegária, de pincenê, lia um grosso livro, e dona Glória, sentada numa cadeira de balanço, descansava de suas lidas. Noêmia conversava ao telefone, e a outra moça lá no seu quarto cantarolava. Quando aparecemos levantou-se dona Glória, dona Olegária parou a leitura, e o velho Campos subia as escadas para o segundo andar. Ao ver o meu tio, parou e desceu para a sala:

— Muito boa noite, doutor juiz. Está lá fora uma noite de Sibéria. Lá na sua Alfenas deve fazer um frio de polo, não é, doutor?

E como o tio Fontes começasse a falar sobre a temperatura em Alfenas, a conversa pegou de primeira. E o velho Campos pôde brilhar.

Dona Olegária já estivera em Maria da Fé, e sabia o que era frio. Mais de mil metros de altitude. Mas o Campos conhecera Teresópolis num inverno tremendo. Vira neve nas ruas. Neve como na Europa.

Dona Glória não acreditava:

— Devia ter sido chuva de pedra, seu Campos.

— Ora, dona Glória, sempre a senhora a opor restrições às minhas afirmativas. Posso dizer-lhe que era neve porque era neve mesmo. Fiz até um soneto. E lá estava o Alberto de Oliveira. Mostrei-lhe a peça e ele me disse que era coisa de antologia. Tenho lá dentro o soneto.

Dona Olegária queria ler, mas dona Glória ainda insistia:

— Neve de poeta, seu Campos. Quem pode acreditar em poeta, seu Campos?

— Muito boa esta, senhora dona Glória. Veja, seu doutor juiz, a senhora dona Glória não acredita em poetas. Poeta foi Dante, senhora dona Glória, foi são Francisco, senhora dona Glória.

Dona Glória riu-se alto para terminar com esta:

— Mas poeta foi também Bocage, não é, seu Campos?

Aí dona Olegária entrou na conversa para dizer que Bocage não era aquele debochado, fora poeta de grandes sentimentos. O meu tio não dava uma palavra. Mas dona Glória obrigou-o a tomar partido:

— Então, doutor Fontes, Bocage não foi um poeta de nomes feios?

— É verdade, dona Glória, foi tudo o que a senhora diz, mas foi tudo quanto disse a dona Olegária.

O velho Campos aproveitou para uma graça que desfez a palestra:

— E assim o meritíssimo senhor juiz acaba de proferir uma sentença de Salomão.

À noite vi o meu tio Fontes estendido na cama, a ler um jornal, e de meu canto senti que voltava outra vez à família. Sentia-me tão bem, naqueles últimos meses de ausência! Era um estranho, só cuidando de meus estudos, longe e bem longe de todas as desgraças e de todas as dores de meu povo. O tio Fontes, de óculos, me chamava a atenção para uma notícia qualquer. E como não lhe prestasse atenção, quis que ouvisse:

— Olha, Julinho, há vaga em Juiz de Fora. Esta é a minha vez.

E levantou-se. O corpo magro e esguio parecia-me muito maior no pijama azul que lhe cobria a ossatura. A vaga de Juiz de Fora excitava o juiz de Alfenas. Então começou ele a falar-me. Aquela era a sua maior ambição. Se chegasse à Relação seria um homem feliz. Não queria riqueza, não queria honrarias, mas aspirava à posição que merecia pelo esforço e pelo seu trabalho. E lembrou-se da mulher:

— Catarina já deve estar nas promessas para esta promoção.

Depois que Faria apareceu, calou-se.

Fiquei quieto na minha cama, sem poder dormir. E senti que o tio Fontes não dormia também. Era o tribunal de Belo Horizonte, eram as ambições de um justo.

7

VOLTA À CASA DA TIJUCA

Quando voltei para as férias já a minha mãe tinha morrido e o tio Fontes sofrera outra preterição. Talvez que tivesse concorrido para tanto os apelidos que no *Jornal do Commercio* publicara o doutor Luís, a propósito do testamento. Dizia o miserável que tudo fora obra da tramoia de um juiz ávido de fortuna, que levara para a sua casa uma pobre senhora e dela arrancara declarações que vieram ferir os interesses até de menores. Seria um caso de polícia. Encontrei o meu tio mais velho e a tia Catarina em desespero. Mas havia para o magistrado o consolo de uma sua sentença ter aparecido, na íntegra, na *Revista Forense* de Belo Horizonte. O tio Fontes esqueceu-se de tudo, de todas as injúrias, de todas as preterições, e voltou à sua jovialidade, ao seu estado de absoluta felicidade:

— Veja, Julinho. Isto é uma honra que vale por todas as promoções. Um juiz da roça lavra uma sentença e um mestre como o Pimentel lê a peça, medita sobre o direito que ali se encerra e a escolhe, entre muitas outras sentenças, e a publica com esta nota que me encheu de orgulho.

E me leu a nota e pediu que lesse em voz alta todo o conteúdo da sentença. A tia Catarina, porém, não se conformava com a exclusão do marido da lista do Tribunal. Tudo porque o Fontes não era homem de pedidos, de rapapés, de agrados. Em Alfenas houve júbilo pela derrota do juiz. Era homem tão estimado, tão sério, e a tia Catarina criara tamanhas relações de amizade, que o bom povo via na retirada do juiz uma desgraça para todos.

Passados os primeiros dias de férias, com a ausência de Faria, que fora ao Rio Grande com uma embaixada de estudantes, Alfenas se tornou para mim um verdadeiro suplício. A vida pequena da cidade me asfixiava. Não que eu pretendesse mundos e fundos, e me sentisse um homem de grande centro. Não era isto. Sentia-me, e digo com toda a franqueza, sem naturalidade na casa da tia Catarina. A ausência da minha mãe como que liquidava qualquer coisa que era muito real para mim. Podia ser um chão perigoso, mas era o meu chão, a terra que me ligara às minhas profundas realidades. A tia Catarina contou-me de seu sofrimento, de suas dores, de sua morte. E me disse:

— Julinho, ela parecia sempre o que não era.

Queria a tia esconder a verdade e promover uma reconciliação póstuma entre uma mãe dolorosa e um filho abandonado. Nada respondi a minha tia, mas não via motivo para aquela defesa. Se não chorei a sua morte, não a incriminaria pelas suas asperezas. Tudo era de sua natureza.

Como ia dizendo, não podia mais suportar a vida que levava em casa do meu tio. Ali tudo me conduzia a uma absoluta separação entre mim e os de minha gente. A própria tia Catarina assemelhava-se a uma atriz em representação. Os seus cuidados, os seus agrados, as suas palavras soavam-me mal. E a serenidade do tio Fontes, com os seus conselhos, não me dava a medida de um homem que pudesse me influenciar. Lembro-me que o homem taciturno me dissera: "Este Fontes esconde alguma coisa". Não sei se em toda esta narrativa pudesse haver o menor indício de uma atitude irregular do tio. E ainda hoje não poderia apresentar qualquer coisa que me desse motivo para tal. Mas, como escrevi, a casa do tio Fontes me aborrecia. É verdade que tanto me acostumara com a vida em comum com o colega Faria que a sua ausência me dava a impressão de que me houvesse fugido um irmão muito querido. Faria modelava-me à sua imagem. O seu pai, que era coletor federal, me falara de que o filho tinha desejo de fazer concurso para um cargo de diplomata. E aquela confissão do velho me chocou. Faria nada me dissera a esse respeito. Vi, então, que não era o amigo que lhe merecesse confiança. Aquilo muito me magoou. Faria sempre me falara em procurar uma cidade de São Paulo para iniciar a sua vida de advogado. Nascera para o foro, e iria até o fim na sua profissão. O velho pai queria que o filho não se contentasse com a vida da roça, e imaginava um Faria diplomata. Consolei-me com estas reflexões. E cada dia que se passava mais me entediava em Alfenas. Sei que a um grupo de moças que me procurara para fazer um discurso em uma festa de caridade, recusara de tal maneira, que a cidade inteira passou a me ver com maus olhos. A tia Catarina me chamou para uma censura:

— Julinho, a filha do presidente da Câmara e as meninas do meu compadre Isidoro andam a dizer coisas a teu respeito.

Contei à tia a história. Não queria saber de festas e muito menos de fazer discursos.

— Mas menino, devias tratar as moças como faz todo rapaz.

Não sei o que disse a tia Catarina para ela se mostrar ofendida e, com a sua voz quase molhada de choro, me dizer:

— Julinho, eu sei que não gostas de minha casa.

Não deixei que a tia Catarina terminasse a frase e abandonei a sala para refugiar-me no quarto. E de repente a casa da Tijuca estava ali em Alfenas. Senti-me o menino, senti-me o pobre-diabo que aos outros só trazia aborrecimentos e tristezas. Vi-me abandonado, em conflito com o que me devia ser o mais próximo, e ser a minha vida real. Lá de meu quarto ouvi que o tio Fontes conversava com a tia Catarina:

— É do temperamento do rapaz, minha mulher.

E ouvi que a minha tia chorava. Mais uma vez voltaram-me à alma aquele tremor e aquela angústia. Não fui à mesa para o almoço, porém mais tarde, logo que o tio saíra para o Fórum, apareceu-me a tia Catarina, procurando saber se não queria comer. E como se nada tivesse acontecido, falou-me com tal ternura que me humilhou. Fiz tudo o que me foi possível para corresponder àquela generosidade. Comi sem gosto, e até sorri para a minha tia.

O que havia de certo era que o contato com o meu povo me arrasava. A bondade da tia Catarina, a suavidade do tio Fontes, não me pacificavam. Pelo contrário, pesavam-me. E uma ânsia de fugir de Alfenas me possuiu. E todos os esforços fiz para me conter até o momento do meu último dia de férias.

8

DONA GLÓRIA E A POESIA

Voltei para o segundo ano com a satisfação de quem tivesse se libertado de um pesadelo. Alfenas aterrava-me. Não culpava a cidade. Era que o contato com os de minha casa passara a ser um constrangimento. E vim encontrar a casa do Catete na mesma. Apenas Faria não voltara de sua viagem ao Sul, e só, no quarto, passava a ter a mesma importância do colega. Dona Glória me recebera com os seus agrados, e me achara mais abatido.

— Todos são assim quando saem de perto de mim. Eu é que sei tratar dos filhos dos outros.

O velho Campos fez-me festas. Não quisera subir para Petrópolis com o verão. Passava mal com a canícula. E me falou de dona Olegária, que fora para uma fazenda em Pati do Alferes. Ele não gostava dessas fazendas.

— Olha, menino, estação só em hotel de primeira. Isso de ficar mal acomodado, sem o conforto da cidade, não é comigo. Dona Olegária vai se arrepender.

As duas moças brincaram, querendo saber se deixara noiva em Alfenas.

Aos poucos entrara na rotina. Mas a ausência de Faria era coisa grave para mim. Viera de Alfenas com disposições para retornar aos trabalhos na faculdade, e sem o meu companheiro não achava jeito de ligar-me às aulas, aos professores, aos livros. E ficava na cama, manhãs inteiras, alheio a tudo, cercado de pensamentos, à toa. Só o velho Campos me dava um certo contentamento com as suas conversas. E desde que estava a ouvi-lo me sentia mais distante de preocupações que não sabia calcular quais eram, mas que existiam de fato. O velho tinha língua solta e sabia de tanta coisa! O seu forte estava nas suas aventuras de namorado. Fora noivo dez vezes. E para cada noivado havia um romance. E havia versos. Tivera um casamento rico em perspectiva. Isto se dera no governo Hermes. A moça era filha de um comendador, homem de influência na praça. Tudo estava preparado. Enxoval da ilha da Madeira. Seria, logo que casasse, sócio interessado nos armazéns do sogro.

— Olha, menino, era a fortuna certa: filha única, casa de grande nas Laranjeiras, e sítio em Petrópolis. O velho muito gostava de minhas atitudes morais e intelectuais. À noite, quando chegava para noivar, a sogra me dizia: "Seu Campos, o Martinho parece que é a sua noiva. O homem só descansa quando o senhor chega." O português gostava da minha prosa. Posso lhe dizer que agradava. Mas, meu filho, este Campos que vês, não nasceu para rico. E as coisas se passaram deste jeito. Uma noite mostrei ao comendador umas quadras que fizera para um carro alegórico dos Tenentes. Era uma sátira contra o Hermes. Posso te dizer que a coisa era de primeira qualidade. Li para o comendador e ele fez cara feia. E teve o topete de dizer-me: "Senhor Campos, isto não são maneiras de versejar. Afinal de contas, o marechal é o presidente. Garanto ao senhor que nos Democráticos não lhe aceitariam esta versalhada." Aí este Campos que está aqui mostrou o que era. Disse-lhe o diabo e não lhe voltei mais à casa. Que se fosse com a filha, o dinheiro, o marechal e os Democráticos para o inferno. Ora, meu filho, sou um carioca ali da rua dos Inválidos, conheço este Rio como a palma de minha mão. Conheci. Agora não; isto não é mais o Rio. É outra cidade. Os gaúchos acabaram com ela.

Dona Glória não gostava desta minha ligação com o velho e me chamou a atenção:

— Seu Júlio, aqui nesta casa sou como mãe. Tenha cuidado com o velho Campos. É meu hóspede, gosto dele, aqui mora há mais de dez anos, mas tenha cuidado. Homem que vive de contar farolagens não é comigo.

Depois que a dona Olegária voltou de seu veraneio, apareceu na pensão para visitá-la um homem de certa idade, de roupas elegantes, de muito boa conversa. Era um aposentado do Tribunal de Contas, e viúvo. Dona Olegária o conhecera em Pati e, pelo que me disse o velho Campos, aquilo lhe cheirava a namoro.

— Meu filho, essa história de namoro de velho me cheira a flor de enterro. Essa dona Olegária, com partes de gostar de versos, andou a dar em cima de mim. Aliás eu sempre digo: já passei do tempo de conversa fiada, de devaneios de poesias de amor. E depois, para um homem de minha idade, só mesmo uma coisinha nova, hálito de rosa, filho.

Mas o amigo de dona Olegária, que se chamava Pedro dos Anjos, deu para aparecer à noite. E dona Glória falou alto, para quem quisesse ouvir, que já tinha duas filhas para fazer sala. Dona Olegária magoou-se, e procurou-a para dizer-lhe que não precisava de indiretas. Era uma mulher de respeito e sabia fazer-se respeitar.

O fato, porém, era que dona Olegária estava de amores. E os amores davam-lhe outra cor, davam-lhe outra vida. Já não se abandonava à leitura horas e horas, e cuidava com esmero de seus vestidos. Aparecia à mesa penteada, e de unhas luzentes como as das moças.

Dona Glória não lhe dava uma palavra. Mas a mim me disse:

— Estas velhas, quando perdem o juízo, perdem mais depressa que as moças.

Moravam no segundo andar três rapazes que só faziam dormir, e quase que não eram vistos pelos outros hóspedes. Deles muito falava o velho Campos. Eram três irmãos que trabalhavam no comércio. Rapazes de além-mar, me dizia o velho.

Sem a companhia do meu companheiro de quarto penetrava assim, mais adentro, na vida da casa. Dona Olegária pedira-me livros de versos para ler, e quando eu lhe disse que não tinha nenhum, ela se espantou:

— Então não gosta de poesia? E tem dezoito anos! Pois o senhor não tem alma.

Sorri para dona Olegária, sem poder defender-me. Dona Glória, que ouvira a conversa, me procurou no quarto para me consolar:

— Faz muito bem, seu Júlio. O senhor está aqui para estudar. Essa história de poesia só mesmo para um velho gaiteiro como o senhor Campos. Não conheço um poeta que não seja um tipo ordinário. Vivem de beber, de mulheres, não pagam a ninguém.

"Pois o senhor não tem alma", me dissera dona Olegária. Dona Glória achava que o que era alma para dona Olegária não passava para o comum dos mortais de uma triste torpeza.

Só, no quarto, escutava Noêmia a cantarolar uma música mole e doce:

> *Mas o homem,*
> *Com toda a fortaleza,*
> *Desce da nobreza*
> *E faz o que ela quer.*

Dona Glória falava alto, na cozinha, e o telefone tocava. Noêmia apareceu para falar:

— Não faça isso, Joel. É, não acredito. Na sessão das quatro, não. Eu te espero na porta. *Goodbye.*

Dona Glória da sala de jantar levantou a voz:

— Está outra vez a falar com esse malandro? Tem vergonha na cara! Um jogador de futebol! Isto é pior do que poeta!

9

O MESTRE CAMPOS

UMA NOITE O VELHO Campos me convidou para sair. Iríamos andar um pouco, que isso de ficar em casa mofando não ficava bem para um rapaz. E ele mesmo me disse:

— Estudante que não faz a sua boêmia não se vacina para a vida. Esse Faria, mais tarde, vai sentir a falta das carraspanas que não fez. Porque isso de beber chope, de ser camarada de mulheres, não mata ninguém. Tenho mais de sessenta anos e não sei o que é um médico. E muitos mil chopes tenho bebido, meu filho, e muitas mulheres conhecido.

    E com esta conversa chegamos ao Lamas. Alguns colegas que lá estavam conheciam o velho Campos. E vieram para a nossa mesa. Não quis fazer figura de maricas, e bebi com todos a cerveja que o Campos nos oferecia. Pela primeira vez fazia aquilo. Sentia o líquido amargo, e com repugnância virei o copo. A conversa girava em torno de política; havia calor nos debates, e o homem de cabelos brancos, rodeado de rapazes, não perdia a sua gravidade:

    — Meninos, vocês todos não sabem o que é uma guerra civil. Pois aqui está quem, de arma na mão, lutou pela República. Era assim da idade de vocês, mas quando o velho Floriano nos convocou abandonei escola, família e tudo, e fui para a luta. Vocês de hoje falam muito de comunismo, de integralismo, de fascismo. Tudo isso é só palavra. A minha política não tinha estes rótulos. Floriano dizia que a República estava em perigo e a mocidade corria para os batalhões patrióticos.

    Um colega atravessou-se na conversa para perguntar se havia chope no tempo do Floriano. Uma gargalhada geral abafou a conversa.

    — Não seja besta! – gritou o Campos. — Havia homem, havia macho, compreende?

    E vi os olhos do velho iluminados, e ele levantou-se da mesa furioso:

    — Não admito gracinhas comigo. Sou um homem de idade e quero respeito.

    Apareceu, então, um tipo que se aproximou dele e aos abraços foi lhe dizendo:

    — Que é isto, negro velho, brigando com a mocidade? Senta-te, velho Campos.

E sentou-se conosco. Era um homem de roupa imunda, de barba grande:

— O que é que há por aqui? É aniversário? O velho faz anos hoje?

Mas Campos não gostou da presença e fechou a cara. O garçom apareceu com o chope para o desconhecido. Numa mesa perto discutiam futebol. Foi quando o colega que provocara o incidente se dirigiu ao velho:

— Mas, seu Campos, o doutor não me quis compreender.

— É, os moços de hoje são assim. Veem um homem velho como eu, sentado numa mesa de café, a trocar ideias, e imaginam logo que se trata de um bêbado inveterado. Estão muito enganados. Venho para este Lamas, e daqui saio como se estivesse na minha repartição. Não admito dichotes.

O desconhecido deu uma gargalhada e levantou-se aos gritos:

— Estão chamando de doutor ao Campos das Águas!

O garçom apareceu e o velho Campos pagou a conta e saímos. A cerveja perturbara-me um pouco. Estava mais alegre e, quando fiquei a sós com o velho, soltei a língua. Muito falei. O companheiro escutava-me atento para me afirmar, depois de todo o meu desabafo, que me faltava uma mulher.

— Sim, filho – me disse —, mulher. Que te venha de qualquer lado, mas que venha. Quando tinha a tua idade já era macaco velho. É verdade que naquele tempo havia um Rio de Janeiro que fazia gosto. Que francesas, meu filho! Podia-se escolher a qualidade, a cor do cabelo, a forma do teu agrado. E tudo isso pela bagatela de cinco mil-réis. Com vinte mil-réis tinhas uma rainha aos teus pés. Eu tinha uns 20 anos quando me aconteceu encontrar a Margot. Olha esta cicatriz que tenho aqui na testa. Marca de Margot, filho. Nem te quero contar.

A mulher – uma bacante, filho. Já ouviste falar em bacante? Pois esta Margot era uma autêntica bacante. Olha que eu tenho conhecido muita mulher, mas ainda hoje, quando passo a mão aqui na testa e sinto a marca da cicatriz, a Margot aparece-me em carne para me encher de saudades. Era uma francesa da rua das Marrecas e podia ser uma sacerdotisa de bacanal. Nem quero falar, que falar em Margot, filho, é tocar em ferida que ainda está aberta neste meu coração. Como te disse, tenho aquela pequena, de quem te mostrei o retrato. Pois bem, perto de Margot não lhe servia nem para criada. Ah! Filho, vamos mudar de assunto.

Paramos em frente a uma casa iluminada:

— Vamos entrar, tomamos uma cerveja e depois vamos para casa.

Tive medo. Numa sala grande muitas mulheres conversavam. Havia uma vitrola a tocar ao fundo. Mal aparecemos na porta houve uma gritaria:

— É o Campos.

E nos cercaram.

— Vamos devagar – foi dizendo o velho. — Por onde anda a senhora dona Lola? Aqui nesta casa só quero conversa com ela.

Já estávamos sentados e apareceu uma velha gorda, de óculos, e o Campos levantou-se e beijou-lhe as mãos:

— Senhora dona Lola, viemos aqui, eu e este jovem acadêmico, para cumprimentá-la. As suas virtudes e as suas belezas merecem todas as nossas homenagens.

A velha muito sorriu com a graça do meu companheiro, e veio cerveja. E aos poucos quem dominava a sala era o velho. As mulheres achavam uma enorme graça em tudo o que ele

dizia. Em suas pernas sentou-se uma loira, de grandes brincos, e observava-lhe a cara raspada.
— E este garoto, Campos?
Senti como que uma facada no corpo.
— É um acadêmico que mora comigo. Marinheiro de primeira viagem.
A cerveja dera-me mais coragem. A mulher que estava nas pernas de seu Campos cochichava qualquer coisa ao seu ouvido. E riram-se. Depois passou-se para o meu lado. A sala estava em movimento, outras pessoas chegavam, a vitrola tocava um samba. E era aquele mesmo que Noêmia em casa cantarolava:

> *Mas o homem,*
> *Com toda a fortaleza,*
> *Desce da nobreza*
> *E faz o que ela quer.*

Campos me animava. A cerveja fervia-me no sangue.
— Vamos, meu bem.
Subi a escada, trêmulo, mas um fogo infernal me escaldava o sangue. E tudo se passaria de um jeito que não poderia deixar de contar. Quero contar porque daí começou qualquer coisa de terrível para mim. Era uma experiência extraordinária. Vencera a minha timidez, tudo o que era meu agia como se eu tivesse sendo conduzido por uma força invencível. Mas quando estava quase fora de mim, veio-me a imagem de Isidora. Eu havia desejado que ela morresse de parto. Aquilo fulminou-me. E um pavor tão grande apoderou-se de mim, que espantou a mulher. Tive vontade de correr. E chorei como se fosse um menino perdido.

10

A VOZ DE ISIDORA

Lembro-me do incidente da rua Conde de Lages e, por mais que pretendesse dele fugir, não sei como fazer. Ouvi bem a mulher gritando para outra aquelas palavras que me arrasaram:
— O menino do Campos é donzelão.
E houve uma risadaria pela casa inteira. Recolhido no quarto de cima, não tinha coragem para olhar os convivas alegres lá de baixo. Apoderara-se de mim um pavor medonho. Sei que o velho Campos apareceu-me e as suas palavras não me adiantaram nada.
— É, isto acontece, são fenômenos de inibição passageira. Olha, filho, comigo isto tem acontecido várias vezes.
E depois pediu um cálice de conhaque, e esperou que me decidisse a sair. O que só foi possível quando o álcool me deu a coragem necessária. As gargalhadas na sala foram terríveis, e assim chegamos à rua. Tinha atravessado uma verdadeira galeria de suplícios. Campos não me deu uma palavra em todo o trajeto. Quando cheguei em casa encontrei Faria que chegara de trem de São Paulo. Via-o como uma tábua de salvação. E ao ver-me chegar àquela hora quis saber de onde eu vinha. Contei-lhe tudo. E ele se voltou contra o velho Campos:
— Velho debochado. Amanhã ele vai ouvir.
Faria muito me falou de sua viagem, e eu nada ouvia de sua conversa. Havia em mim qualquer coisa que me arredava daquele quarto e da delicadeza de meu amigo. Estava ali perto de mim, como uma criatura viva, como uma vítima, a minha irmã Isidora. Morrera de parto. Sabia que morrera de parto.

Fora este o malvado desejo. Ouvia o ressonar de Faria e não pregava olhos. Todas as cenas do quarto, da mulher nua, se repetiam, todas as gargalhadas eu ouvia. E Isidora morta. Ao mesmo tempo, num segundo, me libertava do peso da culpa. Mas era um segundo. Isidora estava ali ao meu lado. Era uma presença de quem queria botar um ferro frio na ferida. E por que me chegava, naquele instante, a lembrança de Isidora, que eu já considerava tão morta para toda a minha vida? Voltara num momento de deboche, viera para me salvar.

No outro dia, tudo fiz para que Faria não procurasse o velho Campos. Mas foi inútil. De meu quarto ouvi o velho em voz alta a dizer:

— Está o senhor muito enganado. Dei-lhe a honra de acompanhá-lo numa noitada alegre. É um homem de barba na cara.

Dona Glória apareceu no meu quarto para mais me atormentar:

— Não lhe disse, seu Júlio? Essa companhia de seu Campos não lhe serve. O velho sempre viveu em farras.

Tudo aquilo me exasperava. Afinal de contas eu não era uma criança. O velho não tinha responsabilidade alguma. Noêmia e Eurídice riam-se a valer. E dona Olegária, grave, à hora do almoço, falou-me dos riscos que corria um rapaz no mundo. Era preciso ter o juízo de Faria para não sucumbir às tentações. Ouvia tudo em desespero. E por ver-me calado, de cara trancada, não me falaram de mais nada. A casa ficou silenciosa como se houvesse doente grave a velar. Mais tarde saiu o Faria para a faculdade, e não tive coragem de acompanhá-lo. O meu corpo doía, apoderou-se de mim um mal-estar de ressaca. E Isidora não me largava. Por que estaria tão presente, tão próxima, tão vingativa, a irmã que eu já esquecera? A voz de Noêmia enchia a casa inteira de tristeza:

Jura, jura,
Pela imagem
Da Santa Cruz do Redentor
Pra ter valor a tua jura.

A voz triste me comunicava uma certa paz. Mas era uma paz de mínima duração. Agora ouvia a conversa de Noêmia ao telefone:

— Sim, meu bem. Ah! Isto não! Não, não topo. O quê! Está louco? Então, às quatro, na porta do Odeon.

Estendido na cama, fui caindo num sono que não era propriamente um dormir. Ouvia o que se passava na casa. Ouvia a voz de dona Glória, muito de longe, e via a minha mãe, sentada na sua cadeira de balanço, a conversar com o noivo de Isidora. A minha mãe tinha um rosto moço, tinha os cabelos soltos, e o noivo estava de cara amarrada. E falavam de mim. A minha mãe me tinha ao seu lado e não queria que eu fosse com o doutor Luís, que pretendia arrancar-me de suas mãos. Era ela que não queria que eu fosse embora. Ouvia a voz de Isidora que cantava uma música de igreja. Isidora cantava e chorava ao mesmo tempo. E eu via crescer, na minha frente, uma enorme montanha de algodão. Era uma branquíssima montanha que ia até o céu. E eu queria subir e todo o esforço que fazia era em vão. Cada vez que estendia os braços e as pernas, mais me afundava no algodão que me cobria inteiramente. E me afogava na massa branca que enchia a terra e ia até o céu.

Acordei de todo com a chegada de Faria, que passou a me censurar acremente. Isto de sair com o Campos para beber e procurar casas de mulher fora um erro grave. O Campos era tido e havido como um boêmio, homem que não guardava cerimônias, sem moral. Nada disse ao Faria, mas no fundo achava que eram injustos com o velho. Não sentia aquele Campos despudorado e sem moral. Pelo contrário, sentia-me mais culpado do que ele. Nada mais fizera o Campos do que acompanhar-me. Eu é que dera aquele espetáculo de torpe tristeza.

E media as gargalhadas das mulheres, todos os lances do fracasso. E Isidora aparecia-me, enquanto Faria falava. Parecia ouvir-lhe a voz, na voz do amigo magoado.

11

NOÊMIA

A EXPERIÊNCIA FRACASSADA ME prostrara. Sentia-me dominado por uma ansiedade que não sabia explicar muito bem o que era. Parecia que estava em sonho, numa agonia de sonho, a querer escapar de um precipício, e sem poder, sem forças para fugir. Deitara-me e não queria ler, ou melhor, não podia ler, não encontrava força para uma escapada. Tudo me parecia sem ligações com a minha vida. Ali, no isolamento do quarto, era só no mundo e sem outra vontade que a de ser só. Faria me alertou, e tinha palavras duras para aquele meu estado de aniquilamento. E os companheiros de casa corriam em meu auxílio. Dona Glória não parava de me animar com conselhos e de contar casos de amigos que conhecera assim. Ali mesmo em sua casa tivera um estudante do Ceará, que lhe causara medo. Tudo nervoso, tudo bobagem. O tempo era o único remédio. E mandou que eu saísse, que fosse procurar amizades, que não fugisse dos divertimentos. Para ela o cinema era tudo. Quando estava com o espírito preso a qualquer infelicidade procurava uma boa fita, e um mundo diferente corria na tela e, sem saber como, era como se vivesse naquele mundo. Esquecia-se de tudo, e era outra pessoa.

Mas quem se aproximou de mim, para me trazer, não digo que uma alegria, mas qualquer coisa de firme e real, foi Noêmia. Noêmia tinha olhos grandes e cabelos pretos que lhe caíam pelos ombros. E sorria para mostrar uma boca de dentes brancos e de lábios cheios. A sua voz era macia; e os seus modos agitados, os gestos arrebatados, não pareciam daquela moça que cantava com tanta doçura a sua música triste. Quando a ouvia ao telefone, nos seus diálogos, nos seus ditos cariocas, nas suas insinuações e reticências, eu a temia, não me dava a impressão de uma pessoa capaz de amizade. Todas as suas conversas eram de uma frivolidade chocante. Dona Glória dizia sempre:

— Esta menina fala como gente ruim.

Mas Noêmia não levava em conta as restrições de dona Glória. E continuava a ser a menina leviana de todos os instantes. Dona Olegária dera-lhe poesias a ler e Noêmia brincava:

— Ora, dona Olegária, eu não sou de sonhos. Eu sou da matéria, dona Olegária.

Disse-me a velha que nunca imaginara ouvir tanta grosseria de uma moça.

O Campos tinha queda pelas irreverências de Noêmia. E dizia sempre:

— Esta nasceu para o teatro. Tem alma de borboleta.

Faria não a tolerava. E não escondia a sua aversão, pela secura com que a tratava. Eurídice, ao contrário, agradava ao meu companheiro. Ao me ver encerrado no quarto, procurou-me Noêmia para duas palavras. Com o pretexto de me pedir um romance para ler ficou-se uns dez minutos a me indagar pela vida. Noêmia não fazia cerimônias, não escondia seus pensamentos:

— Então, Júlio, o que é isto? É dor de cotovelo?

E como me encolhesse com susto, ela não deu atenção ao meu retraimento e foi falando, com aquele seu tom macio e doce, para me atacar no meu fraco:

— Júlio, você parece um velho. Isto é companhia deste Faria. Esse sujeito parece que é o rei do mundo. Aqui em casa todo o mundo tem medo deste mineiro.

E me convidou para ir ao cinema. A hora do almoço tornou a falar. E dona Glória achou que era muito bom. Precisava mesmo de sair, ver o mundo. Não tive coragem de aceitar o convite de Noêmia, mas no outro dia, logo que cheguei da faculdade, ali mesmo na saleta que dava para a escada, Noêmia voltou a falar comigo. Era preciso que eu fosse ver *A acorrentada*. Que mulher, que coragem de ser contra todos, para estar com o seu coração! Pouco lhe valiam as censuras dos outros. Só o amor valia para ela. No meu quarto, me senti com as palavras de Noêmia. Faziam-me companhia aquelas palavras de quem não temia. E o que me dava um frio no coração, uma ânsia esquisita, era um medo que não sabia bem fixar. Medo que me vencia, que me forçava a não querer dar uma opinião que ferisse os interesses dos outros, medo de Faria, de Noêmia, de Isidora. Quando me vinha à cabeça a cena da rua Conde de Lages, todo um drama se desenrolava. Via Isidora na mulher venal que se dera nua na cama. E aí era que o mais terrível medo me esmagava. Noêmia me falava com toda naturalidade, as suas palavras não disfarçavam interesse algum. Era simples e camarada comigo. E no entanto metia-me medo. Ouvia a sua voz, no canto mole e langoroso, ouvia a sua voz ao telefone, a risada agressiva. Havia um Joel em quem ela falava sempre. E pelo que lhe dizia, pelo que combinavam, eu tinha a impressão de que Noêmia era a parte dominadora. Era ela quem decidia dos cinemas e quem mandava na conversa. Uma vez ouvi-a dizer para Eurídice:

— O Joel não aguenta o meu jogo. É um galinha-morta.

Dona Glória, que a ouvira, não se conteve:

— Tem mais vergonha, menina.

— É o que tenho demais, minha mãe.

E saiu a rir-se alto. Mas agora Noêmia me procurava. Faria me chamou a atenção para me dizer com azedume:

— Esta é pior que o velho Campos.

Sabia o que sugeria aquele alarma do companheiro. O fato, porém, era que não sentia em Noêmia o mais leve intuito de me conduzir para qualquer sedução. O medo que me fazia foi aos poucos se transformando numa intimidade de irmãos. Dona Glória imaginou logo que aquilo pudesse se transformar em namoro, e como a querer falar para que a ouvissem, ouvi-a em conversa com dona Olegária, dizendo bem alto:

— Aqui em casa, filha minha não namora com hóspedes.

— Mas esse Júlio é uma moça – lhe disse dona Olegária.

Noêmia em todo caso me chamara para a vida. Só nela sentia uma criatura de carne e osso.

12

NÃO TINHA ALMA DE BORBOLETA

UMA CARTA DO TIO Fontes me dava a notícia da sua promoção para Juiz de Fora. O tom de toda a carta era de festa, de uma alegria gritante. Lia-se quase com desprezo. Feria-me aquele júbilo, enquanto me prostrava uma tristeza que não cedia, que me arrasava. Às vezes fazia esforço, enchia-me de coragem e saía com o meu companheiro de quarto para um cinema qualquer. E nada via, não havia história que me ligasse ao seu desenrolar. Só mesmo Noêmia podia com esse tédio. Ouvia as suas cantigas, e, quando a escutava, qualquer coisa existia fora de mim; não era muito, mas era qualquer coisa. Faria, com todo o seu método, com aquele seu falar manso e convencional, não me dava nada. Só me advertia; se procurava forçar a que me dominasse e fosse mais forte do que a minha tristeza, era como se desse uma aula, com as palavras medidas e, sobretudo, com a sua suficiência de mandar, de ser um superior. Faria já não me infundia toda aquela autoridade dos começos de nossa amizade. O tio Fontes me mandava que lhe desse notícia de sua promoção. O colega elogiou o ato do governo e cobriu o juiz de adjetivos. Era um magistrado de grande cultura, de inatacável probidade. Achava nas palavras de Faria uma certa hipocrisia. Não sei se era bem esta a expressão verdadeira. Quando ele falava de Noêmia, do velho Campos, de dona Olegária, era como se fosse uma autoridade de julgamento carrasco. E, apesar de tudo, eu gostava do velho e não descobria em Noêmia os perigos de que me falava. A princípio o companheiro parecia-me uma criatura perfeita. Teria mudado? Ou mudara eu? Era que o mundo se descobria para mim.

À tarde, só no quarto, sofria mais. Fazia frio e, com as janelas fechadas, na quase escuridão, vinha-me uma vontade de chorar, uns como espasmos indomáveis. Cobria-me com o cobertor e, de cabeça atolada nos travesseiros, passavam-me pela mente os pensamentos mais tremendos. Vinha-me sempre Isidora para estas solidões, para estas agonias. E via-a, ora nos braços do doutor Luís, ora nua em cima da cama, ora morta, ora de agrados tão macios, ora áspera como a minha mãe. E assim me aniquilava, dia a dia. As aulas da faculdade não existiam. As palavras dos professores entravam por um ouvido e saíam pelo outro. Mas desde que ouvia a voz de Noêmia, a vida começava a ter outros caminhos, outros horizontes, outras cores. Ela cantava. A voz me chegava de longe e se derramava no quarto como um bálsamo. Via então Noêmia tão simples, a falar com uma franqueza que não me chocava. Campos dizia que ela tinha alma de borboleta. Alma de quem não parava sobre as coisas e de quem corria livre ao sol, pelos campos, toda coberta de cores, como se fossem flores a voar. Mas frágil e pobre de vida. Não seria assim Noêmia, tinha tanta carne, e olhos pretos para ver, e mãos para pegar, para as carícias, e seios que se mostravam agressivos e belos. Não era uma borboleta como imaginara o velho. Sim, é a Noêmia que devo os momentos de vida que consegui viver fora de meu nevoeiro. Se ela cantava, eu conseguia uma trégua, e sobrepunha-me àquele tédio. E vinha de sua cantiga mais que uma música, vinha toda Noêmia, a de corpo magro, de gestos bruscos, de dizeres maliciosos. Eurídice era calada, e só se expandia nas conversas, quando não se continha e aos gritos procurava vencer. Dona Glória tinha medo de Eurídice e se desculpava alegando que em criança sofrera a filha de ataques. Quando Noêmia falava não era para impor a sua opinião, era para destruir a opinião dos outros, com ditos, graças. Ria-se, avançava sobre os contendores com deboches. E nunca se zangava como Eurídice. Dona Olegária dizia sempre que se Noêmia tivesse modos, seria um anjo.

— Ora, dona Olegária – dizia ela —, eu não quero ser Santa Teresinha.

Não queria ser outra coisa que uma mulher.

E o que seria para mim uma mulher, naquele tempo? Talvez que fosse Noêmia. O velho Campos me dizia sempre:

— Mulheres, filho, venham de onde vierem, mas mulheres.

Aquela que vira estendida na cama, nua, de corpo amolecido e lascivo, me arrasara. Viera dali este meu estado de pasmo. Noêmia, porém, me elevava. Esta é bem a expressão. Ao ouvi-la, ao vê-la, sentia-me como que acima de um pântano, de um lodo. A carta do tio Fontes me irritara. Aquela alegria de vitória, em vez de me contagiar, me reduzira ainda mais. E me viera com ela toda a família, e mais ainda a presença de Isidora me oprimia. Na hora do almoço, Noêmia apareceu de quimono de pano colorido como se fosse uma asa de borboleta. Lembrei-me do velho Campos, e foi justamente ele quem registrou.

— Ei-la como uma libélula – lhe disse o velho.

Noêmia sorriu, mas dona Glória foi rude:

— Vá se vestir, menina.

— Não estou de Eva, minha mãe. Estou muito bem-vestida.

O velho Campos tomou o partido de Noêmia, para desagrado de dona Glória.

— Seu Campos, não lhe pedi a opinião.

— Dona Glória, diante da beleza não há que calar. A sua filha é um esplendor.

Todos nós rimos. E Noêmia agradeceu ao velho com um dito de rua. E ao seu lado, a tocar em seu corpo, a sentir aquele seu perfume de carne, comecei a esquecer de tudo mais. Noêmia existia, e era tudo. Faria do outro lado olhava para mim, e vi-lhe nos olhos que me descobria, que marcava as minhas intenções. Os seus olhos não podiam, no entanto, com Noêmia. Não temia os olhos de Faria, e os seios pequenos de Noêmia, que quase furavam a seda do quimono, e os cabelos negros, que ela descobria ao levantar os braços, me arrastavam para uma felicidade como nunca sentira. O velho Campos recitava para dona Olegária poesia de sua lavra. Faria retirou-se da mesa.

Noêmia não tinha alma de borboleta.

13

DONA OLEGÁRIA E O AMOR

UMA CERTA MANHÃ A nossa casa do Catete amanhecera em rebuliço. Ouvíamos a voz de dona Glória, no seu tom maior, quase que aos gritos, e os soluços de dona Olegária. Faria, que voltava do banho, me dissera que o sujeito noivo de dona Olegária não passava de um fino ladrão. Mais tarde viemos a saber de tudo. O homem grave, funcionário aposentado do Tribunal de Contas, conseguira convencer a namorada de que poderia colocar as suas economias em negócios de imóveis e, mais, que com o que pudessem apurar de algumas joias de dona Olegária obteriam grandes lucros nos tais terrenos de Madureira. E dias e dias se passaram sem que mais aparecesse na pensão, e dona Olegária, que tudo suportara, sentia-se perdida, porque viera a saber, por uma conhecida que estivera em Pati do Alferes, que o tal senhor, tão correto e fino, não passava de um esperto larápio. Dona Glória não se conformava. Era no que dava essa história de se dar confiança a tipos estranhos.

— Fui viúva moça; mas, dona Olegária, não admitia que gente dessa espécie se aproximasse de mim.

— Mas, dona Glória, como poderia adivinhar? O Pedro era tão fino, tão carinhoso. Trazia-me flores, raro era o dia que não aparecia com uma delicadeza. E tudo não passava de uma simulação.

— De uma sem-vergonhice, dona Olegária. A senhora também se meteu com essa história de poesia, e é no que dá. E agora? Tudo perdido.

— Que hei de fazer, dona Glória! Guardava esse dinheiro para a velhice!

E caía outra vez no choro.

— Agora, dona Olegária, é ir à polícia.

— Não, dona Glória, tenho medo desse negócio de polícia. Eu prefiro perder tudo.

— Não vai perder nada. – Era o velho Campos que chegava. — Dona Olegária, ponho-me às suas ordens. O tipo não me enganava. Vi logo que se tratava de finório. Mas como eu não desmancho prazeres de ninguém, nada disse. Vi a senhora verdadeiramente apaixonada. E para que atrapalhar?

— Ora, seu Campos, nada de paixão. Apenas uma grande simpatia, coisa natural.

— É, mas vamos ao caso. A senhora soltou o dinheiro e as joias. Quanto aos cobres não lhe digo que se possa fazer nada. Mas as joias voltarão. Posso lhe garantir.

Dona Glória sorriu e não levou a sério:

— Pode contar com as joias, dona Olegária; o senhor Alberico de Campos não prometeu? Pois é fora de dúvida.

O velho Campos não se agastou com o descrédito de dona Glória e passou a tomar notas no seu caderno:

— Dona Glória, sou um modesto escriturário, mas para alguma coisa sirvo. Não tenho dinheiro, mas tenho amigos. Conheço o delegado de roubos e capturas. Foi menino criado nos Tenentes. O pai era até secretário da Sociedade. Vou pegar este ladrão.

Mas quando o velho Campos ia retirar-se, dona Olegária chamou-o à parte. E falou-lhe em segredo:

— Ah! Não tenha dúvida, dona Olegária. Se ele soltar a língua não haverá nada. A polícia de hoje sabe arrancar confissões sem precisar de tortura.

Dona Glória irritou-se:

— Mais esta, dona Olegária! A senhora ainda vai pedir por aquele tratante? É o cúmulo!

— Dona Glória, não sou mulher de vinganças. Ele era tão delicado! Prefiro perder tudo a fazer sofrer uma criatura que tantas alegrias me proporcionou.

Noêmia achava que era grandeza de coração. E Eurídice sorria para mim. Mais tarde, dona Olegária me procurou para pedir opinião. Queria telefonar para a repartição do seu Campos, para dizer-lhe que abandonasse a queixa, que desistisse de tudo. Sabia que muito se batia na polícia. E Pedro era homem tão delicado, tão fino.

— Quem diria, seu Júlio? Até de poesias ele sabia tanto! Deu-me um livro de Bilac, e com dedicatória de quem sentia mesmo os versos. E agora tudo se acaba assim.

Vi lágrimas nos olhos de dona Olegária. Noêmia falou-me do caso para lastimar a desgraça da velha:

— Tinha um verdadeiro amor. E parecia que era correspondida. E vinha aquela história de dinheiro, e era tudo mentira. É por isto que eu não acredito em homens. São todos do mesmo barro.

E riu-se alto. Faria achava que a velha fora muito bem castigada. Via nos últimos arrancos de amor uma exibição senil.

Saímos para a escola. E lá havia muita agitação. Grupos e grupos se batiam por uma candidatura à presidência do centro acadêmico. Falava-se do nome de Faria. Todos o tinham na conta de um verdadeiro expoente da classe. Mas pela primeira vez ouvi restrições ao seu nome. Tinha ligações com os integralistas. E um rapaz do terceiro ano criticava, para que eu ouvisse, algumas atitudes de Faria. Eu nada disse, e mesmo não me sentia disposto para aquela contenda. O caso de dona Olegária não me saía da cabeça. Tinha sido roubada, ofendida no seu amor-próprio, ridicularizada, e no entanto ainda lhe sobrara generosidade, uma esquisita ternura pelo homem que não tivera piedade e usara do seu amor como de uma armadilha. A gritaria dos estudantes não me arredava da desdita de dona Olegária. Era aquilo amor? Era aquilo a miséria do amor. E era também a grandeza do amor. A torpeza do embuste, da simulação, não destruíra em dona Olegária o que estava no fundo de sua vida.

À noite o velho Campos apareceu na pensão, sorridente. E mal avistou-se com dona Olegária, abriu-se em exclamações:

— Alvíssaras, minha senhora. Tirei o dia de hoje para o serviço de vossa excelência! E que sorte! Ao sair daqui procurei o doutor Edgar, o menino sobre quem falei aqui. E com que sorte! O Edgar me conduziu à Polícia Central para uma vista-d'olhos aos espécimes da fauna. E quem vejo lá engaiolado? O tal de Anjos. Em carne e osso, dona Olegária.

— Sofreu alguma coisa, seu Campos?

— Nada, dona Olegária, inteirinho da silva. E alegre da vida.

— Falou com ele, seu Campos?

— Não tive tempo. As joias estão na polícia. Trabalho bem-feito.

Mas dona Olegária chorava.

14

ERA O AMOR

A vitória do velho Campos fora completa. Não só voltaram as joias de dona Olegária como muito do seu dinheiro. Mas tudo deixara profunda mágoa no coração da apaixonada. Houve noticiário na imprensa, e o próprio Campos conseguiu que os jornais não fizessem referência à pobre senhora. Dona Glória se condoeu e a todos nós veio pedir para não tocar no assunto. Não mais veio dona Olegária à mesa do almoço, e a tristeza que havia em seu rosto era de muita dor. A própria Noêmia me disse:

— Nunca pensei que houvesse tanto amor neste mundo.

Agora quase que não se via a hóspede ultrajada. E até correu a notícia de que se mudaria.

O velho Campos, no entanto, não podia esconder a sua vitória. E não perdia oportunidade para gabolices, para contar histórias ligadas aos outros fatos em que estivera envolvido como herói.

— No *Século* – me dizia ele — houve tempo em que nada se fazia em matéria de noticiário policial sem a minha orientação. O velho Brício não fazia mistério. E o Campos era quem dava furos e descobria crimes. Nada tinha que ver com a seção, era do meu Carnaval: mas tutano havia na minha cabeça. Depois não me quis entregar a este ofício. Queria paz, filho, paz para gozar esta vida.

O caso de dona Olegária me impressionava. Dissera-me o Campos que ainda pudera a polícia arrecadar quase vinte contos em dinheiro, sem contar com os brincos e anéis. E nada disto a consolara de seu fracasso amoroso. Dona Glória nos dissera que temia pela saúde de sua amiga. Era no que davam certas faltas de juízo. Só mesmo muito assanhamento; mas tinha duas filhas e batia na boca.

    O fato é que dona Olegária definhava. Mais uma vez o amor me forçava a refletir com amargura. Saíra daquela depressão que me afundara em angústia para tomar a realidade de dona Olegária como um estímulo. Tenho hoje a impressão de que o fracasso da senhora enamorada me fez as vezes de uma droga curativa. E podia olhar para os outros sem que fosse obrigado a ver em todos o meu caso. Apaixonei-me pela derrota de dona Olegária. E ao ver aquela mulher vencida e esmagada por uma decepção, criava mais coragem para me examinar, sem tanto amargor. Noêmia continuava a ser para mim uma espécie de grandeza que não podia medir. Gostava de vê-la, gostava de sentir-me ao seu lado, a sua voz comunicava-me uma espécie de paz e alegria que não eram semelhantes a nada. Ao mesmo tempo encontrava em Noêmia uma camaradagem de irmã. Ela não se apresentava para me impressionar. E o que dizia não era em razão de algum propósito oculto. Era a mais simples criatura do mundo.

    — Júlio – me disse —, tenho medo que dona Olegária faça uma burrada. Ela não tem uma criatura para desabafar. Mamãe é a inconveniência em pessoa. E a pobre não sai do quarto. Ontem fui conversar com ela, e você nem calcula a que está reduzida. Eu lhe disse: "Dona Olegária, a senhora precisa sair". E ela me olhou com lágrimas nos olhos. Olha que eu sou dura, mas quase que fiz figura feia. Esta história de amor dá nisto. É por isso que trato homem como bicho.

    E sorriu. Depois ouvi Noêmia ao telefone, e lá estava ela nas respostas sibilinas, nos ditos, nas palavras maliciosas:

— Qual! Comigo não. Como? É mesmo? Coitado!

As palavras de Noêmia não ligavam uma história, mas me sugeriam um mundo. Ficava a compor, com aquelas negativas e histórias, a vida inteira da moça. E aquilo me fazia mal. E por outro lado obrigava-me a escapar de minhas preocupações. Estava na faculdade e pensava em Noêmia. Via-a de uma maneira como jamais vira outra criatura. E surpreendia-me a compor para ela um quadro de vida onde ela entrava como elemento essencial. Afinal, o que era o amor? Estaria com dona Olegária, de porta fechada, a esconder-se de uma vergonha, a se consumir de dor? Estaria na ligeireza e arrogância de Noêmia? Eu, pelo menos, não sabia ao certo o que fosse o amor. Mulher alguma me dera a certeza de que pudesse amar. Dona Olegária daria a sua vida pelo homem grave que a iludira cruelmente. Era amor. Morria de mágoas, de uma mágoa que lhe roía a alma. Era amor. E Noêmia? O que existia em Noêmia que me transmitia aquela presença de um raio de sol? Aquela quentura de vida? Lembro-me de seus cantos, e me lembro de instantes inesquecíveis. A voz era doce, mole, não trazia nada de estranho, mas me comunicava um estado de satisfação até aquele instante inédito para mim. Noêmia, porém, me fazia pensar em dona Olegária. Campos me dissera que o tipo cinicamente confessara coisas incríveis. E insinuara coisas a que ele Campos nem queria referir-se.

— Essa dona Olegária, filho, desmandou-se. Eu, quando vi aquela história de versos de Bilac, dei conta da coisa. Bilac é poeta para moça, filho. Uma velha como dona Olegária não pode com esta história de amor de poeta. O tipo contou ao delegado passagens que eu não quero acreditar. Não admito que dona Olegária fosse capaz de tanto. Mas, filho, dava motivo para uma crítica nos préstitos. Garanto-te que faria uma para os Tenentes de abafar. Nem quero falar. Tenho pena de dona Olegária. E mesmo não acredito nas mentiras do tipo.

Depois que o Campos me contou aquelas referências aos amores de dona Olegária, tive ainda mais pena da sua desventura. E sem saber como, fui me ligando a uma imagem de Noêmia como não havia ainda concebido. Era uma Noêmia nua que me beijava. A história de Campos me perturbara. Dona Olegária fora capaz de sacrificar tudo. Fora conduzida pelo amor.

Era o amor.

15

CAMPOS ERA UM HOMEM

Volto a reler as notas deste caderno e domina-me uma saudade imensa dos dias da rua do Catete. Vejo este passado mais próximo e sinto que ali se decidiu o meu destino. Tivesse Noêmia podido me arrastar, por completo, de minhas fraquezas, e hoje seria outro homem, outros seriam os meus caminhos. De nada me servem todos os *se*, e todas as maquinações de hoje em dia. Volto à narrativa para falar do velho Campos, e de fatos ocorridos entre ele e o meu amigo Faria. O velho, após os seus sucessos no caso de dona Olegária, entrara no período de verdadeiro delírio de grandeza. Dona Glória, que o conhecia de sobra, não lhe dava importância, e até o suportava com o seu humor brincalhão. Mas Faria não era homem para compreender o Campos das Águas, poeta, jornalista, e capaz de tantas outras atividades. Enquanto todos nós podíamos ouvir as histórias do velho (eu pelo menos sempre as escutava com a sua ponta de conto maravilhoso), Faria se exasperava. E tudo aconteceu como vou narrar. Estávamos na mesa do jantar e Noêmia falava de um grande tenor que fazia sucesso no Municipal. Campos sabia muito de óperas, e falou de Caruso. Escrevera sobre este artista em condições especiais. Fora ao teatro em companhia de amigos, e ao chegar à redação não havia quem redigisse a crônica da noite.

— Pediram-me para tapar o buraco. E sem que procurasse fazer nada de mais, escrevi uma crítica que no outro dia abafou a cidade. Ora, estava na minha repartição (lembrou-me bem, era o diretor um engenheiro, um tipo de Minas metido a besta) quando o telefone me chamou. Sabem vocês quem era? O próprio Caruso. Falou-me em francês. Queria agradecer-me a crítica. Nunca lera coisa mais justa. Eu havia descoberto, sem querer, conduzido pelo meu instinto musical, defeitos na voz de Caruso.

Dona Glória sorriu. Noêmia perguntara que defeitos seriam estes.

— Ora, menina, coisa de técnica, da mais fina técnica.

E tudo terminaria sem mais outra intervenção do velho, se não fosse o gesto intempestivo do Faria:

— O senhor canta?

— Não, mas tenho cultura musical. E tenho ouvido.

— Ah, está se vendo, orelhas não lhe faltam.

Aí o velho levantou-se da mesa e gritou:

— O que é que está pensando, menino?

— O que é que penso? Eu penso que o senhor não passa de um velho desfrutável.

A figura de Campos cresceu, os olhos eram duas chamas, e quis investir para Farias, mas dona Glória não permitiu. E disse o velho:

— Olha, estudantalho, tu ainda bebias o leite de tua mãe, e eu já era um homem de coluna de jornal.

Faria, então, voltou-se para todos nós:

— Vocês é que botam esse velho a perder. Eu é que não admito mais essas palhaçadas em minha presença.

O velho Campos deu uma risada de deboche, e falou para dona Glória:

— Afinal de contas, a casa é deste pelintra?

Faria retirara-se. E o velho Campos continuou a falar:

— Esse tipo tem o rei na barriga.

Dona Glória pediu para não se dar importância às palavras de Faria. Aquilo era nervoso, muito estudo.

— Ora, dona Glória, a senhora não me conhece. Não troco coices. Sou um intelectual, tenho nome a zelar. E esse rapaz, o que já fez na vida?

Noêmia acalmava os ânimos com uma graça qualquer.

— Então, seu Campos, paga ou não paga o cinema?

Mas o velho não prestava atenção. Os longos cabelos brancos desciam pela gola do paletó, e agora era como se estivesse longe de todos nós, com a voz magoada:

— Queria saber que mal fiz àquele moço. Aqui nesta casa trato a todos como merecem. Se brinco, é porque tenho este meu temperamento folgazão. Não me meto na vida de ninguém. Sou um velho sem rabugices. E esse moço se mostra meu inimigo.

A voz triste do velho Campos me tocou. Noêmia não levou a sério as palavras doídas do homem sentido. E quis brincar outra vez. Campos, porém, falou:

— Ora, filha, não brinques. Deve haver intriga em tudo. Afinal, eu contava um pequeno acontecimento de minha vida de imprensa, não estava a ferir a suscetibilidade de ninguém, e me sai aquele rapaz com quatro pedras nas mãos. Olha, filha, não é que tenha medo, mas, para te falar com franqueza, não gostei. Esse moço deve estar prevenido comigo. Aqui neste Rio de Janeiro, nasci e me criei. Só tive mesmo inimigos por causa dos Tenentes. Por esse tempo briguei, dei muita porrada. Coisas do bom tempo. E agora me vem esse moço e me agride assim.

Dona Glória apareceu para consolar o hóspede ofendido.

Quando cheguei no quarto de Faria, ele estava de cara fechada. Fingia que estava a ler. Levantou a vista do livro e quase que me agredia:

— É preciso não ter o que fazer para escutar esta besta do Campos a mentir. Ainda ontem me disseram que esse velho é tira, e que come da polícia.

Nada respondi ao companheiro, mas comecei a examinar aquele ódio de Faria ao velho falador. Faria era homem sério, não perdia tempo, não tolerava as fraquezas dos outros. Toda a minha amizade pelo companheiro ia se transformando numa espécie de medo. E, coisa estranha, naquele momento em que ele levantara os olhos para me fixar e criticar-me, eu como que vi o olhar duro e as feições desumanas de minha mãe.

Recolhi-me para pensar no velho. A cabeleira caía-lhe de paletó abaixo; falava como se contasse histórias para menino. A voz de desconsolo e a mágoa de suas lamentações esmagavam a grosseria do moço.

Campos era um homem.

16

JAIME

Havia qualquer coisa a atuar fortemente em Faria. O homem grave que não se metia na disputa dos colegas, o estudante que só cuidava de suas aulas, de seus livros, de seus pontos, já não era ele. Agora via-o em conversa, em grupo, a tomar posição contra os comunistas, a dar opinião radical sobre os acontecimentos. A mim, me tratava como se fosse uma criança a quem não devesse tocar em certos assuntos. E por isso, em casa, no nosso quarto, pouco falava comigo. Procuravam-no pessoas que nunca vira nas suas relações, e a sua seriedade nos contatos com a gente da pensão mais se acentuava. Dona Glória me dizia sempre:

— Faria anda preocupado com qualquer coisa.

E procurou sondar-me. As visitas ao nosso quarto se animavam. E mais de uma vez ele próprio pedia para que eu saísse, pois tinha uma entrevista de importância. Uma noite apareceu na pensão de camisa verde, com dragonas de chefe. O velho Campos, quando o viu chegar para o jantar metido no uniforme de grande integralista, pediu licença, e retirou-se da mesa. Noêmia pretendeu tirar uma brincadeira, mas o ar de solenidade do meu companheiro deu em mal-estar. Tivemos uma refeição de cabeça baixa.

No quarto haviam ficado outros tipos de camisa.

Depois que Faria retirou-se apareceu o velho Campos para me dizer:

— Olha, menino, isto termina em sangue. Parece coisa de Carnaval, mas é tramoia muito séria. Este país é uma desgraça. Então porque na Alemanha e na Itália deu esta peste, aqui se imita? E esse Faria... eu bem que não me enganava. Aquela cara de ministro escondia um tartufo. Posso te garantir que no Rio de meu tempo esta canalha não aparecia na rua de periquito. Isto é uma vergonha.

Procurei defender o meu colega. Faria era um patriota, o integralismo visava à grandeza do Brasil. Mas o velho se aborreceu:

— Patriotismo de parada, filho. São uns malandros que querem andar de fantasia. Eu se fosse moço ia para a rua e carregava-lhes o pau. Olha, filho, se eu tivesse força isto não ia para diante. Mandava para a limpeza pública. Há falta de garis na cidade.

Dona Glória não concordava com o velho. Havia muita gente boa metida no integralismo. E eram patriotas. O Brasil precisava de ordem, de paz, de progresso.

— Ora, dona Glória, a senhora quer paz de chiqueiro para o Brasil. O que esta canalha pretende é reduzir o cidadão a uma nova escravatura. O patriotismo deles é de importação.

— Olhe, seu Campos, eu não quero discutir, mas se o meu filho me ouvisse ia para o integralismo.

O filho de dona Glória, porém, não era integralista. Rapaz sério, do trabalho, era no entanto agressivo nas suas opiniões. Pouco o víamos em casa. Só aos domingos comia conosco à mesa. E mal acabava saía para o futebol. Dona Olegária achava o rapaz muito seco, calado demais.

— Melhor assim – dizia sempre dona Glória. — Jaime é todo o pai. Nunca vi se parecer tanto. Tem cabeça dura.

Jaime, porém, não se ligava à vida da casa. Pela manhã saía para o emprego, e voltava tarde. Naquela noite, mal acabava dona Glória de dizer que pelo seu gosto ele seria integralista, Jaime surgiu de repente para dizer aos gritos:

— É melhor se calar, minha mãe!

E não disse mais nada. O velho Campos convidara-me para um café no Largo do Machado. E quando lá chegamos, o Lamas era um foco de agitação. Um enorme grupo de estudantes estava preparado para perturbar um desfile de integralistas que viria para uma homenagem à estátua do Duque de Caxias. E havia marinheiros pelas proximidades. O velho me alarmou:

— Vai haver sururu. Essa mocidade precisa reagir.
Mas não quis ficar por ali. E saímos pela rua Paissandu. Campos, então, me falou sobre o filho de dona Glória.

— Aquele menino Jaime tem um gênio dos diabos. A mãe é uma excelente criatura. Pois eu lhe conto o que aconteceu, três anos atrás. Hospedara-se lá em casa um tipo que se dizia oficial do Exército. E nada de pagamento. Quando dona Glória reclamava, o tal sujeito sempre tinha uma desculpa. Até que ela não pôde mais aturar. Reclamou mais forte. O atrevido deu-lhe uma resposta desaforada. Pois quando eu já me preparava para revidar nos devidos termos à agressão, vi o menino Jaime pegar-se com o hóspede, como um verdadeiro louco. Parecia um homem da Lapa. Só não o matou porque a tempo corri a evitar o crime. O Jaime não é para brincadeiras. Estou certo que não será integralista. Olha, menino, isso é um partido para bunda-suja. E eu lhe digo: se não fosse a proteção da polícia isto já tinha terminado em muito sangue.

Depois o velho Campos ficou a olhar as palmeiras, como se nunca as tivesse visto:

— Este é o meu Rio de Janeiro. Alberto de Oliveira tem um soneto sobre a palmeira-imperial que é obra de mestre.

E com o ar um tanto triste o velho Campos continuou:

— Também escrevi uma peça sobre o mesmo tema. Mas não teve o sucesso que merecia. Não tenho sorte na literatura, filho. Também nunca fui de panelinhas.

A tristeza do velho me tocou.

Ao chegar em casa havia rebuliço. Era que Jaime intimara a mãe a botar o Faria para fora de casa. Ali não ficava galinha-verde. Dona Glória chorava. As duas moças pareciam aflitas. E lá de meu quarto ouvia Jaime a assoviar um samba qualquer.

17

FARIA E JAIME

AINDA SERIA O VELHO Campos o conciliador de situações. Ao ouvir os gritos de Jaime e o choro de dona Glória, não perdeu o velho a sua calma. Quando a situação parecia mais aguda, subiu as escadas para o segundo andar e de lá voltou com os termos de um verdadeiro armistício. Jaime não levaria em conta a presença de Faria na casa, mas por outro lado dona Glória se esforçaria para que não fizesse ele mais reuniões de camisas-verdes na pensão. Ouvi a conversa do velho com a mãe alarmada:

— Eu sei, seu Campos, que Jaime tem um gênio forte. Mas Faria é hóspede antigo aqui em casa, é um rapaz de primeira qualidade.

— Não discuto isto, dona Glória. Acredito nas qualidades do seu Faria, mas acredito mais na boa-fé e veemência do seu filho. É um rapaz de vergonha, de grandes sentimentos. Ele acha que essa história de integralismo é sujeira. E para lhe ser franco, estou com ele. Posso lhe dizer que no caso dele agiria do mesmo modo. Pois a senhora diga ao tal senhor que se abstenha de reuniões aqui, senão o menino fará uma limpeza.

Ouvi o velho e uma dúvida séria se apoderou de mim. Eu sabia que o meu companheiro de quarto era um homem direito, de sentimentos nobres, incapaz de se meter em aventuras equívocas. Se Faria se pusera a serviço de um movimento, era porque encontrara ali uma razão, um motivo para confiança. Por outro lado, o ódio de Jaime e o desprezo do velho Campos me davam o que pensar. Jaime era um pobre empregado do comércio, nada tinha de interesses partidários, vivia de sua casa para o seu balcão, humilde, com os seus ingênuos entusiasmos pelo futebol, fora de toda e qualquer agitação política. E o velho Campos, homem de outro tempo, mas, apesar de todas as suas extravagâncias, tido e havido como um homem de bem. Eu me pusera de lado na escola, para as contendas abertas entre colegas. Vi-os em debates e divergências, sem que nada daquilo me tocasse. Dizia-se, pelas minhas ligações com Faria, que eu era do grupo dos verdes. Mas, pela timidez que mais ainda se aguçara, não contestava, não me afirmava, não me sentia no fogo. E por isto me humilhava ainda mais. Não tinha alma nem corpo para ser de uma vida de tantas paixões. Faria falava-me de um Brasil que só se salvaria pelo regime que tivesse força para garantir as grandes tradições do povo. O Brasil carecia do sangue da mocidade, de todas as energias da nação, que sucumbia pelas desgraças de governos sem consciência. Tinha a certeza de que Faria era sincero e capaz de sacrifícios.

    E Jaime? Não era uma mocidade conduzida pelos entusiasmos de academia. Não queria mais nada do que o seu emprego e o seu futebol. Ganhasse o Flamengo: era o seu partido, a sua maior alegria. E no entanto, estava possuído pelo ódio mais radical às ideias de Faria. Jaime demonstrara, no momento em que gritara para a sua mãe, que fazia questão de vida e morte, que estava disposto às maiores violências contra o integralismo. Voltei para o meu quarto aturdido. O velho Campos ainda conversava na sala de jantar, mas não quis continuar a ouvi-lo. Preocupava-me o caso de Faria. Achava que o grande amigo dos primeiros dias de faculdade se modificara enormemente. As suas palavras de agora eram palavras de quem pretendia exercer influência e mudar o curso

das coisas. Alta noite, quando voltou, acendeu a lâmpada e pude vê-lo ainda metido na sua farda. Estava sombrio, de cara fechada. E vendo que eu estava acordado, não quis esconder as suas impressões. Foram atacados no Largo do Machado. A canalha comunista preparara tudo para uma cilada miserável. Morrera um companheiro do Méier. Mas não houvera uma só deserção. Aquilo não era nada. Iriam até o fim, até o dia em que o poder estivesse nas mãos do chefe. Depois voltou-se para mim e me disse:
— Você precisa fazer a sua inscrição.
Nada lhe quis dizer, mas tive medo daquela gravidade do amigo. No escuro do quarto já ouvia o seu ressonar, sem que me chegasse um minuto de calma. Caía sobre mim uma responsabilidade imensa. Teria que assumir atitude decisiva, colocar-me ao lado do amigo, e para tanto não tinha entusiasmo algum.
E Jaime? A figura do rapaz simples me absorvia. Não era um Faria lido, com teorias na cabeça e ambição de mandar. Era simples, forte, bom, sem vontade nem desejos fora do normal. E odiava, e tremia de raiva ao se referir aos galinhas-verdes, como dizia. Que verdade existiria nas palavras do meu amigo? E que verdade continha a intransigência de Jaime?
Teria que assinar inscrição, teria que contrariar o velho Campos, que assumir uma atitude agressiva? E o que não diriam os colegas da escola? Mas Faria pusera-me a faca aos peitos. Jaime e Faria. Pairava-me na cabeça a mais incômoda dúvida. Por que o amigo me obrigava a ser de um partido, a tomar posição, a contrariar os meus desejos e os meus impulsos? Era o Brasil, era a pátria em perigo. Via Jaime a olhar-me com a violência de seus olhos acusadores, via Noêmia a sorrir de meu acanhamento, via o velho Campos com nojo. Sairia

de casa, metido na camisa verde. Olhar-me-iam de todos os lados. Sorririam de mim, como Noêmia. E muitos outros olhos como os de Jaime me fixariam com ódio. Mas Faria fazia questão fechada. Seria do seu grupo. Era o Brasil. Rufavam os tambores na rua. Marchávamos para salvar o Brasil. E Jaime olhando-me com a fúria de sua raiva. E Noêmia às gargalhadas. E o velho Campos com nojo.

18

EURÍDICE (1)

Foram-se muitos dias assim, com as atividades de Faria em ascensão. E, quanto ao meu caso, cada vez mais fugia de me ligar a um compromisso definitivo. A princípio comunicara ao amigo que nada poderia fazer sem que me aconselhasse com o tio Fontes. Fora um recurso que me salvara de uma solução rápida.

O velho Campos se transformara em inimigo impiedoso de Faria. É verdade que não se defrontavam. Desde que via o rapaz o velho fechava a cara, parava de conversar, ou então levantava-se da mesa. E assim a paz da rua do Catete se acabara. Noêmia me anunciou que seria noiva de Joel. Não era casamento de agrado de dona Glória. Mas pouco valia para Noêmia a oposição da mãe ou do irmão. Joel aparecera para jantar, e era um belo rapaz, de olhar claro, cabelos penteados, todo vestido no rigor, caprichado. Jogava futebol, era de Campos, e pelo jeito de falar, apesar de todas as suas maneiras cariocas, não escondia a ingenuidade de um rapaz de cidade pequena, acanhado, sem conversa fácil.

Mas Eurídice passara a ter um interesse estranho por mim.

E tudo fora muito simples. Nada tinha ela de semelhante à outra. Se não era bonita, mostrava, no entanto, uma personalidade que, perto da agitação de Noêmia, a fazia parecer de outro sangue. Via-a nas suas conversas, nas suas risadas, nos seus gestos, sem que me provocasse o menor interesse.

Dona Olegária dava mais por Eurídice. E me disse, certa vez:

— Se tivesse um filho o casaria com esta menina.

Eurídice não acompanhava Noêmia em seus passeios, ficava mais em casa, e no telefone não falava com aquela facilidade da irmã. Dona Glória gostava mais da outra. E isto não podia esconder. Eurídice não perturbava a vida da casa como Noêmia, era quieta, mas contra ela se voltava a mãe, com asperezas que não tinha para Noêmia. Eurídice não era positivamente a querida. Dona Glória se irritava com aquela dessemelhança. E muitas vezes a ouvi dizer a dona Olegária:

— Esta menina Eurídice me mata. A senhora veja: Noêmia grita, faz o diabo, e no fim termina no meu quarto a me contar as suas histórias. A outra é isso que a senhora vê: não dá palpite. Se brigo com ela, não me liga. Fica calada, e faz tudo como bem quer. Tem o gênio de Jaime. É o pai. É o gênio do pai.

O caso é que Eurídice passava a me interessar fortemente. Não era que me tentasse, que em qualquer dos seus gestos pudesse revelar alguma vontade de me prender.

Eu conto. Uma tarde apareceu-me no quarto. Entrou como se fugisse de qualquer coisa e fez um sinal com a mão, pedindo silêncio. E depois de fechar a porta com a chave, aproximou-se para me falar de Faria. Eurídice era clara, e tinha cabelos pretos. Ao vê-la ali, naquele silêncio do quarto, tive medo. Sempre este medo em todas as circunstâncias de minha vida! Queria falar do meu companheiro. E me perguntou, em voz quase que ao meu ouvido:

— Faria é noivo em Alfenas?

E quando a informei de que nada sabia, ela pediu-me para falar com toda a franqueza. Falei com segurança. Eurídice suspirou forte e sorriu:

— Olha, Júlio, você me tirou um peso do coração.

Ouvíamos Noêmia numa cantiga, e a voz de dona Glória na cozinha. Eurídice estendeu-se na cama de Faria e reparei no gozo como deitara a cabeça no travesseiro, no espreguiçamento de todo o seu corpo. Vi os seus seios quase que expostos na abertura do quimono, e quis dizer-lhe qualquer coisa, mas não podia. Ela foi que me falou:

— Você conhece alguma namorada dele?

De nada sabia, e lhe afirmei que o meu amigo não era homem de namoro. Eurídice levantou-se, foi ao armário de Faria, mexeu nos seus ternos, olhou para os sapatos que estavam debaixo da cama. E era como se procurasse descobrir qualquer coisa escondida.

— Olha, Júlio, não diga a ele que estive aqui.

E quando se retirou, o quarto inteiro ficou com o perfume de seu corpo. Eram quase seis horas da tarde. O morno mormaço carioca agia sobre o meu corpo. O cheiro de Eurídice estava ali no quarto, como se fosse ela mesma. Viera à procura de Faria, e, sem querer, me arrasara. A princípio me contentei com a imobilidade sobre a cama. Mas uma força esquisita me conduziu para o leito do amigo. Pus a minha cabeça no travesseiro onde Eurídice deitara a sua. E o seu cheiro ganhou-me todo o corpo. Subiu-me à garganta uma ânsia e, como naquela noite da camisa de Isidora, fui me deixando possuir por uma desesperada vontade. Ali estivera quase nua Eurídice, ardendo de desejo, atrás de Faria. Queria amor. O canto de Noêmia derramava-se sobre a minha insatisfação. E ouvia, vindo da rua, a cantoria das cigarras de verão. Não havia nada que me contivesse naquele quase êxtase. Procurei pensar em Isidora, para ver se me ajudava a fugir do monstro que se aproximava. Procurei lembrar-me da mulher nua da rua Conde de Lages, e tudo foi em vão. O cheiro de Eurídice me apertava, sufocava-me. Pus-me estendido na cama, vencido por uma magia prodigiosa. Todo o meu corpo vibrava na sofreguidão de um prazer de avalancha. Mergulhei na maior alegria de minha vida. O monstro me possuíra. Quando ouvi o chamado de Faria, acordava de um sono que me parecia de um século.

Eurídice parara à porta para falar quase que em surdina com o meu companheiro.

19

EURÍDICE (2)

Posso dizer que Eurídice me dera outra vontade de viver. Sabia, ao certo, que nada queria comigo. Sabia que só cuidava de seus interesses em relação ao meu companheiro de quarto. Ao vê-la, porém, não a temia, como algumas vezes acontecera em meus primeiros encontros com Noêmia. O que na moça alegre e franca se transformara em amizade, em Eurídice crescia como uma espécie de ligação esquisita. Por tudo estava certo de que nada de minha parte a interessava. Sentia-me outro ao seu lado. Noêmia, a princípio, me abalara, enchera-me de entusiasmo, que, aos poucos, vi murchar. Com Eurídice tudo me parecia diferente. Não era bonita, não exercia aquele poder absorvente da irmã. Calada, punha-se a olhar e a ouvir, e absorvia tudo como uma flor carnívora. E, como não acontecera com mulher alguma, não encontrava Isidora em gesto ou atitude qualquer de Eurídice. Desde aquela tarde em que estivera no quarto e deixara a cama de Faria com o cheiro de seu corpo, não me saía ela da cabeça, não fugia de mim a sua presença.

 E o que teria ela com Faria? Procurei examinar as conversas dos dois, procurei descobrir intuitos ocultos, ou saídas ou encontros. Nada consegui. De Faria nada pudera surpreender. Mas via muito bem como Eurídice mudava de modos desde que o outro aparecia. Sem dúvida que teriam as suas manobras e as suas simulações. A vida do meu companheiro voltava-se toda para a atividade política. Tivera retratos nos jornais e na faculdade se transformara no centro de toda a agitação integralista. O meu tio Fontes escrevera-me longa carta, para me dar conselhos. Soubera das atitudes de Faria e me orientava para que fugisse de me ligar a qualquer partido. Tudo aquilo não passava de exploração, e o estudante não devia prejudicar os seus deveres de estudante em lutas e debates. Mostrei a carta ao colega e ele me disse que o juiz estava com medo de perder a desembargadoria. E me afirmou:

— Teremos que acabar com a covardia dos velhos. O tempo é do sacrifício dos moços. Você fique com o seu tio.

 Nada lhe disse, mas gostei da solução. Não teria contra mim a raiva de Jaime, ou a mofa do velho Campos. E quando me livrei do compromisso com Faria senti-me aliviado de um constrangimento. Estava livre dos motejos dos colegas. Não vestiria camisa verde. Mas Eurídice, à tarde, apareceu outra vez no quarto para me sondar sobre Faria. Pretendia saber o que imaginava o colega fazer depois de formado. E pôs-se a mexer na gaveta da mesa de Faria, ansiosa para descobrir qualquer coisa. Olhava-a de tal maneira que deu pela vivacidade de meus olhos:

— Nunca me viste, Júlio?

Sorri para disfarçar, e ela deitou-se na cama, e fechou os olhos como se estivesse a dormir. Vi os seus seios a arfar, na seda velha do quimono azul, vi os seus pés nus, magros, de unhas pintadas. E falou-me em voz baixa:

— Júlio, eu vou te confessar uma coisa. Estou doida pelo Faria. Eu sei que ele não me liga. Posso dizer-te que nada espero dele. É um homem esquisito. Antes dessa história do integralismo ainda me olhava. Agora só pensa nessa desgraça.

E vi lágrimas nos olhos de Eurídice. Quis levantar-me para ajudá-la, mas ela enterrou a cabeça no travesseiro, e todo o seu corpo vibrava no choro abafado. O descuido do instante deixava que as suas formas aparecessem até as coxas rosadas. Era a carne maravilhosa de Eurídice que estava ali ao alcance de minhas mãos. E não resisti. Pus-me a consolá-la. Acariciei-lhe a cabeça, e senti o calor de seus cabelos. E disse-lhe palavras que não sabia articular. E ela ficou assim uns minutos. Estava ao seu lado na cama e todos os desejos me possuíram. Depois Eurídice ergueu-se, de repente, assustada:

— Não diga nada a ele.

Ouvi dona Glória a gritar por Eurídice. E não tive coragem de me levantar da cama de Faria. Outra vez me entregava a um estado de meia vertigem. O cheiro da moça estava ali, todo o seu corpo continuava nos lençóis, no travesseiro. As pernas e os pés, a carne rosada. E o choro de tanta submissão, de criatura ferida. Ouvi então que batiam à porta. E era dona Glória a me falar com irritação:

— Seu Júlio, não quero filha minha com intimidades com hóspedes. Eurídice é uma sonsa de marca. O que estava ela fazendo aqui, no quarto?

Atordoou-me a intromissão irritante de dona Glória. E nem sei o que lhe respondi.

À noite, à hora do jantar, Faria não apareceu, e o velho Campos chegara com a notícia de que os galinhas-verdes, como chamava, tinham corrido em Vila Isabel. Houvera um tiroteio. Se não fosse a polícia não havia ficado um para contar a história.

— Ora, seu Campos, o senhor perde a graça com essas conversas. O integralismo vai salvar o Brasil.

Era Eurídice.

— Menina, sou um homem velho e quero morrer na cama. Mas se depender de minha vida, não faço questão de ir à rua para matar esses cachorros.

Noêmia riu alto:

— Não tenha cuidado, seu Campos. O senhor morre mesmo na cama. Não precisa matar nem um periquitinho.

— Não estou brincando. Esses cachorros não me governarão.

— Por que o senhor não diz isto ao Faria? – gritou Eurídice.

20

EURÍDICE (3)

Releio todas as notas que tenho escrito sobre a minha vida na rua do Catete. Procuro descobrir falhas e não as encontro. Verifico assim que vou caminhando bem, e que continuo fiel à verdade. Como Noêmia passava com todas as suas visagens e se Eurídice se fixava para mim como verdadeira mania, embora distante e alheia às minhas preocupações, não saberia explicar. Noêmia, ainda em certos momentos, parecia me considerar.

Eurídice, que vi chorando, com a cabeça mergulhada nos travesseiros de Faria, amava outro, desejava outro, sofria por outro. E era dela que me aproximava cada vez mais. E sempre que a via me animava de um entusiasmo que nunca tivera. Em noites inteiras sonhava com ela em meus braços. E eram sonhos de verdadeiras bacanais. Despertava esgotado de tantas energias perdidas. Se a encontrava sozinha não tinha medo de estar ao seu lado e nem de falar-lhe. Noêmia sempre me despertava uma espécie de camaradagem. Eurídice me atraía.

Mas vamos a fatos. Uma tarde cheguei à pensão e encontrei a casa agitada. Falava dona Glória áspera, respondia Noêmia aos gritos. Aos poucos fui compreendendo a razão de tanto barulho. Tratava-se do casamento de Noêmia e havia qualquer mal-entendido entre a mãe e a filha. Dona Olegária chegara para acalmar sem sucesso. Ouvia bem dona Glória dizer:

— Pois que se dane. Aqui na minha casa não fica. Estou dizendo que não fica.

— Não me falta lugar – respondia Noêmia. — A senhora não pense que me mata de fome.

— Pois que se vá.

— Agora não vou, porque não quero.

Depois Noêmia falou comigo. Era que Joel queria passar-se para a pensão. Não havia nada de mais.

— O rapaz aqui em casa teria outro trato. Vamos nos casar no dia de Nossa Senhora da Conceição.

De repente aquelas palavras me conduziram a Isidora. Dia de Nossa Senhora da Conceição. Procurei fugir da irmã morta, e não consegui. Via-a no dia do casamento, vestida de noiva, e uma mágoa velha se abriu no meu coração. Refugiei-me no quarto, não tive nem ânimo de abrir a janela, e no escuro permaneci até a chegada de Faria, que apareceu alegre:

— Olha, Júlio, em breve estaremos com o destino do Brasil nas mãos. O chefe esteve em conferência com o presidente e tudo está combinado. O Brasil será salvo. E esta democracia podre será arrasada.

E como nada lhe dissesse, pois estava inteiramente alheio à vida dos outros, de todo o mundo, Faria aproveitou a ocasião para incriminar-me. Vinha notando que eu fugia da sua amizade, que não o acompanhava, que não era mais o mesmo do primeiro ano. E me disse, num tom áspero:

— Você anda atrás da conversa desse velho cínico. É, mas esses corruptores da mocidade terão seu castigo.

Nada lhe respondi. E enquanto ele se preparava para o jantar apareceu Eurídice à porta, e falaram em voz de segredo. A calma voltara à casa, e Noêmia cantarolava como se nada tivesse acontecido. À noite, Faria retirou-se, e já me preparava para dormir quando bateram à porta. Era o velho Campos convidando-me para dar uma volta:

— Está uma noite de lenda, filho; vamos andar um pouco.

E me falou de um soneto que publicara na *Seleta*, sobre as noites cariocas. Sim, dissera em alexandrinos o que lhe ia em fervor pela alma. As noites cariocas carregavam eflúvios.

E já estávamos pela rua Paissandu quando o velho Campos me confessou o motivo por que me fora chamar para aquele passeio:

— Olha, filho, o Jaime qualquer dia deste faz uma desgraça. Eu não quero dizer nada, mas se ele descobre as ligações de Eurídice com o galinha-verde, vai haver coisa feia. Tenho medo desse menino. Mas esse tipo que mora contigo não merece outra coisa.

Quis defender o Faria.

— Qual nada, filho, eu mesmo vi. A menina anda de amores. Mulher quando ama assim, não sabe esconder. Vi-os outro dia, como dois pombinhos, à saída de um cinema.

Agora subíamos pela rua Farani, e o Campos, quando olhou as grades do palácio Guanabara, não se conteve:

— Esse gaúcho termina mal. Aqui está há oito anos, e ainda não parou de sorrir. Olha, filho, não tenho paixão política, mas como carioca eu te digo: esta gente não conhece este povo do Rio. No tempo de Floriano eu vi o que ele é. Os galinhas-verdes andam por aí, protegidos pela polícia. E esse Vargas recebe semelhante canalha em palácio. Tenho mais de sessenta anos, mas na hora precisa posso levar um comigo para o inferno.

Aí o velho Campos parou e me disse:

— E se fôssemos à Lapa? A Hermínia, da Conde de Lages 38, me falou de duas campistas novinhas em folha. Mulheres, filho; sem mulheres nada se faz.

E como passasse um táxi o velho Campos me acomodou ao seu lado e mandou tocar para a Conde de Lages. Foi recebido com festas. A dona da casa procurou-o logo para saber de uns papéis que tinha na Prefeitura, aos cuidados de Campos. Tudo andava bem. Outras mulheres chegaram para a nossa mesa. Não posso explicar direito, mas comecei a sentir-me mal. Tocava um piano e falava-se alto. Homens excitados pelas bebidas, e mulheres que me repugnavam. Campos falava com um tipo sobre política e, quando uma loura de cabelos sujos sentou-se ao meu lado, para um agrado, era como se tivesse mãos de lesma, frias e úmidas. Um asco indomável se apoderou de mim. E pretextando sair para uma necessidade, cheguei à porta da rua e pus-me a correr até a praia. O vento bom da Glória me lavou daquela imundície toda. Fiquei parado, sem rumo certo.

O que não diria o velho Campos? Sem dúvida ligaria aquele meu gesto ao primeiro incidente e me tomaria por um doente. Mulheres e mulheres, ali estava a teoria do amigo. Não parei. Subi pela praia até o Flamengo. Vinha descendo uma formação de integralistas ao rufar de tambores. Lembrei-me de Faria, e do ódio do velho Campos. Velho, de mais de sessenta anos, e ainda com aquela fúria para o amor. As mulheres para ele valiam como seu sistema de vida. Eurídice. Estava deitada, na cama, e as suas coxas rosadas deviam ser quentes e macias.

21

EURÍDICE (4)

CHEGARA EM CASA ABATIDO. Fugira mais uma vez da companhia do velho Campos, e não sabia como poderia me justificar ao amigo. Mais de uma vez me dissera ele que devia procurar as mulheres. Mulheres de qualquer qualidade, mas mulheres. E quando aparecia a oportunidade não tinha força para garantir um sucesso. Não encontrei Faria no quarto, e me recolhi humilhado, a medir o grau de minha fraqueza. Todos sabiam e podiam lidar com as mulheres. E eu, desde que me via na contingência de um contato, fugia ao combate e me sentia abatido, em pânico. Só podia ser uma doença. O velho Campos, se insistia, era porque notava a minha fraqueza e pretendia corrigir-me. Encolhi-me na cama, e quando o meu companheiro chegou não dei sinal de vida. Mais tarde, porém, ouvi forçarem a porta. Faria levantou-se, e em cochicho conversou com a pessoa que aparecera. Depois vi que entrava gente no quarto. E com pouco ouvi bem a voz de Faria:

— Não fala. Júlio pode acordar.

E acordado estava, e possuído de uma excitação tremenda. Era Eurídice que estava na cama de Faria. Fiz o maior esforço de minha vida para permanecer sem um movimento. E tudo me chegava aos ouvidos, todos os rumores, todos os gemidos abafados, todos os suspiros. A cama de Faria ficava para o fundo do quarto, na direção da janela da rua. Ali estava Eurídice, aquela que me mostrara as coxas e de quem sentira a quentura dos cabelos em minhas mãos. Nunca poderia imaginar que Faria tivesse coragem para tanto. Cada minuto demorava um século para mim. Aqueles rumores buliam com todo o meu corpo. Todo o meu corpo se agitava, numa vibração de espasmo. Depois ouvi um silêncio de morte. E vi Eurídice desaparecer como um fantasma, na escuridão. Não consegui mais pregar os olhos. Toda a minha vida começou a rodar na memória, com uma sequência de filme. Vi a minha mãe, vi Isidora, vi o doutor Luís, vi o meu pai morto. E a mulher da rua Conde de Lages, de corpo nu, na cama e a figura de Isidora a me esmagar na hora decisiva. Agora, era Eurídice. Eurídice de carne quente, de olhos vivos, de mãos longas, de cabelos castanhos, nos braços de Faria. E era aquela a mulher que me atraía verdadeiramente, a única que não tinha a menor ligação com todo o meu mundo morto. Ouvira os seus gemidos abafados, os seus arrulhos de rola, aquele ofegante rosnar de gata, nos braços de Faria.

A madrugada já chegara pelas janelas do quarto e pela rua começava a passar gente a falar alto. Um caminhão de leite gritava, como um bicho na floresta. Ouvia o rosnar de Faria, na paz de seu sono calmo. Queria salvar a pátria, queria defender as tradições, a família, Deus, e todas as purezas do mundo. De súbito se apoderou de mim um ódio de morte ao colega. Não passava de um cínico, de um hipócrita.

Dona Glória confiava tanto na sua seriedade, e ali estivera a sua filha Eurídice, para que ele satisfizesse as suas vontades, os seus desejos, as suas concupiscências. Eurídice. No calor da cama, eu a via ao meu lado, eu a sentia bem nos meus braços, com aquela sua boca que sorria com malícia. Era ela que Faria dominara e vencera. Mas a presença da mulher enchera o quarto de um cheiro esquisito. Não era a primeira vez que eu sentia aquilo. Um perfume singular estava no quarto, como de incenso queimado em turíbulo. Escondi-me nos lençóis para não sentir aquilo. Mas não podia. O cheiro vinha para mim, para os meus sentidos, e me dominava inteiramente. Era do corpo de Eurídice, de sua carne, de seus lábios, de suas partes escondidas. Então, como se fosse ela que viesse para me afagar, uma ânsia de prazer me abalou da cabeça aos pés. Eurídice. E aquele monstro me dominou, foi senhor absoluto de tudo o que era meu. Dormi um pouco e acordei com o canto de Noêmia no banheiro. Faria fazia a barba para sair. E a noite passada, Eurídice, e tudo mais que ouvira, pareciam-me um sonho. Não teria sido um sonho? Não era. E disto tive a certeza quando vi Eurídice na mesa para o almoço. Que cara feliz, que olhar terno, que paz de corpo! Mulheres, e mulheres de qualquer jeito, dizia o velho Campos. E logo depois do almoço o velho me chamou para falar:

— Olha, filho, quando te procurei, não te vi mais. Ah, filho, que mulher! A campista é um fogo. Eu não sou mais para tanto. Mas que mulher, filho! Verso de Bilac, filho, verso de Bilac.

E como se aproximasse Noêmia, que mostrava os seios no quimono desbotado, o velho Campos parou para uma graça.

— Ora, seu Campos, homem de hoje não tem coragem nem para casar.

Mas dona Glória apareceu, indignada com Noêmia porque fora sozinha com o noivo a uma macumba em Niterói.

Noêmia já estava ao telefone e Eurídice conversava com dona Olegária, calma, com uma serenidade de pássaros. Olhei bem para ela. E como numa visagem, vi-a nua, toda nua, ao meu lado. E aquele cheiro de seu corpo recendeu outra vez em toda a casa.

Era Eurídice. Fugi para o quarto. Mulheres, mulheres, dizia-me o velho Campos.

22

FARIA

AQUELA APARIÇÃO DE EURÍDICE no quarto me prostrara. O choque de ver um homem sério como Faria, que falava em salvação, em pureza de vida, reduzido a um sedutor, a trair, na própria casa de uma viúva, a grande confiança nele depositada, fora demais. Afinal Eurídice amava-o; queria-o, chorava por sua causa em minha presença. Mas dona Glória acreditava no homem; e mesmo na luta entre ele e Jaime, dera razão ao hóspede. E apesar de tudo Faria, na calada da noite, enganava a velha, recebia em sua cama a filha louca de amor. E por isso odiava o COMPANHEIRO. QUANDO O VI à mesa, com aquela cara grave, o olhar duro, a conversar com dona Glória, tive ganas de esbofeteá-lo. O velho Campos tinha toda a razão. Era um simulador, um tipo malvado, a compor uma máscara, para se aproveitar da inocência e da boa-fé dos outros. E parece que Faria notara a minha hostilidade, porque, ao chegar ao quarto, a pretexto de qualquer coisa, me disse:

— Júlio, você anda aborrecido comigo porque está pensando que me ressenti com a recusa para aderir ao integralismo.

E como negasse firme, Faria, sem me olhar, num tom de confidência, me adiantou:

— Estou atrapalhado. Preciso tomar uma decisão e não tenho coragem. Ontem recebi carta do velho me dando a notícia de que há uma promotoria para mim, em Minas, e, no entanto, nem tive coragem de responder. Meti-me nesta história e tenho que ir ao fim. O Brasil vale mais que uma vida.

Sentindo a hostilidade de meu silêncio quis continuar. Porém, de repente, como se tivesse feito um esforço tremendo, confessou:

— Seu Júlio, vou me casar. É com Eurídice.

Quis fingir espanto, mas não tive presença para isso. E sem querer ir além de uma surpresa, concordei com Faria. Mas Faria não se conteve:

— Sei que esta gente não tem nada, mas gosto de Eurídice.

Nada adiantei ao companheiro, mas aquela sua confiança, aquela sua confissão feita assim me confundiu. Afinal de contas não era o homem ordinário que imaginara. Pensava em casar-se. E desde que ele saiu, os meus pensamentos se fixaram outra vez em Eurídice. Entregava-se para forçar uma situação definitiva. Manha de moça esperta. Faria não passava de uma vítima. E de miserável se transformara para mim num moço inexperiente que ia sacrificar a sua carreira para ligar-se a gente sem importância. Todo o futuro de Faria se consumiria no casamento com filha de dona de pensão, moça leviana, que ia ao seu quarto como uma mulher sem pudor.

Saí para a faculdade com este problema na cabeça. E lá estive até de tarde alheio a tudo, somente a cogitar sobre o caso do meu amigo. Lembrei-me do coletor de Alfenas a desejar para o filho uma carreira brilhante. Quisera que o filho fosse para a diplomacia, e quando Faria chegava ao último ano pensava em casamento. Mas Eurídice não me abandonava. Via-a nua, ouvia os seus gemidos, aquele rosnar baixo, e já não era de Faria que me ocupava. Ao sair da escola estive com uns colegas a conversar. E um rapaz do terceiro ano me disse, com visível intenção de ferir-me:

— Vi ontem, no Politeama, o teu amigo Faria com uma pequena bacana. É assim que ele defende a família?

Quis defendê-lo, mas só me vieram à cabeça aqueles gemidos da noite, a figura de Eurídice à mesa do almoço, feliz, cheia de uma alegria que era de todo o corpo. E veio-me chegando um desejo esquisito. Se Eurídice fosse minha, se viesse dormir comigo! Abandonei o grupo e saí quase que correndo para casa.

Encontrei Noêmia, que voltara da cidade com a notícia de que estavam esperando revolução. Os integralistas fariam uma grande passeata, e o presidente entregaria o poder aos verdes. Noêmia falava com dona Glória:

— Tenho medo de Jaime; anda a bater com a língua por aí.

— Mas esses galinhas-verdes estão de uma saliência incrível.

Dona Glória parecia aflita pelo filho, mas não conteve o seu entusiasmo:

— É melhor que tomem conta de tudo. Só assim consertam essa miséria que anda por aí.

Quiseram que desse a minha opinião e quem apareceu para falar foi o velho Campos.

— Então os galinhas estão assanhados? Na minha repartição dei conta de uma dessas bestas.

Dona Glória não concordava. Eram brasileiros, queriam salvar o país.

— Ora, dona Glória, só mesmo a senhora tem coragem para dizer uma coisa desta. Querem salvar o bolso de cada um. São uns aventureiros de marca.

Então Eurídice replicou:

— Seu Campos, o senhor fala demais. Por que não diz isto ao Faria?

— Menina, eu digo até ao tal chefe. São todos uns pulhas.

Aí, Faria vinha subindo a escada. Ouvira as palavras do velho. E antes de entrar para o quarto, olhou para o grupo, estarrecido, e com a voz pausada se dirigiu para o velho:

— Mais de uma vez tenho evitado as suas provocações. Mas agora eu lhe digo: até aqui vinha respeitando os seus cabelos brancos. De agora por diante, não me pia mais, seu velho sem-vergonha.

Dona Glória correu alarmada para perto do rapaz furioso. Dona Olegária se pusera em frente do velho, pálido e trêmulo, que só sabia dizer:

— Galinha-verde! Galinha-verde!

— Fala, velho! Diz o que estava dizendo!

Noêmia arrastara a irmã para a sala de jantar. E Faria entrou para o quarto.

Ouvi bem o Campos dizer para dona Glória:

— Esses atrevidos pensam que já são donos do mundo.

Tive pena do velho. Estava pálido e trêmulo.

23

O AMOR

Não sei se possa chamar de amor aquele meu fraco pela mulher que era inteiramente de Faria. Sabia disto, sabia que ela não me tinha em conta de coisa nenhuma. Lembro-me de vê-la ao meu lado, e vinha de seu corpo uma estranha força sobre mim. Se estava no banho, se escutava o rumor do chuveiro, ou o glu-glu da água na banheira, perdia a tranquilidade, a minha imaginação ajudava o meu açodamento, e sofria, sofria muito.

Faria voltara a me falar de seu caso, a procurar auxílio para uma decisão que não vinha, que temia. Para ele Eurídice valia todo o seu sacrifício. E aquele rapaz tão cheio de reservas, tão refratário a se abrir, era agora uma só conversa. E me pedia opinião. Ainda nada mandara dizer ao pai. Tinha a certeza de que o velho não concordava. Toda a família tomaria o seu gesto como uma loucura. Tudo poderia ser verdade, mas amava Eurídice. Animava o companheiro, mas muito me custava fazê-lo. A noite ia para a cama como que atacado de uma angústia. Ficava à espera de Eurídice. Ouvia os seus passos perto de mim, via a sua sombra. E só descansava quando sabia que ela estava nos braços de Faria. Então começava o outro sofrimento. Todos aqueles gemidos, todas aquelas vozes em cochichos, aquele balbuciar sôfrego me conduziam a uma espécie de desespero. Era terrível. O monstro me possuía, me arrasava. E quando tudo estava consumado, vinha o pior. Era um cheiro que enchia o quarto, e me abafava. Era um cheiro de amor, de mulher, de homem, de gozo, de saciedade, qualquer coisa que persistia sobre mim, até que o sono da madrugada chegava.

Aquilo não podia continuar assim. Quisera procurar outra casa para morar. Sabia que do jeito como andavam as coisas terminaria inteiramente perdido. Porque cada vez mais me ligava a Eurídice. Quanto mais sabia que ela era inteiramente de Faria mais me prendia àquela sua carne, àquele seu corpo.

Uma tarde, estava sozinho no quarto e ela apareceu, espantada como de outras vezes. E imediatamente fechou à chave a porta e, como se não me visse, foi diretamente para a mala de Faria, e mexeu e remexeu nos seus papéis. Procurou as roupas do armário. E como se tivesse fracassado em algum intento, voltou-se para mim, aflita:

— Júlio, Faria recebeu alguma carta de casa?

Como lhe dissesse que nada sabia, ela me olhou com tal ternura que me aterrou. E deitou-se na cama de Faria.

— Mamãe saiu, e Noêmia foi ao cinema. Júlio, você acha que Faria se casa comigo?

Quis responder-lhe com evasiva, mas o olhar de Eurídice me atraía como uma sedução indomável. Aproximei-me dela, e parecia me chamar para perto de si. Então eu lhe contei tudo. E falava com a voz trêmula, e falava para fugir de Eurídice. Mas o calor de seu corpo me abrasava. Aquele calor cobria-me de um vapor estranho, odorante, que entrava no meu sangue. Permaneci quieto, mas Eurídice me chamou:

— Senta aqui, Júlio.

E me pegou na mão:

— Como você está quente!

Senti-lhe mais ainda o calor de sua carne. E via as pernas de Eurídice, no desleixo do quimono, quase até as coxas morenas. Sim, aquilo era maior do que tudo o que podia haver nas minhas forças.

— Júlio, Faria não tem outra mulher?

E como eu não pudesse responder, Eurídice ergueu-se da cama, e eu vi os seus seios, e eu vi a mulher que me esmagava com aquela voracidade do monstro noturno. E ela compreendeu tudo. E sorriu, diabolicamente, e me apertou as mãos. E igual a uma descarga elétrica, caí sobre o soalho e beijei-lhe os pés nus, as pernas quentes. De nada sei mais. Sei que um cheiro como aquele das outras noites encheu o quarto, e que permaneci no chão, e que Eurídice me alisava os cabelos. Chorei. E ela, ao ouvir gente a subir pela escada, desapareceu. Pude compor-me, e deitei-me na cama de onde saíra. E aí veio me chegando um torpor do corpo inteiro. Não tinha força para mais nada. O cheiro de carne, de amor, de saciedade, estava ali nos lençóis de Faria. Vencendo o barulho da rua, um canto de cigarra parecia uma voz de gente feliz. Seria que Eurídice me amava também? Ah! Aquela dúvida não durou um segundo. Não me amava, tivera pena de mim. Era toda de Faria, só dele, inteiramente dele. Esta certeza me alucinava. Procurei sair do quarto para fugir daquele cheiro absorvente. Beijara-lhe os pés, e ela passara as mãos pelos meus cabelos. Mas quando ia saindo, Eurídice apareceu no corredor e quis saber para onde eu ia:

— Eu vou com você, Júlio. Tenho que passar na farmácia.

E saímos os dois. Nada lhe podia dizer, e Eurídice me falava da mãe que andava com pavor de briga do filho por causa de política.

E quando senti a mão de Eurídice que me segurava o braço, tive medo. Medo de que me vissem e que estivesse a trair o amigo que se casaria com ela.

— Júlio, você tem um coração de ouro.

E ao deixá-la, fui andando tocado de desespero. Vi, então, o velho Campos, vagaroso, a olhar absorto. Depois vi que parava para cumprimentar uma moça que lhe sorria. Mulheres, me dizia ele, de qualquer natureza, mas mulheres.

24

NOÊMIA

Jaime resolvera agir no caso de Noêmia e a sua agressividade dera em conflito. Dona Glória temia o filho, ao mesmo tempo que demonstrava pelas leviandades da filha uma tolerância que ia até ao desleixo. Por isto aparecera Jaime e pusera as coisas em termos de decisão. Não toleraria mais aquelas saídas de Noêmia com o tal noivo, aqueles passeios fora da cidade. Dona Glória, porém, não recebera bem as sugestões do filho e por isso chegara ao incidente daquela manhã. Noêmia gritava com o irmão, e quando o vozerio ia mais forte, ouvi rumores de pancadas e o berreiro de dona Glória. O rapaz de cinturão em punho castigara a irmã com uma violência desmedida. Corri para a sala de jantar e vi dona Glória abraçada com Noêmia, e dona Olegária, desgrenhada, ao lado de Jaime, a pedir-lhe por tudo que se contivesse.

Mais tarde, na calmaria, dona Glória me procurou para se queixar. O filho era assim. Vivia fora de casa, pouco se importava com a família, mas se lhe dava na cabeça cuidar das irmãs, fazia como se fosse um bruto.

Noêmia não saíra do quarto, e pelo que me disse a mãe, preparava-se para sair de casa e ir trabalhar para uma família no Leme, como dama de companhia. Dona Glória não permitiria. O velho Campos, que não descera no momento perigoso, apareceu depois para comentar os fatos. E me afirmou que Jaime soubera de coisas desagradáveis, e que se fizera aquilo era porque não queria passar por sem-vergonha.

— Ora, filho, sou homem-feito na vida, sei o que é esta vida de hoje. Este Joel não vale nada. Tipo com aquela cara não me engana. Jaime é irmão e está no direito dele. Se não agisse assim como agiu, a menina continuava a se exceder.

Dona Glória, porém, ouvira a conversa do velho e não gostou:

— Seu Campos, ainda não perdi o juízo. Sei a filha que tenho e confio nela.

— Dona Glória, a senhora me perdoe, mas não pus a questão em termos de confiança. Gosto de seu filho, é rapaz de muita dignidade. Pode ficar certa a senhora que é homem para tudo.

A mulher se calou. Mas Noêmia surgiu pronta para sair. Vinha com os olhos molhados, e pela primeira vez a vi séria, de cara fechada. Dona Glória ao vê-la assim, com aquela disposição, alarmou-se. Noêmia deixaria a casa de vez.

Aí se deu uma cena que ainda hoje recordo com tristeza. A mãe correu para a filha, como se fosse um animal ferido, grudou-se a ela, e aos soluços pedia-lhe que ficasse. Noêmia, porém, fria e dura, só lhe fazia mostrar a marca que trazia no ombro, a mancha vermelha do cinturão de Jaime. O velho Campos falou então para Noêmia:

— Menina, isto não se faz. Queres matar essa mãe que aí está?

A voz soturna do homem parecia de teatro.

— Queres matar essa mulher que sofre como mãe desconsolada?

Não sei por que, mas o tom de voz do Campos agiu sobre Noêmia, e ela começou a chorar.

Fugi para o meu quarto. Outra vez me aparecia a figura de Isidora e outra vez a minha mãe estava ali, dura, rija, tão diferente de dona Glória. Todo o meu mundo morto renascia no silêncio do quarto. Nada havia entre Noêmia e Isidora, e nem entre dona Glória e a minha mãe. E no entanto estavam as duas ali comigo, no silêncio do quarto. A voz do velho Campos dominava a casa inteira. Havia muito que ele era senhor da situação e que explorava o seu sucesso.

Recebera naquele dia uma carta do tio Fontes para me contar de sua primeira grande vitória em Juiz de Fora. A carta inteira relatava o feito e quase que repetia a sentença: "Isto te serve aí para o teu curso. Apresentei uma jurisprudência farta, mas o que espantou a mim próprio foi a solução dada ao feito. Fiz justiça com os mestres." E me falava da tia Catarina e da minha irmã Laura que fora passar uns dias com eles. A rua da Tijuca renascia ali ao contato com as desgraças da rua do Catete. Dona Glória me tocara. E Noêmia, com o seu choro e as suas dores de ofendida, me aproximara de Isidora. Isidora morrera de parto, tal qual eu desejara, furioso com o que me parecera a sua ingratidão. Isidora... E me fixei na sua fisionomia e recordei traço por traço do seu rosto. Os olhos, os cabelos, o calor de seus afagos, a doçura de sua voz. E a mulher nua, a terrível mulher nua da Conde de Lages ali estava também. Correu-me um frio no meu corpo quando a vi, estendida ao meu lado. E vi ali Isidora. Por que aquela presença na hora da degradação? Correra de lá com medo, e aquilo ficara dentro de mim, igual a um castigo. Só Eurídice me afastava de Isidora. E a lembrança de tudo o que se passara na tarde do outro dia dera-me ânimo. Amava Eurídice. E se Jaime descobrisse as visitas noturnas, e se Jaime caísse sobre ela como um furacão? Teria Faria coragem de defendê-la? Só mesmo o amor levaria Eurídice a se entregar daquele jeito a um rapaz pobre, sem emprego. Ela amava o outro. E não seria como Noêmia, capaz de enfrentar a fúria de Jaime. Era terna, mansa. E sofreria com as chicotadas do irmão. E não teria dona Glória para defendê-la.

Eu seria capaz de morrer e matar pelo amor de Eurídice.

25

UM APARELHO DE ESCUTA

Não sei como explicar aquela minha convicção de que só com a morte de Faria toda a minha vida se normalizaria. Procurava fugir desta ideia terrível, esforçava-me para uma solução real das coisas. Faria em breve estaria casado. Amava Eurídice e ela o amava. Tinha certeza. Só mesmo um desvairado recorreria a tão brutal expediente. Mas desde que olhava para Eurídice se apoderava de mim uma fúria aniquiladora. E sentia a moça nos braços do outro. Penetrava-me um desejo de tê-la, de poder possuí-la. Os seus braços, os seus seios, aqueles cabelos em ondas, e o quente de sua carne, de suas lágrimas, que já sentira em minhas mãos, punham-me em estado de febre. E quando olhava para o homem que era senhor de tudo, odiava-o como a inimigo mortal. Dona Glória estava em conflito com Noêmia. A filha parecia-lhe o diabo solto em casa. E chamava, e nas suas lamúrias dava a entender muita coisa. Se Jaime soubesse de tudo haveria desgraça. Bem que sabia que aquele Joel não passava de um ordinário! Não se casaria com a filha depois de tanto abusar.

Dona Olegária chocara-se com aquele fim de amor. Se fosse mãe, disse-me, não deixaria que as coisas ficassem assim. O velho Campos, porém, apareceu na hora, como um chefe de família zeloso. E deu todos os passos, com tal energia e prudência, que conduziu Joel a um entendimento com Noêmia. A moça, no entanto, rejeitou qualquer solução. Nada pedira, nada queria, era dona de seu destino.

E ameaçou a mãe de retirar-se de casa, se viesse a insistir outra vez no assunto. Admirei a coragem de Noêmia, aquela sua firmeza de falar, mas Eurídice não me saía da cabeça. Estava certo que não era ela assim como Noêmia. Era fraca, e muito devia sofrer se o seu amor fracassasse. E estava eu certo de que Faria terminava fugindo de suas promessas. E uma piedade estranha se apoderou de mim pela sorte de Eurídice. Faria era capaz de uma traição, de não procurar resolver o seu caso, como era de seu dever. Dona Glória morreria de desgosto. E sobre mim recairia muito da culpa. Sabia de tudo e não tomara as providências que a honra indicava. Bastava-me Eurídice, e só a sua presença me perturbava o senso das coisas. Vê-la era reproduzir todas as cenas que imaginava nos seus contatos com Faria. Fechava os olhos, e ela ali estava, nos seus gemidos, naquele arfar que se transmitia a mim como um germe perigoso. E temia as noites. Temia-as e, no entanto, faziam-me falta. Quando ouvia o rumor de Eurídice que se dirigia para a cama de Faria, encolhia-me tal qual um ladrão, ficava imóvel, para que não percebessem o menor sinal de vida. E tudo se processava com aquele mesmo ritual. Ouvia o amor nos seus arroubos, nas subidas e nas quedas, no seu arfar, na lassidão. E o cheiro que enchia o quarto vinha até mim, como o próprio corpo de Eurídice que se estendesse aos meus braços. Sentia a mulher inteira. E posso dizer hoje que a possuía. Estendia-me na cama vencido pela fartura de uma posse imaginária, e dormia profundamente. Pela manhã deixava que Faria primeiro fosse embora. Levantava-me dobrado por uma fadiga de doente, exasperado, sem ambição de viver. E assim me entregava aos pensamentos que me dominavam pelo resto do dia. Já não tinha forças para reagir. E se pretendia sair daquele cerco apertado, era em vão que me consumia em projetos, em esforços. Mas por que a morte de Faria me abalava daquele jeito? Morrer por quê, se amava; se me confessara que, em breve, casaria com Eurídice? E se Eurídice o amava? Tudo não passava de mera incompreensão de minha parte. Venceria aquele meu desejo infernal com a realidade. Bastava, porém, que Eurídice aparecesse na sala de jantar – e a minha realidade me absorvia, e os meus desejos começavam a ter outra vez a sua preponderância exclusiva. E todas as cenas de amor voltavam a me angustiar. Olhava para Eurídice para descobrir defeitos. Não era uma moça bonita, não tinha aqueles olhos pretos de Noêmia, não apresentava aquela morena carnação. E parecia-me pálida, sem cuidado. Era feia, talvez. E desde que a surpreendia e cravava sobre ela os meus olhos para fixar-me em defeitos, o que via, se via com uma fúria canina, era a mulher das noites dos gemidos, daquele cheiro que enchia o quarto inteiro.

    Que perfume seria aquele que se desprendia de Eurídice, que se irradiava de seu corpo como se fossem essências que a sua carne queimasse? E tudo aquilo Faria tinha como coisa sua, só para os seus prazeres. O ódio crescia até o tamanho do crime que eu ambicionava como a única solução real. Só a morte, só a morte me daria a paz para aquela angústia de desesperado. Rondava pela cidade, não comia em casa, a fugir de presenças que me faziam tremer. E quando, à noite, pressentia os passos de Eurídice, todo o meu corpo se enchia de uma ansiedade angustiosa. E depois vinha-me a sofreguidão, e, semelhante a um terrível aparelho, escutava o menor suspiro dos amantes.

26

OUTRA VEZ A MORTE

Já não podia mais com o que talvez não chamasse bem de meu amor. Havia alguma coisa que me conduzia, por qualquer motivo, a uma espécie de desespero sempre ligado a Eurídice ou a Faria. Não os podia ver juntos, a disfarçar uma indiferença calculada. Tudo aquilo me exasperava violentamente. E foi assim que comecei a odiar, digo bem, a odiar o meu companheiro de quarto.

A princípio pensei que não passava de sentimento passageiro, mas era de fato um ódio a nascer, a vencer todas as minhas antigas ligações. E desde que chegava ao quarto e o encontrava, procurava dominar as minhas fúrias. Faria não desconfiava de nada. E tanto não desconfiava que se abriu outra vez para me dizer que esperava carta de Alfenas para tomar uma decisão definitiva. Não queria desgostar o pai com uma comunicação seca. E estas suas confissões cada vez mais faziam crescer a minha aversão. E se falava com ele, fazia com um esforço tremendo. Tudo, porém, caminharia mais ou menos, se não fossem as visitas de Eurídice. E por mais esforço que fizesse, não seria possível suportar aquilo por mais tempo. Quisera chamar Faria e lhe ser franco. Não era um pedaço de pau para suportar aquela pouca-vergonha. E, coisa estranha, todo o meu ódio se transferia para não sei que sensação, logo que começava a escutar os balbucios, os gemidos. E quando o cheiro esquisito de Eurídice tomava conta do quarto, um ímpeto vigoroso de amor se apoderava de mim. E era como se ela estivesse ao meu lado. Mas aquilo era de um segundo.

Logo que passava aquele fogo diabólico voltava-me o ódio a Faria, vinha-me um asco pela minha fraqueza. E sofria, sofria tanto na insônia do resto da noite! E assim acontecia sempre nos momentos de felicidade de Eurídice. Quando cuidei em descobrir um jeito para me livrar daquela humilhação, não tive coragem. Fazia todos os planos para escapulir, mas via Eurídice e mudava de orientação.

Noêmia se empregara numa casa de modas e assim era quase uma ausente. Dizia-me dona Glória que o casamento com Joel não iria para diante. E a verdade é que Noêmia não parecia a mesma moça. O velho Campos procurava descobrir razões para aquela transformação:

— A menina virou mulher, filho. A alma de borboleta criou carne, filho.

E me mostrava os seios de Noêmia avolumados, as ancas desenvolvidas:

— Passou por ali o amor.

E sorria. Raramente vira o velho Campos com aquele sorriso cínico e malvado.

Nunca mais ouvira Noêmia nas suas cantorias, nas suas risadas. A alma de borboleta se queimara no amor. E o velho Campos chamou-me ao seu quarto para mostrar-me qualquer coisa. Queria conversar comigo em particular. Vi as fotografias que tinha na parede, velhos retratos de revistas em molduras humildes. Lá estava quase que em cima de sua cama um grande retrato de Floriano, e reproduções e reproduções de carros alegóricos dos Tenentes.

— Essa que vês ali, de dentes como um colar de pérola, era a francesa Jeanette. Tive-a como amante, até a Grande Guerra. Depois pegou-se com um senador por Goiás, e eu não quis estragar-lhe a vida. Hoje é dona de avenida.

Em cima da mesa, no desalinho de livros, jornais, lenços, caixas de óculos, estava um retrato grande.

— Veja, filho, que criatura ideal. Essa foi a mulher amada. Morreu de febre amarela, ali em Haddock Lobo. Ah, filho, era nascida para reinar! Amei-a até os últimos minutos. Posso dizer-te que não se morre de amor, senão eu teria morrido. Chamava-se Penha, Maria da Penha, e tinha tudo de um anjo.

Vi os olhos do velho Campos marejados de lágrimas. Depois passou a me dizer que queria conversar sobre assunto que ele achava de maior gravidade:

— Olha, filho, sou um boêmio, mas boêmio da velha guarda. Não admito, em casa de família, que se suje a dignidade de uma menina. Vou te dizer aqui, e que ninguém nos ouça: ontem eu descia para ir a uma precisão, quando, ao botar a cabeça na escada, vi uma pessoa saindo do teu quarto. Era mulher.

Procurei fugir do cerco do velho. Só poderia ser um engano, pois tinha o sono leve e não me acordara.

— Pois filho, eu te digo. Já vinha suspeitando deste teu amigo. Vi-o em companhia da menina Eurídice, por várias vezes, na cidade. Tenho faro, filho; esse canalha anda de relações com a menina. Não falas porque és amigo. Ao velho Campos não enganas. Tenho tarimba, filho, venho de longe. É, mas isto não pode ficar assim. Tenho responsabilidades nesta casa. Aqui moro há quase dez anos, e vi estas moças meninas, e sei o que tem custado a esta viúva a criação desta gente. Este patife, com partes de cara de santo, não passa de um canalha. Nada disse ao Jaime, porque quero colocar as coisas no seu lugar. Esta menina Eurídice não tem as cavilações da outra, é mansa, e eu gosto muito dela. Vou até as últimas.

E como eu me calasse, o velho não se conteve:

— Admiro-me que possas suportar, ao teu lado, semelhantes cenas. Só mesmo com sangue de barata. Isto não é procedimento de homem.

Uma grande vergonha apoderou-se de mim quando deixei o velho Campos. Passava aos seus olhos como um trapo, um cínico, capaz de tolerar as libertinagens de Faria como um cúmplice. E ao mesmo tempo se desencadeava mais ainda o meu ódio ao companheiro. Quis naquela noite não dormir em casa. E comecei a imaginar tramas para liquidar o Faria. E apareceu-me, de súbito, a morte.

Sim, a morte, como solução para tudo.

27

OUTRA VEZ O MONSTRO

PROCUREI FUGIR POR TODOS OS meios ao contato de Faria. Imaginei uma viagem a Juiz de Fora mas não tive coragem de a executar. E digo isto para que me julguem, e para melhor caracterizar aquela minha situação. Desde que me fixara em Eurídice não havia jeito de fugir de sua presença. E esperava as noites, trêmulo de concupiscência, com ódio de Faria, e por outro lado ansioso para que tudo se passasse como de costume. Há três dias, porém, que Faria chegava em casa tarde da noite. Pela manhã daquele dia de novembro chamou-me para falar de sua vida. E parecia que tinha uma coisa grave para me contar.

— Júlio – me disse ele —, o nosso movimento caminha para o poder. O chefe dispõe de tudo para o governo. Resta-nos só o momento. O Brasil será salvo.

E se calou. Mas ao sair do quarto me disse:

— Você se previna: vai acontecer muita coisa de grave. À noite eu lhe digo tudo.

Estava de cara fechada, e me falara com a voz comovida. Vi que falava com Eurídice, na sala de jantar. E dona Glória apareceu para lhe dizer que havia um telefonema urgente para ele, da parte de pessoa de Petrópolis.

Depois que ele se foi, Eurídice me procurou para saber o que se passava com Faria. Há dois dias que não lhe falava. Deu-me a entender que ele corria perigo de vida:

— Júlio, eu quero falar contigo lá fora, na porta da farmácia. Não quero que mamãe escute nada.

Antes, porém, que saísse, apareceu-lhe o velho Campos, já preparado para ir à repartição:

— Então, o que me conta?

E como verificasse que Faria não estava no quarto, entrou e sentou-se, com aquele seu ar de solene calma, a fazer aquele bico, e a balançar a cabeça:

— Esse tipo vai topar uma parada dura. Olha, filho, ainda não procurei o Jaime para dar uma solução ao caso de Eurídice. Antes de falar com o rapaz eu quero ter um entendimento com o tipo. Aconteceu aquilo com Noêmia, e a dona Glória passou por tanta amargura, que nem quero rememorar. Agora vem esse tipo, e, aqui dentro de casa, avança o sinal desta maneira. Filho, isto é de cortar o coração. Esta viúva se mata para criar a família com dignidade. E quando tudo está no seu melhor momento, cai-lhe nas costas esta desgraça. Ah!, não ficará assim. Alberico de Campos não vale nada. Desta vez vai valer muito.

Fugi da conversa do Campos e corri para o encontro com Eurídice. E fui encontrá-la aflita. Saímos para o Largo do Machado, e, num dos bancos da praça, Eurídice me contou os passos de sua desgraça. Não confiava mais em Faria. Fora uma louca, dera-lhe todo o seu amor. E agora Faria andava a fugir, com aquela cara fechada a meter-lhe medo. Se a sua mãe soubesse, morreria de desgosto.

Aquela dor de Eurídice não me convenceu de sua inocência. Queria-lhe de um modo esquisito, tremia ao seu contato. Aquela, porém, não era a Eurídice que me dominava. Quis dar-lhe uma palavra de confiança, e não tive palavras. Fiquei quieto ao ouvir-lhe as lamúrias. De repente, porém, assaltou-me uma vontade de confessar-lhe o meu ódio a Faria e dizer-lhe mesmo que o mataria. Olhei para Eurídice, e, vendo-a calada, com os olhos úmidos de lágrimas, e aquele todo de mulher submissa, senti como se aquela submissão fosse imposta por mim. Cresci de tamanho; força de domador iluminou-me os olhos e deu-me coragem. Peguei nas mãos de Eurídice, apertei-as com energia e ia dizer-lhe que ela não mais seria do outro, que seria eu, de agora por diante, o seu único homem. Eurídice levantou-se do banco e, com voz mansa, me falou:

— Júlio, eu só tenho você para contar as minhas coisas. Não deixe que Faria me abandone.

Nada lhe disse, e saímos os dois pela praça. Os pássaros cantavam naquela manhã. Deixei que ela se fosse e até me demorei por algum tempo. Queria recobrar ânimo, queria voltar a um instante de força, e só me restava outra vez o ódio a Faria, uma raiva diabólica, tenaz. Brincavam meninos pela relva, e naquele recanto de árvores e de pássaros chegou-me a ideia da morte de Faria como a solução única. Comecei, então, a calcular tudo em termos de um trabalho que deveria executar com todo o cuidado. E a morte parecia-me uma coisa que eu poderia manobrar sem susto. Faria morto, Eurídice não teria outro homem. Custa-me crer que aquela ideia terrível me parecesse tão simples, tão natural. Via o céu azul, via as árvores verdes, via os meninos na alegria das brincadeiras. Os pardais faziam um rumor de estalos nos meus ouvidos. Faria morto, e Eurídice minha, submissa, de olhos de lágrimas. Sim, eu a teria nos meus braços, teria as suas coxas, teria os seus seios. E, ali mesmo, veio-me um desejo infernal de possuir Eurídice. Quis correr para casa e dobrá-la aos meus pés. O cheiro de amor encheu o mundo todo. Não tive força para resistir. Corri para o meu quarto. E outra vez o monstro me dominou.

28

SECOS, OS OLHOS DE EURÍDICE

Acordei com gente a bater na porta do meu quarto. Era o velho Campos, agitado, e com a notícia da revolução:

— Levanta-te, filho; rebentou um movimento armado, e os insurretos atacaram o Guanabara. Estava no Lamas quando ouvi os primeiros tiros. Disse-me um comissário que se tratava de um golpe dos verdes.

Sentou-se na cadeira, e quando viu a cama de Faria desocupada, sem sinal de desarranjo:

— Deve estar metido no motim.

E sério e constrangido:

— Olha, filho, este rapaz desgraçou a vida do velho pai. Era uma esperança da família pobre e hoje é um instrumento de canalhas ávidos de poder.

Pela rua passava tropa, e a sirene de carros da polícia enchia a noite de pavor.

Campos acordara a casa inteira. Dona Glória fizera café. Os hóspedes do segundo andar desceram e Jaime parecia atuado de furor.

— Culpado é o governo – dizia ele. — Deu armas a estes miseráveis.

Noêmia não saíra do quarto, mas Eurídice, quando soube da ausência do amigo, começou a chorar. Dona Olegária, pálida, não dava uma palavra. Ouviam-se, de quando em vez, descargas de metralhadoras. O velho Campos, calmo, tomou a palavra para esclarecer os acontecimentos:

— Posso-lhe dizer que esta canalha será derrotada.

Dona Glória, aflita pela ausência de Faria, adiantou-se para contradizer o velho:

— Ora, seu Campos, o senhor sabe que há gente muito boa no integralismo.

Aí Jaime irritou-se e gritou para a mãe:

— Cale a sua boca, minha mãe. Vou para a rua para matar estes miseráveis.

O rapaz estava possesso. Dona Olegária pedia calma, enquanto os dois hóspedes, calados, para um canto, não se mexiam. Mas Jaime não se continha, e se preparava para sair. Dona Glória, porém, se amedrontara com os seus gritos, e, afirmativa e senhora de todo o seu poder, chegou-se perto do filho e com voz mansa lhe disse:

— Olha, meu filho, Deus tirou-me o teu pai quando tinhas uma dúzia de anos. Criei a minha família com o suor deste rosto. E se alguma coisa valho para todos vocês, eu te peço: fica em casa, Jaime.

Eurídice não parava, a andar de um lado para o outro da sala.

— Para, menina – lhe disse dona Glória.

Depois Jaime subiu para o segundo andar. E o velho Campos me chamou para sair. Para todos de casa era uma imprudência. Mas o velho não se conteve, e agora, ao exigirem que ficasse, retirou-se. Voltei para o quarto e, ao ver a cama do colega vazia, assaltou-me a ideia de sua morte. Seria morto na revolução. Eurídice! E ao pensar em Eurídice, concentrei-me em Faria. Tudo se consumara sem a minha intervenção. A morte encheu o meu quarto. E a sensação de liberdade que me dava a ausência do grande obstáculo, me enchia de um prazer esquisito. Mas olhando para a mesa de Faria lá encontrei uma carta dirigida a mim. Tive medo de abri-la. Ao lê-la, porém, tive ainda mais medo. Faria me tocava com as suas palavras. Ali afirmava que nunca conhecera melhor amigo do que eu. E vinham, em palavras cheias de emoção, como se fossem palavras de quem ia morrer, confissões de seu amor por Eurídice, de seus planos de casamento. E depois, as suas esperanças de que tudo que imaginava obter pela revolução seria para a grandeza do Brasil. Neste sentido a carta do amigo se estendia nas considerações que eu tantas vezes escutara de sua própria boca. Por fim, falava de seu pai, e me pedia, caso lhe acontecesse alguma coisa, que contasse toda a verdade ao velho.

Parei a leitura da carta, e caí na cama para chorar como uma criança. Eurídice apareceu e tive força para me conter. Ela, porém, mostrava-se como que possuída de uma irritação que me alarmou. A casa retornara ao silêncio, e todos haviam voltado para os seus cômodos. Eurídice agora estava a sós comigo e teve a fraqueza de me confessar tudo o que lhe ia na alma. Faria se portara mal com ela. Devia-lhe ter falado daquela revolução. E vendo a carta que estava em cima da mesa, leu-a, calma, para me dizer:

— Estou desgraçada.

Não vi lágrimas nos olhos de Eurídice. Descobri uma raiva desesperada no seu rosto sério.

Outra descarga de metralhadora interrompeu o nosso silêncio.

Os olhos de Eurídice estavam secos.

29

A CÓLERA DE EURÍDICE

No outro dia de manhã não havia ainda notícias de Faria. O velho Campos voltara de madrugada, cheio de boatos para me contar. Estávamos à mesa no café, quando ouvimos vozes de gente que subia às carreiras as escadas. E de repente tínhamos a casa tomada pela polícia. Era uma turma de homens fora de si, com cara de loucos furiosos. Estavam armados de revólveres e, como raios, caíram em cima de todos os quartos, a mexer em tudo, furiosos, insolentes, aos gritos. E mal o velho Campos ensaiou uma palavra de protesto, viu-se cercado, ameaçado de morte. Ficamos estarrecidos, enquanto o tipo que parecia o chefe queria saber do quarto de Faria. Fui chamado para assistir à busca que fizeram em todas as gavetas e malas. Não ficou um livro que não abrissem. Levaram a carta que Faria mandara, e porque o velho Campos insistisse em protestar, deram-lhe voz de prisão. Não houve palavras que servissem. Dona Glória procurava convencer o chefe.

— Não tem conversa, velha, vamos levar este cara, para não levar a casa inteira; a ordem é para arrasar tudo. Os canalhas quiseram matar o presidente e a família.

O velho Campos, porém, procurou nos acalmar:

— Não tenham cuidados comigo. Isto é coisa para uma hora. Sou homem muito conhecido, e esta arbitrariedade não vai ficar impune.

Os homens riram-se e empurraram o velho de escada abaixo, aos socos. Todos ficamos apavorados. Dona Glória telefonou para um amigo do velho Campos, um chefe de seção do Ministério da Justiça, e o homem não quis ouvir falar em polícia:

— A senhora venha ao ministério e aqui falaremos sobre o fato.

Em todo caso, para o velho Campos havia a certeza de que nada de mais poderia acontecer. Restavam-nos as preocupações a respeito de Faria. Mais tarde apareceu a notícia nos jornais. E vimos Eurídice, pálida, dar um grito de pavor e cair para um lado. Todos corremos para socorrê-la. E no jornal que tinha na mão, vimos um retrato de Faria, vestido de integralista. E vinha a notícia terrível. O rapaz fora morto no ataque ao palácio, e falava-se dele como de perigoso agente do fascismo, cabeça dos mais violentos da revolução estrangulada.

Recolhi-me ao quarto. O choro de dona Glória aterrava-me. Era como se fosse um gemido alto, uma dor que viesse de suas entranhas.

Só, trancado nas quatro paredes, senti a presença do amigo como estranha mágoa a me sufocar. Não chorava. Ali estava a cama de Faria, os seus livros, a sua mala, os seus ternos pelo chão, papéis de suas gavetas espalhados. Comecei a pôr ordem em tudo, como se estivesse a compor-lhe o corpo para o enterro. Vi os seus livros, as suas notas de aula, as suas camisas, tudo que ele guardava com aquele método e ordem. E quando avistei a blusa verde, o pano com as insígnias do seu partido, tive vontade de sacudir tudo para fora do quarto. Eram as provas e as marcas de um crime.

Aos poucos fui voltando à realidade que me fugia. A morte de Faria não chegara, com toda a sua brutalidade, para me esmagar. E desde que me fixei no irremediável, apossou-se de mim um medo misturado de remorso. Quisera matar o amigo para contar com o amor de Eurídice. O silêncio da casa me aterrava. Apenas ouvia os rumores da rua. Procurava libertar-me daquela sensação de culpa, e cada vez mais me sentia preso e sem defesa. A mala de Faria continuava aberta e a sua cama estava como ele havia deixado no dia anterior. Mas Faria estava ali, e esta terrível presença persistia. E se abrisse a porta e fosse procurar dona Glória? Desejava um contato humano para fugir de Faria, para escapar daquela sua insistência. E já ia me levantando para correr atrás de alguém, quando bateram à porta. Era Eurídice. Confesso que tive medo da moça. Havia no seu rosto qualquer coisa de trágico. Tinha os olhos brilhantes como de gato na escuridão e a boca com um ricto de cólera. E mal me viu, talvez que tivesse pressentido o meu pavor, ela fixou sobre mim todo o peso de sua raiva:

— Julinho, este Faria foi um miserável.

E caiu sobre a cama do morto, a soluçar com o corpo todo estendido, à procura de outro corpo.

30

O PAI TRISTE DE ALFENAS

Chegara de Alfenas o velho Faria. Esperava-se um pai em desespero e nos aparece um homem calmo, de olhar manso, de voz suave, embora uma tristeza sombria se refletisse nas suas palavras. Quisera saber de tudo, e antes de qualquer providência procurou informações sobre o paradeiro do corpo do filho. E quando soube que ainda estava no necrotério, saiu para preparar-lhe um enterro de gente de condição. Tive medo de acompanhá-lo; mas pelo telefone me preveniu que, à tarde, o filho estaria no cemitério de São João Batista. Queria que todos da casa soubessem.

Não pretendo contar o que foi o enterro de Faria. Quero somente fixar a presença e a dignidade de um pai em diligência e cuidados pelo filho perdido. Para todos nós a morte do amigo fora um golpe terrível, para o pai a tragédia não lhe alterara a conduta num mínimo.

De volta do enterro, encontramos a casa do Catete com a polícia à nossa espera. Um comissário pretendia informações de dona Glória. O velho Faria, com uma seriedade espantosa, dirigiu-se à autoridade, com voz suave, para lhe falar que ele estava ali para tudo dizer. E enérgico, como se não agravasse, pedia ao delegado que não nos matasse, que todos nós nada tínhamos que ver com o filho. A autoridade enfureceu-se, gritou, ameaçou, enquanto o pai, imóvel, não denotava o menor susto:

— Senhor delegado, a única coisa que o senhor pode fazer é matar-me. E isto não me amedronta. Morto está o meu filho, que era o que mais me valia.

Dona Glória, porém, atendeu ao pedido do homem. E com a casa liberta do pavor da polícia, pôde o velho Faria entrar em contato com os restos do filho. Quis que ele ficasse a sós, no quarto; e na sala de jantar, em voz baixa, entramos a conversar. Dona Glória não soubera nada sobre o paradeiro do velho Campos. O chefe de seção do Ministério da Justiça alarmara-se com a notícia da prisão do amigo. Estivera mesmo na Polícia Central e lá não havia notícia alguma do Campos.

Mais tarde tive que procurar o quarto para dormir. Eurídice me dera a impressão de um sofrimento que se disfarçava. Não era possível que aquela sua paz, que aquela sua tranquilidade fosse coisa natural. Vi mais sofrimento em Noêmia, vi lágrimas copiosas em dona Glória, em dona Olegária. Vi

Eurídice no cemitério, e os seus olhos continuavam secos, e a sua fisionomia continuava impassível como na noite anterior.
Não me viu o velho Faria quando, devagar, entrei no quarto para dormir. Estava sentado na cama do filho, e fumava. Procurei disfarçar o melhor possível a minha presença, mas ele falou-me. E a sua voz pareceu-me de um doente à morte. Era um fio de voz:

— Júlio, você me diga uma coisa: o José tinha aqui uma moça com quem pretendia se casar. Na última carta que me escreveu só me falava nisto. Qual destas duas é ela?

Dei-lhe o nome de Eurídice. Depois ele me pediu informações de tudo. Queria que lhe contasse das relações do filho com Eurídice. Tive coragem para fugir do que sabia. O velho se calara. E da minha cama observava os seus movimentos. Levantou-se para apagar a luz do quarto, e na escuridão senti que ele não se deitava. Apenas a tocha do cigarro me dava a certeza de que estava vivo. Simulei que dormia, tal qual como fazia nas noites das visitas de Eurídice, a ressonar alto. E a noite já ia adiantada quando comecei a ouvir os rumores de um coração que se partia. Apurei os ouvidos e escutei o choro baixinho do pai destroçado. Aquilo me arrebentou a alma. De súbito lembrei-me que, pelas minhas próprias mãos, imaginara acabar com o amigo. O choro baixo continuava pela noite adentro, e sem poder me conter, já sufocado por uma angústia de condenado, levantei-me da cama, corri para o comutador, e a luz se fez no quarto. Vi então um quadro de agoniar: estava o velho abraçado com um terno de Faria, e, estendido na cama, de cabeça caída sobre o travesseiro, soluçava como uma criança. Não tive força para me conter e caí aos seus pés. Ele moveu o seu braço para acariciar-me a cabeça, e assim ficou por muito tempo como se fosse eu um pedaço do filho que ainda lhe restasse.

Assaltou-me a vontade de confessar-lhe tudo. Mas as lágrimas me abafaram. Ouvi depois que o velho falava.

E o pai triste e compassivo voltava a dominar no coletor de Alfenas, recomposto de sua dor.

31

AS PRISÕES DO CAMPOS DAS ÁGUAS

No outro dia, à tarde, apareceu o velho Campos, de barba grande, com manchas escuras pelo rosto, sujo e desfeito, com muito mais anos no corpo abatido. Subiu rápido para o segundo andar, não quis dar uma palavra a ninguém. Ao me ver, pediu-me que esperasse, pois ia se pôr com cara de gente para conversar com as senhoras.

Noêmia não estava em casa, Eurídice permanecia no quarto (há dois dias que não trocava palavra com pessoa alguma). Só dona Glória e dona Olegária esperavam na sala de jantar a volta do velho Campos que se recompunha, no quarto. Uma hora após apareceu. Estava mais magro. E tinha escoriações pelo rosto.

— Aqui estou de volta – foi nos dizendo — de viagem tenebrosa.

E sentou-se ao meu lado. E voltando-se para dona Glória:

— Veja a senhora: aqui nesta casa sempre combati os tais verdes, e sou preso e acusado de chefe de assalto, de partidário de um credo que julgo nefando.

E nos contou tudo. Desde que saíra preso sofrera o diabo. Estivera na Polícia Central, metido com gente ordinária. Mas o que vira dava um romance:

— Vi horrores, senhora dona Glória. Vi um médico de renome chorando como criança de peito, vi um membro da

Academia de Letras surrado. Mas o pior não é isto. Nunca imaginei que se fizesse, na polícia, o que testemunhei com estes próprios olhos. Nem quero alarmar as senhoras com um relato de crueldades. Senhora dona Olegária, este homem que está aqui é incapaz de alterar o mais insignificante incidente, para impressionar. Digo-lhes, porém, que Alberico de Campos só morrerá em paz se tiver a certeza de que os algozes e carrascos deste governo tiveram uma punição.

— Fale mais baixo, seu Campos – gritou dona Glória.
— A polícia anda por toda parte.

O velho, calmo, não se perturbou com o susto de dona Glória, e virando-se para mim, me disse:

— Olha, filho, muito tenho que contar. Eu só lastimo é que o Brício não tenha um jornal, porque este velho encheria colunas com as misérias que viu. Mas eu te conto. Ao sair daqui levaram-me para um cubículo da Central. Um cubículo que mal acomodava cinco pessoas, com mais de trinta prisioneiros. E que gente! A pior canalha, doentes, tuberculosos, tipos cobertos de chagas. E ali colocaram este teu amigo, velho voluntário da República, um soldado de Floriano. E ali fiquei a noite inteira, de pé, a respirar numa atmosfera fétida. E ali passei o dia inteiro. Não me chamaram para coisa nenhuma. Mais tarde levaram-me para outra sala, e lá vi os grandes do integralismo. Como choraram, filho! E como imaginassem que eu fosse do credo deles, alguns se aproximaram de mim para confortar-me. Mandei-os para aquele lugar. Então, eu, Alberico de Campos, queria ligações com aquela choldra? Soube que mataram muita gente no Guanabara. Pois bem, quando tudo parecia perdido para mim, quem eu vejo de calabrote à mão, a surrar um tipo de barbas grandes? O Deodato de Lima, filho do Laurindo de Lima, pintor de alegorias dos Tenentes. O menino ao ver-me quis saber de tudo. "Ora, doutor Campos, o senhor não vai ficar aqui", disse ele. "Venha comigo." E sem que fosse levado à presença do chefe de polícia, o menino me conduziu a falar com um sujeito mal-encarado. Contei-lhe toda a história, e o homem sorriu para Deodato com estas palavras: "É mais uma do Bexiga. O serviço deste camarada é porco demais." E mandou-me embora. E aqui estou, um homem espancado, de cara partida, posto para o meio da imundície humana, porque o tal Bexiga não soube fazer o serviço como devia. Olha, filho, muitas prisões tenho tido. No tempo do Prudente de Morais, passei três dias no pote, por causa de uma arruaça à porta da Pascoal; no governo de Rodrigues Alves meti-me com aquele maluco do Alfredo Varela, e puseram-me de molho. Por causa dos Tenentes, ali na Lapa, entramos em luta corporal com uma turma dos Democráticos e dormi no xadrez com os amigos. Mas nunca, filho, me senti tão sujo, tão infeliz, tão degradado, como hoje. Senhora dona Glória, que me ouça a polícia, que me ouça quem me quiser ouvir. O que Alberico de Campos tem a dizer, diz em qualquer parte. Sou um homem ofendido. Dona Glória, tenho no meu rosto a marca dos bandidos.

E lágrimas correram de seus olhos.

32

ERA UM ESCRAVO

VIERAM AS FÉRIAS DE junho e o tio Fontes e a tia Catarina chegaram ao Rio. Iriam todos para uma estação de águas em Caxambu. Foram trinta dias de paz, no hotel quase vazio. A beleza da cidade e o clima puro da serra me davam ao espírito turvado uma verdadeira sensação de cura. O frio seco de Caxambu restituíra aos tios uma alegria que não podiam esconder. Há muito que não via criatura mais feliz que a tia Catarina. Parecia uma dona de casa, no hotel sem hóspedes. O tio Fontes vivia em intimidade como o seu colega juiz da terra, e assim fui atravessando os dias de repouso como um convalescente. Comecei a reparar na beleza do parque, no canto dos pássaros, no céu azul, no povo humilde, no silêncio das tardes por debaixo dos eucaliptos. Tinha a impressão de que éramos nós as únicas criaturas estranhas à cidade.

Mas quando tomamos o trem para o retorno, ao atravessar o túnel comprido, a realidade de Eurídice começou a voltar-me, no insignificante incidente que passo a contar.

Entrara para o nosso carro uma moça morena, de cabelos escuros e olhos verdes, em companhia de uma mulher que só poderia ser a sua mãe. Com pouco a conversa com a tia Catarina estava pegada. A senhora levava a filha para um colégio em São Paulo. A moça chamava-se Luísa e sofrera o golpe de ter perdido o noivo, quase às portas do casamento. O rapaz fora a uma caçada com amigos e, sem que nem mais, a arma de um companheiro o ferira de morte. O caso estivera em discussão na Justiça, porque havia quem afirmasse que o tiro não fora casual. Tudo isso produziu na menina tamanho choque que quase perdera o juízo. Felizmente que o tempo a tudo dava jeito, e agora se lembrava de trazê-la para uns meses no colégio de uma amiga da família. Luísa ouvia a história do noivo com a maior indiferença, a olhar para o campo, como uma verdadeira criança. Fixei-me na moça, mas o que via era Eurídice, aquele olhar terrível de Eurídice, após os dias da morte de Faria. Olhos secos e duros, e aquele silêncio, e aquela distância de tudo. Retomei o fio da história do noivo abatido e recompus ali de súbito o crime. Não havia dúvida que o assassino não pretendia outra coisa que a Luísa, que era de outro. E mais positivo, e mais cruel do que eu, deitara por terra o rival. Então eu vi Eurídice naquela tarde do Largo do Machado, com as mãos nas minhas, a chorar e a pedir-me que fizesse com que Faria não a abandonasse. O ódio ao amigo voltou-me ali no banco do carro, ao lado do tio Fontes, que de boné de viajante ressonava. Vi a moça em minha frente levantar o braço para arrumar os cabelos e vi Eurídice na sala de jantar, vi Eurídice no meu quarto, vi Eurídice no abandono, de pernas gordas, estendida na cama. Uma onda de calor invadiu-me, todas as angústias daquelas noites das visitas de Eurídice buliam com o meu sangue. A voz da tia Catarina era como se fosse um novelo de lã que se desmanchasse, uma doçura contínua, no rumor do trem que corria depressa. Depois o tio Fontes procurou falar comigo, a puxar-me para o seu tema preferido. Falava de uma sentença sobre um caso de investigação de paternidade. E todo o desenrolar da pendência pretendeu vencer a obstinação que me agarrara com unhas e dentes. Ali, naquele carro, ali defronte da moça quieta, ali na companhia da tia amável, só existia Eurídice, em carne, em cheiro, na sua voracidade manhosa. E coisa estranha – Faria não estava morto. Estava bem vivo naquele instante. Tão vivo, que Eurídice não lhe chorava a vida extinta. Aqueles olhos secos, toda a passividade de Eurídice queriam dizer mais alguma coisa que a sua indiferença pela sorte do homem que amava? Nada disto. O que havia de verdade, forte e indiscutível, em Eurídice, era mesmo o homem que a vencera, aquele Faria calado, de palavras medidas, capaz, num instante, de domar-lhe a carne, vencer-lhe o corpo inteiro, arrastá-la ao mais intenso do prazer.

 Lembro-me desta viagem de trem, para registrar os passos da minha perdição. Quando vi o Rio luminoso, os subúrbios, a cidade, enfim, no rumor da estação barulhenta, senti-me um escravo que caminhasse para a sua galé.

33

A VOLTA DE EURÍDICE

Encontrei Eurídice como se nada lhe tivesse acontecido. Os tios ficaram no Catete e dona Glória arranjou tudo para que eu ficasse com Jaime, nos dias em que eles estivessem no Rio. Não me tinha encontrado com esse rapaz após a morte de Faria. E a sua serenidade pareceu-me agressiva. Chegava à noite sem me dar uma palavra, e saía de manhã para o emprego da mesma forma. É verdade que me encontrava deitado, e talvez, julgando-me a dormir, não me quisesse perturbar. Mas, no domingo em que ficou mais tarde, em casa, mudei de opinião sobre Jaime. Enquanto nos preparávamos para descer ao café, conversou comigo, e o assunto foi o meu amigo morto. Jaime achava que Faria, se escapasse, devia ter sido fuzilado. Era um inimigo do povo. E como eu nada lhe dissesse, me garantiu que se fosse governo não ficaria um só integralista vivo. Passaria tudo pelas armas. Nada lhe disse, mas Jaime sorriu para mim:

— Ora, seu Júlio, não se trata cobra com biscoitos.

Quis contrariar a opinião do rapaz, para defender a boa-fé de Faria.

— Nada disso, todos são da mesma laia. Esse rapaz que morava ali com você, se chegasse a mandar, faria o mesmo comigo.

Lá embaixo estavam todos da casa à mesa para o café. Faltava o velho Campos, que aos domingos ficava no quarto até mais tarde. E os tios, os hóspedes e a família conversavam.

Eurídice e Noêmia sorriam, não sei de quê. Depois Jaime saiu; não voltaria para o almoço, pois iria ao futebol muito cedo. E sem a presença do filho, dona Glória sentia-se livre para falar. E o seu assunto continuava a ser o rapaz morto, o pai doloroso, e o destino que cada um carregava. Dona Olegária dera-se magnificamente com a tia Catarina. E o juiz sereno, de barbas que já se pintavam de branco, era o mesmo de sempre. Eurídice, porém, me olhava, com olhos que nunca tivera. Noêmia voltara aos seus modos de antigamente. Outra vez cantava, outra vez tomara conta do telefone para as suas conversas de ditos e palavras sibilinas. O seu corpo crescera um pouco, os braços redondos, o colo cheio, a cheirar sempre a uma água-de-colônia que inundava a sala com o seu perfume. Dona Glória era contra aquele exagero da filha. E Noêmia, que se fizera independente com o emprego, já não tinha para com a mãe aquele tom agressivo de outrora.

O que porém existia para mim, como uma presença perturbadora, era Eurídice. Esta, sim, me absorvia como uma doença que vencesse os primeiros sintomas para uma crise. Descobrira nos seus olhos manhosos que ela alguma coisa tinha para me dizer. No entanto, me defendia de Eurídice. Qualquer coisa me dizia que devia fugir, que procurasse tudo para me livrar do encantamento. Os tios ainda permaneceram alguns dias no Catete, e seria a tia Catarina o instrumento de uma cilada daquele destino a quem dona Glória confiara o domínio absoluto sobre todos nós. Fora assim:

Como o tio Fontes precisasse visitar um desembargador de Belo Horizonte, ficara a tia Catarina com uma cadeira vaga para o teatro. Então Eurídice se ofereceu para ir conosco.

Quero contar tudo como se passou nessa noite que considero definitiva, em minha vida. Sei que estávamos no

Teatro Recreio, e que Eurídice ficara ao meu lado. Vi, naquela manhã, que os seus olhos me queriam dizer alguma coisa. Fugira deles. Agora estava Eurídice ligada a mim, ao lado da tia Catarina, que se ria à grande com as histórias do cômico. Mas aos poucos eu fui sentindo que a mão de Eurídice me apertava o braço, que a sua perna se juntava à minha. E um calor cobriu-me o corpo inteiro. Nada ouvia da peça. A tia Catarina sorria, Eurídice sorria, o teatro sorria. Ali estava eu, em febre. Aquela mão de Eurídice que me pregava na carne como que me transmitia um terrível estado de fúria. Queria que todos se calassem, que todo o teatro parasse, que se fizesse uma noite profunda e que só vivesse Eurídice, que só ela suspirasse, que só cheirasse o seu corpo desnudo, que só existisse, no mundo, Eurídice. Quando saímos com a revista terminada, viemos os três para o bonde, e eu não via nada. A tia Catarina divertiu-se com o meu silêncio, e espantou-se de como eu não gostara das palhaçadas do cômico. Viemos de bonde, com Eurídice ainda mais ligada a mim. No quarto encontrei Jaime ainda acordado. Estava indignado com Noêmia. Vira a irmã em companhia de um tipo casado, muito conhecido nos cassinos. O ódio com que falava me abalou. Não podia dormir. Dona Glória falava lá embaixo, e ouvi os gritos de Noêmia, a desafiar a mãe. Então Jaime levantou-se, em fúria, correu pela escada como um cão danado, e ouvimos Noêmia gritar, e ruídos de pancadas. O tio Fontes apareceu para chamar o rapaz à ordem. E ao vê-lo deitado, arfando, temi-o. Aos poucos, porém, voltou-lhe a calma. E ele com lágrimas nos olhos me disse:

— Essas minhas irmãs me matam de vergonha.

Calei as palavras de conforto que desejaria dizer a Jaime. E quando mais tarde ouvi que pegara no sono, Eurídice inteira, a irmã vergonhosa, chegava para me dominar. Aquela mão que me apertara, aquele calor que me queimara, estavam mais vivos do que a cólera de Jaime. E outra vez o monstro.

34

CONFIDÊNCIAS, CONSELHOS E MÁGOAS DE ALBERICO DE CAMPOS

Até as férias de fim de ano levei uma vida de namoro com Eurídice. Era como se nada tivesse acontecido anteriormente. Morrera Faria, e a Eurídice que existia para mim era outra moça, sem ligação alguma com a antiga. Até hoje não sei explicar o mistério desta transformação.

Uma tarde o velho Campos me chamou para uma conversa. Saímos os dois a pé, e ali pela praia do Flamengo nos sentamos num banco. Sei que era uma tarde de verão, e que o calor estava terrível. O amigo tinha qualquer coisa para me falar, e como nunca o sentira assim, dava-me a impressão de que não tinha coragem de me confiar um segredo. Afinal o velho Campos soltou a língua. Começou a falar do Rio de agora para lamentar que a cidade que conhecera alegre e feliz fosse hoje em dia aquela Babilônia onde todo o mundo lhe parecia escravo:

— Aqui nesta cidade, filho, não existe mais o carioca que eu conheci. A cidade é esta que vês, sem Carnaval, sem um povo capaz de alegria. E me falam de samba de morro, como de música. Isto é batuque, filho, dor de negro, cantiga de escravo.

Mas tudo aquilo não era o que o velho Campos queria confiar-me. E vendo que eu não estava interessado nas suas palavras, parou a conversa e, de repente, me agrediu com esta pergunta:

— Estás de namoro com a menina Eurídice?

Quis fugir da curiosidade do velho e não consegui.

— Digo-te uma coisa, filho: estás a brincar com fogo. Sei de tudo a respeito desta moça. E o que sei não é para merecer respeito. Conheço dona Glória há quase dez anos, digo mal, conheço-a há mais do que isto. E vou te contar um segredo que a ninguém confiei até hoje. Olha que só muita confiança me leva a isso. Mas eu te conto. Quando vim aqui para este Catete duzentos, dona Glória era uma mulher de seus 35 anos. Mulher bonita, tinha tudo para me agradar. Dei em cima de dona Glória. Eu te confesso, pensei até em casamento. Viúva, com três filhos, e no entanto este teu amigo pensou na burrada. Dona Glória, porém, não se comoveu com os meus propósitos honestos. Ganhava pouco, é verdade, mas o que tinha dava para uma família modesta viver com dignidade. Sofri com o fora. Ora, um homem que conhecera tantas mulheres, e que mulheres!, recusado assim! E posso dizer-te que a coisa me apaixonou. Via a viúva, uma criatura já no crepúsculo da mocidade, e não me conformava com o fato. E posso afirmar, esta dona Glória é um rochedo. Porque mulher que escapava por aquele tempo a um cerco de Alberico de Campos, só sendo mesmo de pedra.

Aí parou o Campos. Vinha pela calçada um velho de cabeça baixa, de andar arrastado, de guarda-chuva ao braço, e o meu amigo levantou-se, cerimonioso, para um cumprimento:

— É o velho Brício. Fiz-lhe *O Século*. Que chefe de primeira ordem!

Fez-se silêncio entre nós, até que outra vez o meu companheiro voltou ao seu ponto de partida:

— E a menina Eurídice? Os rapazes de hoje não sabem amar.

E rindo-se para mim:

— Conta-me, filho, o que há entre vocês?

Ri-me também, para não falar. O velho então, de cara grave, com a voz quase em surdina, me disse:

— Eu sei de tudo, e é por isto que te trouxe para este passeio. Eurídice é mulher de uma categoria que não me agrada. Gosto de mulher de alma livre, e aquela pequena tem alma escrava. Veja aquela outra, a Noêmia. É uma criatura feita para o homem. Se canta é porque a sua carne pede que cante, se chora é porque a carne pede que chore. Conheço mulheres, filho, conheço-as de todas as espécies. E por isto eu te digo: Eurídice é mulher que manda nos seus próprios desejos. Estas guardam segredos do diabo.

Aí parou o velho Campos à espera de minha reação. E como nada lhe dissesse, irritou-se um pouco. E então, a sua voz era áspera, em tom de censura:

— Aquele Faria abusou de uma moça de gente decente. Quero bem a essa gente como se fosse de meu próprio sangue. E eu sei que havia muita coisa entre os dois. Se não tivesse morrido, aquele canalha teria que se haver comigo ou com o Jaime.

Fiz sinal para retirar-me, e o velho Campos me segurou pelo braço para obrigar-me a ouvi-lo:

— Olha, filho, ainda não tens vinte anos. Muito conversei com o teu tio, e ele espera grande futuro para ti. És rapaz de posses, não precisas mendigar empregos. Eurídice não é mulher para a tua vida.

Vinha caindo a noite, e ali no Flamengo a presença do velho Campos me era incômoda. Saía um navio de barra afora. E quando retomou a conversa, o amigo me chamou a atenção para o barco:

— Deve ser inglês.

E sentindo que aquela observação nada adiantara à conversa, o velho Campos me pretendeu ligar ao navio que saía com o seu destino:

— Se fosse o teu tio te mandaria a uma viagem. Ah, filho, se este Campos que está aqui tivesse conhecido o mundo, não seria o amanuense Alberico de Campos um pobre homem e nada mais.

E percebendo que caíra numa fraqueza, corrigiu o tom da confissão com uma arrogância de quem era maior do que o amanuense:

— É, mas de ninguém invejo as glórias que tiver.

35

FARIA E ISIDORA

Às ADVERTÊNCIAS DO VELHO Campos sucederam as desconfianças de dona Glória. Os meus exames chegaram ao fim, e como estivesse em casa, no meu quarto, a preparar-me para uma prova escrita do dia seguinte, apareceu-me dona Glória para falar. Não ficou indecisa como o outro, a fingir conversa. Não: chegou direta onde queria chegar:

— Seu Júlio, aqui nesta casa nunca admiti namoro de hóspedes com minhas filhas. Sou uma mulher pobre, mas com a graça de Deus, tenho criado a minha gente com o suor do meu rosto. Esta menina Noêmia me tem dado cabelos brancos. Não sei a quem puxou. O meu povo do Norte é de pobres mas de juízo acomodado.

E parando um pouco, a olhar para mim com os seus olhos gastos, de olheiras empapuçadas, me perguntou:

— Que intenções tem o senhor para com a minha filha?

Temi a pergunta de dona Glória, mas controlando, fazendo um tremendo esforço para não trair o meu pavor, lhe disse:

— Gosto de Eurídice, dona Glória, e quero casar com ela.
— O senhor é uma criança e nada pode decidir. Tem os seus tios de Minas. O melhor seria mandar uma carta, falando no caso.

Expliquei-lhe que em breve poderia decidir tudo por mim.

— Tenho vinte anos, e ainda me faltam três para a formatura. Até lá Eurídice poderá esperar.

Mais tarde, com a casa em silêncio, eu pude voltar à conversa de dona Glória, e de cabeça fria cheguei a conclusões de alarme. Estava metido num verdadeiro cipoal. Dona Glória agira com energia de mãe zelosa e eu me comportara com a timidez de um menino surpreendido numa traquinagem. Lembrei-me da conversa do velho Campos, dos seus conselhos e das referências a Eurídice. E mais do que nunca, lembrei-me de Faria. Para mim o amigo morto havia desaparecido como um fato inteiramente superado. No vazio do quarto, com os meus livros em cima da mesa, voltou Faria vivo e rancoroso para me olhar cara a cara. Roubara-lhe a mulher, quisera a sua morte. Dona Glória apareceu para me indicar o rumo a seguir. Teria que casar com Eurídice para que a sua vida não fosse um sacrifício inútil. E Faria me tomava o pensamento, igual a um remorso que me agarrasse na hora própria. Fui à janela da rua para fugir da presença incômoda e olhar o movimento lá de fora. Há muito que não me sentia tão abafado e inseguro. Ouvi que batiam à porta e apareceu-me Noêmia. Estava pálida, e desde que me viu não conteve as lágrimas.

— Júlio – me disse —, eu conto com você.

E narrou-me tudo.

Poderia deixar sem referência este encontro com Noêmia. Não o farei porque deste episódio muita coisa me ficaria. Noêmia estava grávida, e não podia contar com o amante, tipo de cassino, que mais nada quisera dela que uma ligação sem importância. Vi a Noêmia das cantorias, do corpo feliz, aquela que o velho Campos dizia que tinha alma de borboleta. Falou-me baixo, quase ao ouvido, para me contar tudo. Não sabia o que fazer. Afinal tinha a mãe e, se não fosse ela, tudo estaria bem. Dona Glória morreria de sofrimento. E mais do que tudo, faltava-lhe dinheiro. Conhecia um médico, e, se tivesse recurso, aproveitaria as férias e, fingindo um passeio a uma fazenda em Engenheiro Passos, poderia dar um jeito à sua situação. Apelava para mim. Dei a Noêmia os dois contos que guardara para umas compras de fim de ano. E ao vê-la alegre com a solução que lhe oferecia senti-me feliz como nunca. Mais tarde ouvi que cantava, e espantei-me daquele seu poder de recuperação. Saía de uma tristeza mortal para aquelas expansões. Nada pesava em Noêmia. O Campos falava em alma de borboleta, e era boa a imagem. A voz de dona Glória alterava-se para contrariar a filha, que já lhe anunciara a viagem para a fazenda. Senti-me um Deus, naquele minuto. Dera a uma criatura desesperada um momento de paz, de esperança. Aos poucos aquele meu orgulho se restringia ao mínimo que era de fato. Eurídice voltara a agir. E estendido na cama, com o escuro da noite que vinha chegando, o problema apresentado pela mãe cuidadosa assaltou-me violentamente. Dona Glória quisera saber de minhas intenções. E nada sabia, ou fingia não saber, das ligações da filha com Faria. Ouvia agora dona Olegária aconselhando a Noêmia, Pati do Alferes. A voz de dona Olegária soava desagradável.

Mas quem estava ali no quarto era Faria, magro e violento. E não sei por que, lembrei-me de Isidora.

36

SÓ EXISTIA EURÍDICE

Comecei a fazer os meus planos, a medir os fatos, a arredar dificuldades e a criar o meu mundo. Dona Glória fechara-me a cara e, com os exames terminados, teria que voltar a Juiz de Fora para os três meses de férias.

Enquanto os dias se passavam, Noêmia me procurou para conversar comigo, e de modo a perturbar-me. Marcamos um encontro numa confeitaria do Largo do Machado, e ela não escondeu as suas restrições a Eurídice.

— Júlio, se eu te falo assim é porque não te vejo como um qualquer. Eurídice não é mulher para ti.

E se referiu a Faria. Tinha havido muita coisa séria entre os dois. E mais direta, e mais firme, me alertou:

— És uma criança. Essa história de casamento, de que a mamãe me falou, é uma burrada.

Procurei inocentar Eurídice, mas não consegui arredar Noêmia de seu propósito:

— Te chamei para esta conversa porque amanhã vou me recolher à clínica do tal médico. E quem sabe se não desencarno?

Vi tristeza no rosto lívido de Noêmia. Vi mesmo que a alma de borboleta se amargurava. Havia negrume nas suas asas azuis.

— É no que dá esta história de amor. Mas não me arrependo não. O tipo não presta, disto já sabia.

Pretendi corrigir a tristeza de Noêmia, mas em vão, porque voltara ela ao meu caso e ainda mais concludente:

— Eurídice é uma criatura que só tem de gente a figura. É coração que não palpita. Pode ser que seja melhor assim. Eu é que não vou com esta espécie de mulher. Júlio, precisas de outra mulher.

Sorri para Noêmia a procurar descobrir qualquer interesse de sua parte para comigo, além do gesto de pura amizade. Os seus olhos, a sua boca, a sua fisionomia não exprimiam mais que interesse franco, desejo somente de me servir. E quando a vi sair, à procura de um bonde, o corpo a se arredondar na exuberância de formas em desequilíbrio, temi que a morte a sacrificasse, e que nunca mais pudesse revê-la. Quase que corri à sua procura. E melhor teria feito porque, por este modo, evitaria a sensação de angústia que se apoderou de mim.

Ameaçava temporal, o céu estava escuro, e um tremendo calor pesava sobre tudo, como se estivéssemos à beira de uma fornalha. A conversa de Noêmia se ligava com a conversa do velho Campos. Eurídice a ambos parecia um monstro. Andei um pouco para a praça. Sobre a estátua de bronze pairavam pardais, serenos. Noêmia me abandonava justamente no instante em que Eurídice aparecia como uma terrível realidade. Monstro era ela para o Campos, monstro era ela para Noêmia. Parei no centro da praça, e um homem com um realejo tocava uma ária fanhosa.

— Paga um bilhete para mim, moço.

Era um menino da rua que queria uma sorte do homem do instrumento. Depois que o italiano lhe deu o papel, pediu-me para que lhe lesse as palavras impressas. E ali estava em versinhos mofinos uma quadra de profecia amiga. Teria o menino anos de fortuna. Arredei-me para o lado oposto e outras pessoas pararam para ver a sorte. Mulheres, homens, velhos e moços com duzentos réis pagos saíam alegres e confiantes. Voltei-me para Noêmia, e quem me apareceu foi Eurídice. Que monstro seria ela? Noêmia sentira as proximidades da morte e me procurava para um conselho. E vira o velho Campos com a sua experiência disposto a me arredar de um precipício. Os olhos de Eurídice estavam secos, e a sua cara, em ricto, exprimia outra mágoa que a que lhe viesse pela morte de uma criatura amada. Então criou-se ali, para mim, uma Eurídice maligna, uma mulher de perigo a me ameaçar a vida. Desci pela rua do Catete, com aquela imagem a perseguir-me. Morto o homem que era o seu amor real, esta morte nada representara para Eurídice senão ódio. E depois os seus olhos secos começaram a se cobrir de volúpia para mim. E começaram a surgir aqueles olhos verdes que se molhavam de tanta ternura. Outra vez Eurídice me chamava, me atraía. As noites, as terríveis noites de suas intimidades com Faria, aterravam-me. Quis fugir daquela impressão e não podia. Sentia todas as misérias daqueles momentos de expectativa humilhante. E me dominava um nojo pelo ato que me reduzira a nada. E apesar de todas as palavras de Noêmia e do velho Campos, o que existia para mim era Eurídice.

37

UMA PAUSA

Paro um instante nestas confissões para me ligar com mais ânimo a certos fatos de minha vida.

E após a cuidadosa leitura que fiz, em nada tenho a retificar a sua veracidade. Tudo está escrito sem exagero ou deformação. Mas a leitura vagarosa que procedi deu-me a convicção de uma certeza que vai se firmando cada vez mais nas minhas cogitações, a certeza de que veio da rua da Tijuca a razão única de meu fracasso. E se não me volto com ira para a mãe agressiva e dolorosa, é porque o homem Júlio que me comanda já não tem nada a reivindicar e nada a impor. Lembro-me do homem taciturno que me criticou acerbamente. Para ele, talvez que o meu único erro fosse o de ter nascido. Seria eu um daqueles que coisa alguma acrescentam à humanidade.

Paro de escrever e se apodera de mim um medo esquisito. E quando pego da pena para retomar o fio da minha história, o faço trêmulo e aflito, como se voltasse ao local de um crime. Pensei em rasgar tudo que escrevi. E nem para isto tenho coragem. O trabalho de escritório a que me obrigam aqui, no presídio, me alivia um pouco. E dia a dia levei a esconder-me de mim mesmo, sem coragem de enfrentar a vida, os meus terríveis personagens, que são disfarces ou contradições com que os meus pavores se aliviam. A vida que levo aqui no presídio já não é aquela estagnação de outrora. O trabalho do dia me esmaga os fantasmas que se aninham em cavernas de minha alma, e escapo de saudades e remorsos que viviam de meu corpo como vampiros. Mas após a leitura quis voltar aos meus cadernos e escrevo, nas noites que me restam, convicto de que não revolvo misérias de um passado, mas me descubro para os outros o roteiro de uma vida errada. Pretendo ser útil aos homens com as debilidades de um homem que não pegou na terra, que se perdeu em descaminhos e vaus que lhe foram pântanos insondáveis. E é por isto que retorno ao caderno. Muitos poderão me atribuir aquela fraqueza do homem taciturno, a tirar-me o ânimo para as palavras. Demorei uma semana neste estágio de autocrítica.

Apesar de tudo, tive que voltar às palavras com a determinação de não esconder um nada sequer das verdades que imagino que sejam verdades.

38

DONA OLEGÁRIA

Queria dona Olegária me falar e marcamos um encontro à entrada da Igreja da Glória. Apesar de tanto tempo de convivência, mantinha ela comigo um tratamento de cerimônia. Mas ao me ver, a mulher não teve meias palavras. Foi de rude franqueza, e o que quis dizer, me disse às claras:

— Fiquei muito amiga de sua tia e é por isto que aqui estou. O senhor é um menino e precisa mesmo de conselhos.

E vieram os conselhos de dona Olegária. Sabia que estava eu de casamento apalavrado com Eurídice, e para ela aquilo não passava de um absurdo. Eu não era para meter-me com aquela gente. E, sem nenhuma consideração pela casa onde morava, há mais de dez anos, declarou-me, firme e certa:

— É uma canalha.

A palavra doeu-me aos ouvidos. E ela sentindo que me ofendera com a sua rispidez, não conteve o seu desabafo:

— O senhor deve se lembrar do caso daquele rapaz que conheci em Pati do Alferes e que me fez algumas visitas. Tudo com outras intenções. Pois bem, levaram-me à rua da amargura com aquele caso. Tudo mexerico ali de casa. Dona Glória tanto falou, tanto mexeu que aquilo terminou em escândalo. Muito sofri, senhor Júlio, por causa desta gente.

Vendo que ouvia as suas declarações com ar de espanto, dona Olegária cravou os seus olhos cinzentos em cima de mim e me disse:

— Jurei vingar-me. As lágrimas que destes meus olhos correram doeram-me demais. Fui motivo de troça para muita gente.

E como nada lhe dissesse passou ao meu caso:

— O senhor é uma criança. É um moço de posses, e é por isto que cresceram os olhos em cima do senhor. Dona Glória já anda falando em genro rico.

Devia ter demonstrado desagrado a dona Olegária, porque, abrandando um pouco a sua veemência, em voz mansa me falou da tia Catarina:

— Se não fosse a amizade que tenho pela sua tia não teria vindo aqui para dizer-lhe estas coisas. Nada tenho com a vida dos outros. Dona Glória, em meu lugar, faria o possível para desmanchar este noivado.

Passava gente por perto, e ouvi bem uma pilhéria a nosso respeito. Como dona Olegária falasse em tom de confidência, e a nossa conversa demorasse, outro tipo que passou disse para o companheiro:

— A velha está de novilho.

Não sei se dona Olegária ouviu. A piada chocou-me. Procurei dar por finda a entrevista. Dona Olegária, porém, procurou completar o desempenho de sua missão da melhor forma. E falou de Faria. Por acaso não sabia que houvera compromisso sério entre Eurídice e o meu amigo? Disfarcei o mais que pude até que ela, muito pronta e irritada, me adiantou:

— Olhe, aqui quem está falando é uma pessoa como se fosse de sua família. Estou a abrir-lhe os olhos. Ontem mesmo escrevi a sua tia, contando tudo.

Procurei desviar a conversa de dona Olegária, mas ela não se deu por achada:

— Dona Glória até hoje tem feito de mim o que quer. Não me esqueço do meu caso e, enquanto tiver forças, hei de mostrar-lhe quem sou.

Aquela conversa de dona Olegária me surpreendeu ao máximo. Sabia que gostava do povo da rua do Catete, como membro que fosse de uma mesma família. Vi-a sofrer em momentos de angústia de dona Glória, nos dias de luta de Jaime com as irmãs. E agora se mostrava com aquela agressividade. Saí a pé em direção ao Flamengo e encontrei o Campos parado a conversar com um velho. Desde que me viu, pediu-me que o esperasse. E ao despedir-se do outro ouvi que dizia:

— Nada disto. Fui preso por um lamentável engano, meu amigo. Olhe, quando lhe disserem que o Campos foi detido por ser galinha-verde, pode dizer que não, que o Campos entrou no xadrez por roubo mesmo de galinha. É melhor para mim, ouviu?

E quando o homem saiu o velho me disse:

— Veja só: esse tipo, oficial reformado da Armada, me fez parar na rua para conversinhas de tabela. Estou certo que aquele tipo é galinha-verde. E me vem com perguntas bestas. Por isso dei-lhe logo aquela coronhada nos cornos.

Mas o velho Campos tinha qualquer coisa para me falar:

— Olha, filho, hoje, pela manhã, a dona Olegária me procurou para tratar do teu caso. Pois não é que o diabo da velha está de miolo mole! Está uma fúria com dona Glória e as meninas, julgando-se perseguida. E me garantiu que o caso com o sujeito, o tal namorado, não passava de infâmia. Ou esta velha está doida, ou é uma peste de criatura. Aliás, comigo não adiantou a intriga porque fui logo dizendo-lhe: "Dona Olegária, gosto desta gente como de meus parentes". Filho, o diabo da velha vai dar o que fazer.

Em casa refleti no caso de dona Olegária. E ao vê-la, na cadeira de balanço, a ler, tranquila e grave – por que não confessar? – temi-a.

39

UMA VÍBORA

Acordava naquela manhã de dezembro, último dia de minha estada no Rio, pois seguiria em férias para Juiz de Fora, quando ouvi um forte bate-boca na sala de jantar. Era dona Glória irritada a dizer coisas terríveis a dona Olegária. Falavam de mim:

— Pode arrumar os seus troços e sair de minha casa. Não quero quintas-colunas aqui.

Mas dona Olegária não se dava por vencida e gritava também para a outra. Apareceu o velho Campos para chamar as senhoras à boa paz, e em termos mais cordatos a discussão foi rolando. Tratava-se do meu caso. Dona Olegária fora chamar a atenção de dona Glória para o meu namoro com Eurídice e afirmar que pretendiam me enganar. Dona Glória não admitia que viessem pôr dúvida na conduta e sinceridade de suas filhas. Quis tomar posição na conversa, mas deixei que Eurídice aparecesse. Ouvi as suas palavras violentas. Até aquele instante não supunha Eurídice capaz de tanta agressividade. Disse horrores à velha. E falou do caso antigo, e mandou que dona Olegária olhasse para a sua própria vida. O velho Campos acomodava as coisas com as suas palavras de juiz de paz:

— Senhora dona Olegária, me espanta esta sua atitude. Sempre vi a senhora, aqui nesta casa, como se fosse um membro distinguido desta família. A senhora muito me merece; portanto, pedia-lhe que me ouvisse.

Houve silêncio, e a voz do velho Campos, uma voz pastosa e solene, abafou o incidente:

— Lamento que duas amigas tão chegadas se tenham desavindo. Mas desde que chegaram a tanto só me resta moderar os nossos ímpetos. Dona Glória ressentiu-se com as referências desagradáveis a sua filha. O que lhe fica muito bem. Acredito que a senhora, dona Olegária, em tudo isto só pretendia mesmo aparecer como uma criatura interessada na felicidade dos dois jovens.

Aí dona Glória não se conteve e gritou mais forte:

— Olhe, seu Campos, eu sei bem o que estou fazendo. Essa mulher não me fica um minuto em minha casa. Então eu tenho a minha casa para essa víbora se meter a mandar?

Dona Olegária não se conteve mais:

— Modere a sua linguagem. Sou uma professora! Respeitem-me!

— Professora de malandragem! – gritou Eurídice.

A voz de Campos mudou de tom, e pareceu-me de autoridade que se sentisse desprestigiada:

— Fique quieta, menina. Dona Olegária é uma senhora de condição.

— Ora, seu Campos, ela só tem condição para me insultar. Que se dane!

Aí ouvi uma espécie de gemido, e após os gemidos uns gritos estrangulados. E o ruído de um corpo que caía ao chão. Saí do quarto e vi dona Olegária a se debater nas mãos do velho Campos.

— Trata-se de uma histérica – nos disse o amigo. — As senhoras não me quiseram ouvir. Essa senhora anda de cabeça avariada há mais de quinze dias.

Aos poucos a casa voltara à calma. E agora havia o silêncio de uma paz constrangida. E já me preparava para sair quando dona Glória apareceu-me à porta do quarto para falar comigo.

— É por tudo isto que não quero que filha minha se meta com hóspedes. Esta dona Olegária teve a ousadia de escrever a sua tia para falar mal de Eurídice.

E como nada eu dissesse, talvez que tivesse visto em minha atitude qualquer reserva ao seu gesto:

— Não me toquem nos meus filhos. Sou capaz de matar por causa deles.

E voltando-se para mim, de fora do quarto:

— Vou escrever a seu tio sobre o casamento.

E mal acabara de dizer isto, Eurídice apareceu furiosa:

— Não admito que se meta comigo, mamãe. A senhora cuide de outra coisa.

Dona Glória olhou para a filha, lívida, branca como uma folha de papel:

— Filha sem coração, então eu me arrebento por causa de vocês, dou a minha vida, e em troca de tudo o que me sobra é esta patada?

Os olhos de dona Glória se encheram de lágrimas. Não tive palavras nem força para correr em auxílio de sua mágoa.

Eurídice retirou-se e a mãe, baixando a cabeça, voltou à cozinha.

Ia descendo a escada e na porta da rua vi Eurídice. Esperava por mim. Saímos os dois, sem que nenhum tivesse a iniciativa da primeira palavra. Afinal ela aproximou-se bem de mim. Senti o calor de seu corpo, as suas mãos apoiadas no meu braço, e as palavras que vieram de sua boca não pareciam as palavras daquela ira de há poucos instantes:

— Julinho, dona Olegária é quem tem razão. Eu não mereço nada.

E ficou quieta. Fiquei quieto também. Senti-lhe a humilhação como uma doce declaração de amor. Era senhor e dono de Eurídice. E tudo podia fazer, e toda a sua vida dependia de mim.

Dona Glória falara em víbora, e ela não sabia o que era uma víbora.

40

OUTRA VEZ ISIDORA

Dona olegária apareceu em casa furiosa. Ouvi bem as suas recriminações contra todos. Sempre fora ali uma vítima de intrigas, havia gente interessada em sujar-lhe a honra. Aos seus gritos atendeu dona Glória e as coisas teriam chegado a uma situação desagradável se não fosse outra vez a interferência do velho Campos.

Mais tarde chegou um policial convidando dona Glória a prestar declarações no distrito. De volta, a casa quase que vinha abaixo. Fora uma denúncia de dona Olegária. Procurara as autoridades para se queixar de todos nós, principalmente da proprietária, que a estava ameaçando de morte. Dona Glória não conteve o seu desespero, e o que disse à hóspede não posso contar. Ia sacudir os seus cacarecos na rua. A ira subiu-lhe à cabeça com uma violência estranha. Nunca vi criatura humana possuída de tanta cólera. E mais uma vez o velho Campos assumiu as suas funções de juiz de paz. Chamou dona Glória à razão, e com palavras de bom senso foi chamando a atenção de todos para o estado de saúde de dona Olegária:

— Posso garantir que se trata de alienação. A senhora dona Olegária atravessa uma crise de perturbação mental. Não é a mesma pessoa que aqui conosco vivia em família. Delírio de perseguição, meus amigos.

Enquanto isto, dona Olegária falava sem parar, descendo e subindo a voz, de portas fechadas.

Adiei a minha viagem para o dia seguinte. E, à tarde, saí com Eurídice. Fomos ao Silvestre. Pela primeira vez me senti inteiramente a sós com ela. Bem juntos no bonde, a princípio em silêncio, a olhar a cidade que ficava lá embaixo, não sabia articular uma só palavra. Eurídice se ligara a mim, sentia as suas mãos nas minhas, e aquela quentura de carne que me abrasara na volta do teatro me incendiava o sangue naquele instante. Não podia reparar em coisa alguma. Eurídice, porém, me arrancou daquele enfeitiçamento a falar de dona Olegária. Pensara que fosse ruindade da velha, e era doença. Gostava de fato de dona Olegária. E quando ouvira aquelas palavras de agravo se revoltara. E se arrependera do que lhe dissera. Calou-se, e olhou para mim com aqueles seus olhos banhados de volúpia. Olhou-me com tão estremecida vontade de me agradar que me animou a chegar o rosto para perto do seu. E o bonde corria pelos precipícios de Santa Teresa. A tarde quente se abrandara um pouco na altura. E quando descemos, na estação, e Eurídice me convidou para um passeio pela mata, conduziu-me a um paraíso. A terra que eu via, as árvores, as flores, a água a correr da encosta, num canto suave, tudo era de um conto, de uma vida do outro mundo. Andamos um pedaço pela estrada deserta. Ouvíamos muito bem os rumores da mata, aqueles gemidos de insetos, e os cantos dos pássaros que nos festejavam. Posso dizer que foi aquele o instante mais feliz de minha vida. Tinha Eurídice de mãos dadas às minhas. E quando chegamos ao paredão, donde podíamos ver a cidade, o casario achatado na terra, tudo parado, sem uma viva alma por perto, Eurídice me disse:

— Uma tarde boa para se morrer.

E os seus olhos úmidos voltaram-se para me olhar com tamanha gula que não me contive, e cobri-a de beijos. Toda a Eurídice estremeceu. E vi-a nos meus braços lúbrica e voraz, como se estivesse possuída de desespero. No silêncio da tarde, no deserto da estrada, parecia uma bacante em carne e osso. Não sei bem contar como tudo se passou. Um automóvel que vinha, devagar, nos arrancou de um êxtase. Então eu vi que Eurídice mudara por completo de fisionomia. Uma palidez cobriu-lhe o rosto, e os olhos como que se tinham apagado. Procurei beijá-la, e ela, de leve, fugiu de meus afagos. Agora a noite vinha aparecendo, e o silêncio da estrada me fez lembrar daqueles momentos de medo que tivera quando menino, na fuga do colégio ao Alto da Boa Vista. Então Eurídice me segurou nas mãos, e falou com tal serenidade, as palavras saindo de sua boca, como se ela fosse outra criatura, alheia, inteiramente alheia, ao que se passara há poucos minutos. E falou de Faria. Tinha certeza de que não o amara. E só ficara sabendo disto com a sua morte. Porque se o amasse teria morrido, não poderia ter suportado a sua ausência. E ao ouvi-la assim, voltava-me uma espécie de rancor pelo amigo morto. Estava quieto ao lado de Eurídice. A noite chegara e ela parecia não tomar conhecimento do tempo. A luz de um automóvel despertou-a daquele alheamento:

— Vamos, Júlio.

E calma, fora de todo estado anterior, mostrou-se a Eurídice que me evitava, uma mulher indiferente ao mundo. Espiamos o trem na estação. Eu não podia me conformar com aquela mudança. Faltavam-lhe os olhos úmidos, e toda outra, insistia para conversar comigo sobre dona Olegária. A cidade surgia, iluminada, o mundo inteiro vivia as suas dores e as suas alegrias, e Eurídice ao meu lado, simples, alegre, distante de mim, a léguas e léguas da outra que eu sentira pegada à minha carne, uma flor de perfume de embriagar. Não consegui pregar olhos naquela noite. O medo do Alto da Boa Vista, o medo do menino fugindo, o frio daquela noite de pavor me arrastaram à casa da Tijuca, à Isidora perdida, à mãe de mãos de garras. Enquanto Eurídice se distanciava de mim, o povo de meu sangue chegava-se, em lembranças que me doíam. A cara furiosa de minha mãe e a cara imunda do doutor Luís chegavam-se cada vez mais para perto. Queria lembrar-me de Eurídice, na felicidade daquele instante da estrada, e quem estava comigo era Isidora, morta de parto.

41

A RUA DA TIJUCA E EURÍDICE

Encontrei a casa de Juiz de Fora como se fosse a velha casa da Tijuca. Toda a família se concentrara na mágoa da tia Catarina com a história de meu casamento. Fiz o que era humanamente possível para fugir do cerco terrível em que me meteram. O tio Fontes chegou a se exasperar com a minha insistência em fugir de seus conselhos. Mas a dor e a tristeza estavam com a tia mansa, de olhos azuis, de voz de novelo de lã. Tudo o que ela tinha para me dizer saía-lhe da boca sem o menor atrito, doce e humilde, a encarnar todas as dores da nossa gente. Em vão tentei convencê-la de que Eurídice poderia fazer a minha felicidade. A tia Catarina sofria com as minhas palavras. Os olhos azuis marejavam-se de lágrimas, a voz terna tremia. Porém, mais do que esta dor à flor da pele, me incomodou a sisudez do tio Fontes. Uma tarde chamou-me ao seu escritório. E como houvesse barulho que vinha da rua, pois bem próximo de nossa casa uma serraria chiava sem parar, trancou a janela da frente, tudo como se preparasse um réu para uma confissão definitiva, e calmo, com um timbre de voz abafada para que não nos ouvissem, ele me disse:

— Olhe, menino, você está matando a sua tia.

E continuou a recitar uma sentença, pausadamente, a fixar em mim os seus olhos que me pareceram de coruja. As barbas quase brancas, o jeito duro de sentar-se na cadeira, as mãos que acompanhavam as palavras como se as apalpassem, compunham naquele instante a fisionomia de uma criatura odiosa:

— Sou o seu tutor, posso lhe dizer que sou o seu pai. Tudo o que tenho pertence-lhe. A sua tia criou-lhe uma afeição de mãe, e de mãe extremosa, e agora vem você com essa história de casamento para arrasar a coitada. É preciso não ter qualquer noção de sentimento de responsabilidade para a insensatez de um casamento desta natureza.

Nada disse ao tio. Vinha lá de fora o chiar da serra a cortar madeira. As palavras e a serra doíam nos meus ouvidos. Não tive coragem de abrir a boca. E vendo-me como se estivesse entregue, inteiramente, aos seus considerados, o tio quis dar o seu tiro de misericórdia na minha fraqueza:

— Catarina e eu estamos dispostos a deserdá-lo caso insista nesta loucura.

Não ouvia mais nada do tio Fontes, ouvia as serras nos seus gemidos intermináveis. O juiz ergueu-se de sua cadeira de sentença, e me deixou esmagado, num canto do sofá. A casa estava num silêncio de casa abandonada. Saíra a tia Catarina para a igreja, e o tio Fontes se foi, satisfeito, convencido que estava com o melhor direito e a verdade incontestável. Só ficou nos meus ouvidos aquele: "Você está matando a sua tia". Procurei fugir daquela presença: abri a porta, e as serras

Eurídice • 233

cresceram mais ainda nos gemidos. De repente, apoderou-se de mim uma ânsia de fuga. As garras da minha mãe, naquela manhã da Tijuca, fizeram-me um medo aterrador. Fugira acossado por uma ameaça de morte. Ali, entre os livros do juiz meritíssimo, me senti culpado, infame, inclemente. Mataria a tia Catarina que era uma santa. E para satisfazer os meus apetites, para agradar aos meus sentidos. E de súbito, Eurídice apareceu na sala, e vi-a na sua misteriosa figura. Não era a Eurídice de pernas grossas, aquela de carne que cheirava, aquela de olhos molhados de volúpia. A Eurídice que eu via era bem a outra dos olhos secos, da fúria contra o amigo morto, a indiferente aos meus agrados, aquela que eu vira de volta do Silvestre. Então me senti o mais desgraçado dos homens, o mais frio ao amor de minha pobre gente. Isidora morta, a mãe morta, e a dor da tia Catarina, os seus olhos banhados de lágrimas, a voz tocada de pranto abafado.

Mas o tio Fontes aparecia para destruir os sinais do meu arrependimento. As suas palavras continuavam nos meus ouvidos. Lembrei-me daquela opinião do homem taciturno, a opinião de uma criatura iluminada pela morte que se aproximava: "Esse homem esconde alguma coisa".

E quando saí do escritório, ficou-me um ódio firme ao juiz. Era como se carregasse aos ombros as penas de uma sentença iníqua: "Você está matando a sua tia".

Escrevi naquela noite uma carta de dez páginas de amor a Eurídice. Eu queria sentir o amparo de qualquer ente humano. Queria quentura de vida, regaço amigo onde pudesse satisfazer a minha ânsia de carinho, de amor. Sei que muitas palavras mandei a Eurídice. Esquecia todo o mundo para só vê-la mesmo de longe, como naquele momento encantador do Silvestre. Ah, a Eurídice que caíra pobre nos meus braços, sôfrega e vencida pela volúpia, a que tinha os olhos úmidos e a boca trêmula de amor! Os lábios que procuravam os meus lábios fremiam quentes e o calor de seu rosto me abrasava. Levei a carta para o correio a temer que a abrissem, que lessem tudo o que eu dissera com tanta vontade de agradar. Esperei a resposta de Eurídice. Dia a dia à espera do carteiro, até que me chegou uma carta. E Eurídice vinha na carta que quase nada dizia. Mas era Eurídice que estava em carne, em cheiro, com todo o seu corpo, nas linhas de uma letra regular e firme. Li e reli as frases banais, e uma saudade desesperada me dominou. Não havia mais tia Catarina. Não havia mais a rua da Tijuca.

42

AS FUGAS DE EURÍDICE (1)

Abandonei Juiz de Fora, como se fugisse de um colégio. Nem a bondade ofendida da tia Catarina teve força para me conter. Sei que o juiz se enfureceu com o meu gesto, e só não tomou providência enérgica por causa da mulher. O fato é que nada me custou a separação violenta. Às vezes, fico a refletir na insensibilidade que me possuiu, e me sinto uma criatura anormal e infame. A dor da velha não me preocupou em nada. Hoje recordo este meu pedaço de vida para vê-lo na sua crueldade e feiura.

Mas vamos à história. Encontrei a rua do Catete, com Noêmia grave, perto da morte. Dona Glória, ao me ver, caiu-me nos braços aos soluços. E Eurídice, de olhar terno, quase que não me viu. O velho Campos chamou-me para o seu quarto e me contou tudo. Noêmia estivera em mãos de um médico fazedor de anjos, e pelo que diziam os médicos, poderia morrer.

Em todo caso havia esperanças. E parando a conversa o amigo me olhou para me indagar:

— Afinal, ainda não estamos no período tétrico. Vieste matar saudades?

E sem esperar pela resposta me disse, num tom de segredo:

— Filho, uma vez eu te disse: mulheres de qualquer espécie, mas mulheres. Mas o velho Campos não sabia o que dizia. Eu sei que o teu caso é grave. Mulheres, tive-as em penca. Uma coisa, porém, é o Alberico de Campos, macaco velho, sabedor de todas as manhas, e outra é o senhor Júlio, uma inocente criatura.

E querendo saber de tudo, procurou sondar-me sobre a minha viagem:

— Vieste de acordo com a tua gente?

E quando lhe disse que nada combinara com o meu tio, o velho fechou-me a cara, alisou os bigodes e doutrinou:

— Deste uma cincada. A estas horas ofendeste a quem nem por sombra devias ofender. Há uma santa senhora a sofrer por tua causa. Posso garantir uma coisa: a menina Eurídice não merece tamanho sacrifício.

E como notasse que as suas palavras não me abalavam, pôs as mãos em cima dos meus ombros e segredou-me:

— Já que estás no fogo, precisas ser macho. E fibra, filho, muita fibra, senão viras banana. Mulher não é brincadeira, filho.

Sorri para o conselho do amigo, e ele não gostou:

— Estou a falar a sério, e não me levas em consideração. Olha, a morte já anda a rondar esta casa. A pobre da Noêmia, se escapar desta, será uma criatura vencida pela vida. E tinha aquela alma doidivanas de borboleta. Queimaram-lhe as asas de primavera. Veja dona Olegária: perdeu a cabeça; anda por aí, de pensão em pensão, de mente avariada. Não sou homem de acreditar em bruxarias, mas que anda qualquer coisa por este Catete duzentos, anda.

Olhei para as paredes do quarto do velho e lá estava o retrato grave de Floriano, ao lado de inúmeras fotografias de carros alegóricos. E por cima da mesa jornais, caixas de óculos, um tinteiro de vidro.

Vendo que eu me preocupava com os seus trastes, o velho parou a conversa até que eu mesmo voltasse ao assunto:

— E o que houve com Noêmia, seu Campos?

— O irmão de nada sabe, pensa que se trata de tifo, mas é febre puerperal, sem sombra de dúvida. Pelo que me falou o doutor Oliveira, há possibilidade de cura. A menina é forte, e o mais grave já passou.

Mais tarde fui ver Noêmia, e tive pena de vê-la. Estava branca, magra, e só os olhos eram imensos e vivos como duas tochas. Riu-se para mim, toquei-lhe nas mãos que queimavam, e ela, com voz sumida e pausada, ainda teve coragem para uma graça:

— Parece que desta desencarno, Julinho.

Eurídice permanecia ao seu lado e procurou fingir que achava graça na irmã. Noite alta ouvi que batiam na porta do meu quarto. Era Eurídice. Com a voz quase nos meus ouvidos contou toda a história da irmã. Lá para dentro da casa ouvia-se dona Glória em conversa com uma enfermeira. Eurídice espalhou-se na minha cama, e parecia cansada. Fechou os olhos e, tranquila, como se fizesse aquilo com regularidade, foi falando:

— Coitada de Noêmia, foi atrás de conversa de homem e deu nisto.

Aproximei-me de Eurídice, perturbado que estava com a sua presença. Tinha os meus sentidos em febre, ardia-me o sangue, e quis chegar-me para perto dela. Eurídice, com toda a naturalidade, pediu-me para ter modos:

— Mamãe pode ouvir.

Mas estendeu-me as mãos, e senti nos meus cabelos a quentura de seus dedos.

— Olha, Julinho, precisamos dar cabo de tudo isto. Eu sei que a tua tia não quer este casamento. E tem toda a razão. Casar um rapaz de futuro com uma qualquer.

E calou-se. Peguei-lhe das mãos e beijei-as. Beijei-lhe os olhos, o rosto, a boca quente. Disse-lhe tudo que podia dizer o meu coração furioso. Daria tudo por ela, morreria por ela. Teríamos que nos casar, imediatamente. Eurídice, passiva e triste, não dava fé às minhas palavras. Depois ouvimos dona Glória chamando-a. O corpo de Eurídice estava ali em minha cama, estendido. Quis que ela não saísse do quarto. E ela saiu.

43

AS FUGAS DE EURÍDICE (2)

A CARTA DO TIO Fontes causou-me uma profunda impressão. Nunca imaginara que o meu gesto viesse provocar aquela situação terrível. A tia Catarina caíra de cama, muito doente. Li e reli o desabafo e a acusação firme do juiz. E teria voltado às carreiras para Juiz de Fora, se não fosse Eurídice. Desde aquela noite em que me falara sem constrangimento sobre o nosso noivado, aceitando as restrições da minha família como uma coisa natural, que não pude conversar a sério com ela. E isto me punha em desespero. Afinal ali estava para amá-la, conforme as minhas forças e os meus impulsos. Olhava para Eurídice, e não descobria o menor sinal de interesse. Era uma mulher sem problemas, a conversar de tudo, contente com as melhoras de Noêmia, feliz, calma.

    A casa inteira girava em torno de Noêmia que melhorava a olhos vistos. Até a enfermeira já fora dispensada e dona Glória sorria com o tempo. A saúde da filha, que voltava, dava à mãe que vencera a morte um entusiasmo que se irradiava. Feliz, apesar das lutas e do cansaço, não falava de outra coisa senão da doença vencida. Olhava para dona Glória e via as marcas que a dor lhe deixara no rosto tresnoitado. Os olhos mortiços, a pele amarelecida, as pálpebras escuras não escondiam os sofrimentos de uma mãe ferida. Mas a alegria de ter arrancado Noêmia do fundo da noite dava à velha uma outra vida. Parecia tonta com a vitória. E falava com insistência dos médicos, das contas de farmácia, da preguiça da enfermeira. Enquanto isto, Eurídice permanecia uma criatura normal, cuidadosa, solícita aos chamados de Noêmia, ao pé da cama, ou nos trabalhos da casa, toda de sua família. Recolhia-me ao quarto, e a imagem da tia Catarina não me abandonava. As alegrias de dona Glória me conduziam à mágoa da doce velha de olhos azuis que sofria por minha causa. E assim fazia planos de retorno definitivo. Voltaria para casa, e tudo findaria entre mim e Eurídice. Mesmo porque, Eurídice nada queria comigo. Acordava, porém, sem ação. Bastava ver a mulher, bastava ouvir a sua voz, e o que era vontade e intenções se consumia. Dias e dias levei assim, até o Carnaval. As cartas que escrevera a tia Catarina tinham conseguido modificá-la. Via de perto o renascimento de Noêmia. O corpo seco, a pele amarelecida, os olhos fundos, os cabelos estirados e velhos desabrochavam outra vez para a vida. Uma chuva de janeiro caíra sobre Noêmia, e toda a sua carne rebentava como brotos de uma árvore. Os galhos reverdeciam, a seiva corria pelo caule, as raízes comiam as riquezas da terra. E a primeira flor se abriu para o sol e a noite, com o seu cheiro e as suas cores. Noêmia cantava pela primeira vez. Ouvi bem a voz macia, a ponta de volúpia que vinha do samba mole e triste. Ouvi bem as palavras que eram de amor derrotado: "As lágrimas rolaram da face da mulher".

Eurídice havia saído, e a casa, naquela tarde quente, nem parecia viver. Estava só no meu quarto. E vi Noêmia que me apareceu à porta, a sorrir para mim. Voltara-lhe a alma de borboleta:

— Então, Julinho, que achas da cara?

Estava pintada, os cabelos penteados, e sorria, mostrando os dentes brancos. Era a Noêmia dos bons tempos. Muito conversamos. E falou-me do seu Campos. Não sabia como agradecer as gentilezas do velho. Noêmia me contou que o amigo gastara tudo o que tinha com a sua doença. As economias do amanuense se foram em contas de médico. Sem o auxílio do velho a mãe não teria aguentado as despesas. Depois que Noêmia se retirou fiquei com o velho nas minhas cogitações. O boêmio tinha alma grande. Mas o perfume que a moça deixara no quarto, aquele cheiro de corpo, me conduziu a Eurídice. Que havia com Eurídice? O Carnaval enchia a cidade de música, de ruído, de gemidos de tamborins. Tudo aquilo me acirrava os nervos. E Eurídice, que havia com Eurídice? Outra vez dona Glória falou-me do caso. E muito falou de dona Olegária que estava pagando pela língua numa casa de saúde. O que, porém, me aterrava era a atitude hostil, ou melhor, não direi bem hostil, de Eurídice. Não tomava ela conhecimento de mim. Sim, havia o Carnaval, e sem dúvida que ela tinha outro homem, haveria outro homem, assim como Faria, na vida de Eurídice. Surpreendi-me um homem aguilhoado pelo ciúme. Gemiam lá fora os tamborins e a gritaria do povo na bruta alegria de Terça-Feira Gorda. Eurídice estava em casa e era noite. Dona Glória e Noêmia tinham saído para a Avenida. Eurídice estava no quarto dela. Quis procurá-la e tive medo. Ouvi bem que andava. Já tinha trocado as sandálias pelos sapatos. Batia no soalho com pé firme. E quando a vi preparada para sair, de olhos grandes, com os cabelos soltos, vestida de cigana, tive medo. Era uma Eurídice como um vampiro. Ela sorria para mim. Sorri para ela, sem gosto. E desceu as escadas.

44

AS FUGAS DE EURÍDICE (3)

Vi Eurídice descer as escadas e, quando saí do meu atordoamento, não consegui me aproximar dela. A cidade roncava de alegria. Quis me perder no burburinho da rua e foi inútil a minha vontade. Por mais que eu procurasse o tumulto, me senti só, tão só quanto na noite do Alto da Boa Vista. Um terrível estado de insegurança não me dava coragem. Permanecei no Largo do Machado e fingi que olhava o povo nas suas manifestações. Nada via. O medo que andava pelo meu íntimo era de quem esperava um desastre. Não me fixava em coisa alguma. Eurídice me olhara de longe e sorrira. Os seus olhos verdes, mais verdes estavam nas órbitas sujas de escuro. Para onde teria ido? De nada me falara, de nada sabia. Dona Glória nos convidou para ver a passagem dos préstitos e ela recusou. Ficaria em casa. E ao vê-la de cigana, de saia comprida, de cabelos soltos, tive medo, deixando-a que fugisse. Quando dei conta de mim, estava na Cinelândia, à porta do Amarelinho. Alguns colegas me chamavam para uma mesa de chopes, e por lá demorei-me até tarde. A bebida me deu mais ânimo para corrigir aquele meu terror inexplicável. A música enchia os quatro cantos da praça. E desde que vi o Campos que se aproximava só, e de olhar vago para as coisas, senti-me seguro, capaz de sair do pânico que me envolvia. Saí com ele, com destino à Lapa. Sem falar, murcho em meio a tantas exclamações, o velho se manteve até que chegamos a um café onde paramos. Então o meu amigo Campos se abriu:

— Veja que cidade morta. Isto não é Carnaval, filho; isto é um arremedo de alegria. Onde está o Rio de meu tempo? Onde está o carioca, o alegre carioca dos cordões, dos ranchos? Onde está o meu Tenentes dos Diabos?

A mágoa das palavras do velho Campos se estampava no rosto acabado, na boca deformada pela falta de dentes, no riso amargo:

— Onde está o Carnaval, filho?

Homens vestidos de mulher cercavam a nossa mesa. Figuras arruinadas, de ossos aparecendo, a fingir requebros voluptuosos. Um chegou a acariciar o rosto do velho triste. Então vi o Campos em fúria. Vi os olhos amortecidos luzindo de cólera:

— Saia daí, seu cachorro!

Uma gargalhada só encheu o café. Os tipos saíram a fazer trejeitos obscenos e o velho Campos me levou para outro café. E lá continuou a lastimar a sua cidade perdida. Procurei resistir o mais que me foi possível ao desabafo com o velho. Por fim, tímido, perguntei-lhe se tinha visto Eurídice. O Campos me olhou seriamente e me disse:

— Ora, filho, vens me perguntar uma coisa desta? Quem é o noivo?

E duro, e muito áspero:

— Não é de hoje que eu te digo: esta menina Eurídice não é mulher para brincadeiras. Não é para ti, filho. É peça de muito capricho.

Nada lhe respondi. Com pouco apareceu um conhecido de meu amigo, e ambos passaram a recordar fatos e incidentes dos tempos idos. Ambos achavam que o Rio perdera tudo, e que o Carnaval se liquidara para sempre. Aproveitei a ocasião para me despedir do velho. Uma ânsia de fugir de tudo me conduzia para o meu quarto no Catete. E lá me pus a refletir no meu caso com uma serenidade espantosa. Vi que estava em erro, que só me restava mesmo voltar à família, que Eurídice não merecia nada de mim, que me conduzira até aquele instante como um menino tonto. Não havia outro recurso senão aquele que me indicavam os parentes e os amigos. E a própria Eurídice não fazia segredos de suas intenções. E assim permaneci, de olhos abertos, a ditar normas para o meu procedimento futuro. O Campos falava em peça de muito capricho. E queria dizer com isto que eu não poderia aguentar a mulher estranha que era Eurídice. Não havia dúvida, no outro dia mudaria de casa e tudo findaria. Mas dona Glória? Aí examinei a situação angustiosa da mãe que tanto esperava de mim. E a piedade por dona Glória me arrastou outra vez a Eurídice. Não podia calcular, naquele instante, que não era dona Glória que me forçava a mudar o rumo de meus cálculos. Era a própria paixão que me consumia. E quando foi mais tarde, ouvi gente subindo as escadas, após a parada de um automóvel à porta. Senti que era Eurídice, e corri para vê-la. Parou a me olhar. Vi os seus olhos verdes como os de um gato, vi os seus cabelos caídos pelos ombros, e não me contive: aproximei-me dela. Eurídice só fez dizer:

— É você?

Abracei-lhe o corpo molhado de suor. E ela estremeceu nos meus braços, e com a voz rouca e quase em surdina:

— Olha mamãe.

Quis beijar-lhe a boca e beijei-a como um louco. Ela correu para o quarto aberto. Estendeu-se na cama, lúbrica. Mirei-lhe o corpo no abandono, e um fogo de incêndio abrasou-me. Não me funcionava a cabeça, e não havia mundo que não fosse Eurídice. E quando sôfrego eu procurei o corpo estendido, Eurídice ergueu-se, hirta e agressiva.

E correu do quarto, tangida por um pavor.

45

AS FUGAS DE EURÍDICE (4)

QUANDO EURÍDICE ME ABANDONOU, violentamente, naquela noite de Carnaval, um tremendo ódio se apoderou de mim. Não tive coragem de retê-la no quarto, e desde que me senti só, após aquele estado de quase delíquio, contra ela se viraram todos os meus impulsos de destruição. Permaneci na cama onde estivera estendido o seu corpo amolecido, e o cheiro que ficara nos lençóis me exasperou ainda mais. Não sei se cheguei a dormir, mas sei que passaram pela minha cabeça coisas como de sonho. Porque tantas coisas se concentraram na minha cabeça, naquele momento, tantos fatos rolaram, tantas imagens surgiram, que só o poder do sonho teria força para aquela mistura de gente, de gestos, de atitudes. Por exemplo, a minha mãe Leocádia apareceu-me com a sua ira, a minha irmã Isidora veio com a sua ternura. E a rua da Tijuca, a casa de Alfenas, a morte de Faria, tudo a se cruzar no meu meditar de olhos abertos, mas de consciência atordoada. Estava extenuado. Já a manhã me entrava pela janela escancarada, já os homens da Limpeza Pública arrastavam os destroços do Carnaval, enquanto, de uma casa próxima, uma voz de folião ainda gemia uma última cantiga. Tudo me parecia vir do fundo da noite. Eurídice, naquele instante, dormiria, lassa e vencida pelos folguedos. E vi, bem nítido, o seu corpo nu. Aquele corpo estendido na minha cama estava ali, em frente aos meus olhos. Quis fugir de uma alucinação. Fechei os olhos, e o corpo de Eurídice a persistir nu, a guardar na sua languidez o mundo que eu não conhecia. Cheguei para a janela, e vi a cidade de Quarta-Feira de Cinzas, muda e torpe. Mas aquela impressão passava por mim ligeira e escorregadia. Ficava o corpo de Eurídice. Então vesti-me para sair. E mal ponho os pés fora do quarto, apareceu-me o velho Campos, de pijama, de barba crescida, muito mais velho do que os disfarces permitiam que aparecesse. Ao ver-me de chapéu, espantou-se:

— Vai à espera de alguém?

E sem esperar resposta convidou-me para o café de dona Glória. Não tive coragem para resistir. À mesa estavam os dois hóspedes de cima, e Jaime. A conversa girou sobre o Carnaval desanimado. Dona Glória se referiu aos préstitos, sem graça, sem espírito, sem crítica.

— Que quer a senhora, dona Glória? Esse Getúlio matou o Carnaval.

E ia continuar a conversa, neste sentido, quando a cozinheira que viera da rua apareceu com a notícia da morte de dona Olegária. Dona Glória ergueu-se da cadeira, aflita, para saber do caso. A mulher soubera de tudo através de outra cozinheira. Dona Olegária bebera veneno. O velho Campos silenciou, enquanto dona Glória ligava o telefone para a casa de saúde, à procura de informes mais detalhados. O corpo estava no necrotério e iria para a capela de São João Batista. Noêmia e Eurídice se prepararam para sair com a mãe. O choque me fez fugir da obsessão e agora, mais calmo, podia medir os acontecimentos e refletir melhor sobre Eurídice. O velho Campos convidou-me para sair.

— Não irei hoje à repartição – me disse. — O chefe irá pensar mal. "Sem dúvida, é carraspana do Campos." É, Carnaval de hoje não me pega mais. Mas esta morte de dona Olegária me deixou abatido. Era uma senhora de qualidades. E se estivera a fazer aquelas impertinências era porque a doença a vitimava. Eu bem que dizia: delírio de perseguição. Teremos que ir ao velório. O enterro deve ser à tarde.

Nada do que me falava o amigo triste me tocava. Voltara-me o corpo de Eurídice a ser para mim a única coisa viva. Não articulava uma palavra. E vendo-me assim o velho Campos procurou sondar-me:

— O que há contigo, filho? Ciúmes do Carnaval?

Ri-me, mas ele não acreditou no meu sorriso:

— Olha, filho, mais uma vez eu te digo: essa menina Eurídice não é de brincadeira.

Estávamos sentados num banco, no jardim da Glória, e a cidade, com aquele maravilhoso dia de março, cobria-se de um azul-claro que ia do céu ao mar. E nos separamos, porque inventei um encontro na cidade. A presença do amigo me incomodava. À tarde estive no enterro de dona Olegária, e vi lágrimas nos olhos de dona Glória, de Noêmia, de Eurídice. Quase ninguém no enterro da velha. Se não fossem as flores de dona Glória e a coroa do Campos, tudo teria terminado para dona Olegária sem aqueles pedaços de ternura que ela tanto procurava na poesia de seus poetas e nas histórias de seus romances. Voltei ao meu quarto ainda mais desesperado. Encarcerei-me, e de lá não saí para o jantar. Dona Glória procurou-me para saber se estava doente. Falei-lhe de indisposição, e a conversa não se prolongou, porque apareceu visita. À noite, lembro-me bem como se fosse hoje, a casa inteira estava apagada, e havia tal silêncio que eu ouvia o ressonar de alguém no quarto mais próximo. Eurídice bateu-me à porta. E via-a dirigir-se para a cama, onde sentou-se ao meu lado. Não quis que acendesse a luz e falou-me quase que ao ouvido:

— Júlio, eu tenho medo de Faria.

Tinha as mãos frias; quis beijá-la e ela afastou o rosto. Mas o seu corpo cheirava. E quando procurei o corpo, senti que ele fugia.

Eurídice se fora.

46

A ÚLTIMA FUGA DE EURÍDICE

Fiquei em desespero. Uma ânsia irresistível de sair, de andar, me arrastou da cama ainda com a madrugada. A cidade dormia, e quando cheguei ao Largo do Machado, os pássaros tiravam as suas alvoradas. Quis absorver-me ao olhar as coisas quietas, mas era impossível. Eurídice, sempre Eurídice a cercar-me, a atormentar-me. Ficara-me o cheiro do seu corpo, como uma nódoa no meu olfato. E este cheiro persistia, avançava sobre mim em ondas que me envolviam. Andei muito, cansei-me de atravessar a praça. Agora muita gente aparecia de todos os cantos. Os bondes passavam cheios. Detive-me a olhar as criaturas que transitavam, com o intuito de comparações. Estavam todos pacificados. Nenhum carregaria aquela obsessão que me escravizava. Voltei para casa, e encontrei os hóspedes ao café. O velho Campos se espantara de minha saída tão cedo. Expliquei-me com a necessidade que tivera de levar um conhecido de Minas ao trem. Mas Eurídice me olhava com tal malícia que me arrastou a serenidade com que procurava fingir. Tremia nas minhas mãos a xícara. E não ouvia nada da conversa da mesa. Sei que dona Glória falava de dona Olegária, e que Noêmia sorria. Eurídice me olhava.

E quando a casa ficou silenciosa e vazia, veio ela ao meu quarto. E tranquilamente falou-me de fatos corriqueiros. Alheia inteiramente àquela outra Eurídice que escapara de minhas mãos na noite anterior. Esforcei-me para fingir a maior indiferença, um domínio absoluto de nervos. O cheiro infernal me cobria o raciocínio. Quase nada lhe disse, mas marcamos um passeio para a tarde. Dona Glória chamou-a em tom de advertência. E como não podia permanecer no quarto, saí. Não encontrei ninguém para conversar. O mal que andava dentro de mim crescia, a cada instante. Lembro-me de que Faria ficou comigo, a censurar-me. Lembro-me de que Isidora, triste e abandonada, me apareceu, e de minha mãe furiosa, de todas as mágoas que se avivaram naquelas horas de ansiedade. E o estranho é que aquele cheiro de Eurídice, que não se consumia, em vez de exaltar-me para o amor, conduzia-me para um ódio cruento. Acredito que foram estas horas de espera, para o encontro marcado pela mulher que amava, os mais terríveis instantes de minha vida. Curioso em tudo isto é que, ao passo que se aproximava a hora, se apoderava de mim uma calma esquisita. E assim, ao ver Eurídice, no ponto dos bondes de Santa Teresa, aproximei-me, sem espécie alguma de medo. Estava senhor de mim, ao atravessar o viaduto, mas quando o seu corpo quente chegou-se ao meu, no aperto do bonde, foi como se uma faísca elétrica se despencasse sobre a minha cabeça. Um fogo misterioso ferveu o meu sangue nas veias. Não sei se ouvia a fala de Eurídice. Tinha como que perdido toda a consciência. Senti que andávamos no meio de árvores e vi o sol por cima de nossas cabeças. Voltara a mim para ver Eurídice ao meu lado. E recordo-me de seus olhos verdes, e mais do que nunca o cheiro de seu corpo se expandia, sufocava-me. Andamos um pedaço pela mata sombria. Havia cigarras cantando, ouvia bem o trinado de pássaros e o rumor de nossos pés pelas folhas secas. Agora o que existia em mim era uma mistura de ira e amor, de asco e desejo indomável. Eurídice falava, falava manso, e a sua voz foi me arrastando para uma espécie de precipício. Queria fugir e não podia. E nos sentamos num recanto escondido. Ouvi bem que ela falava de Faria, e os seus olhos estavam molhados. Procurei beijá-los, e ela fugiu de minha boca. Então, em mim se desencadeou uma fúria que não era uma vontade minha. A fala de Eurídice mais ainda me exasperava. Ouvia-a como se fosse a voz áspera de minha mãe. Ao mesmo tempo as palavras pareciam sair da boca de Isidora. Por fim calou-se, e o calor da tarde de março se diluía no correr manso do riacho aos nossos pés. Uma força estranha se apoderou de mim. O cheiro do corpo de Eurídice subia, me afogava. Ela estava ali, quieta, mole, vencida. E senhor de mim, capaz de vencer todos os obstáculos, debrucei-me sobre ela para esmagá-la. Eurídice resistiu, quis erguer-se do chão úmido, mas a minha força era de uma energia descomunal. Sabia que a tinha em minhas mãos e que as minhas mãos eram de ferro. E procurei a boca que fugia, que gritava, e aos poucos tudo foi ficando em silêncio pesado. As minhas mãos largaram o pescoço quente de Eurídice. E ela estava estendida, como na minha cama. O corpo quase nu na terra fria.

E não senti mais nenhum cheiro de seu corpo.

Cronologia

1901

A 3 de junho nasce no engenho Corredor, propriedade de seu avô materno, em Pilar, Paraíba. Filho de João do Rego Cavalcanti e Amélia Lins Cavalcanti.

1902

Falecimento de sua mãe, nove meses após seu nascimento. Com o afastamento do pai, passa a viver sob os cuidados de sua tia Maria Lins.

1904

Visita o Recife pela primeira vez, ficando na companhia de seus primos e de seu tio João Lins.

1909

É matriculado no Internato Nossa Senhora do Carmo, em Itabaiana, Paraíba.

1912

Muda-se para a capital paraibana, ingressando no Colégio Diocesano Pio X, administrado pelos irmãos maristas.

1915

Muda-se para o Recife, passando pelo Instituto Carneiro Leão e pelo Colégio Osvaldo Cruz. Conclui o secundário no Ginásio Pernambucano, prestigioso estabelecimento escolar recifense, que teve em seu corpo de alunos outros escritores de primeira cepa como Ariano Suassuna, Clarice Lispector e Joaquim Cardozo.

1916

Lê o romance *O Ateneu*, de Raul Pompeia, livro que o marcaria imensamente.

1918

Aos 17 anos, lê *Dom Casmurro*, de Machado de Assis, escritor por quem devotaria grande admiração.

1919

Inicia colaboração para o *Diário do Estado da Paraíba*. Matricula-se na Faculdade de Direito do Recife. Neste período de estudante na capital pernambucana, conhece e torna-se amigo de escritores de destaque como José Américo de Almeida, Osório Borba, Luís Delgado e Aníbal Fernandes.

1922

Funda, no Recife, o semanário *Dom Casmurro*.

1923

Conhece o sociólogo Gilberto Freyre, que havia regressado ao Brasil e com quem travaria uma fraterna amizade ao longo de sua vida.
Publica crônicas no *Jornal do Recife*.
Conclui o curso de Direito.

1924

Casa-se com Filomena Massa, com quem tem três filhas: Maria Elizabeth, Maria da Glória e Maria Christina.

1925

É nomeado promotor público em Manhuaçu, pequeno município situado na Zona da Mata Mineira. Não permanece muito tempo no cargo e na cidade.

1926

Estabelece-se em Maceió, Alagoas, onde passa a trabalhar como fiscal de bancos. Neste período, trava contato com escritores importantes como Aurélio Buarque de Holanda, Graciliano Ramos, Jorge de Lima, Rachel de Queiroz e Valdemar Cavalcanti.

1928

Como correspondente de Alagoas, inicia colaboração para o jornal *A Província* numa nova fase do jornal pernambucano, dirigido então por Gilberto Freyre.

1932

Publica *Menino de engenho* pela Andersen Editores. O livro recebe avaliações elogiosas de críticos, dentre eles João Ribeiro. Em 1965, o romance ganharia uma adaptação para o cinema, produzida por Glauber Rocha e dirigida por Walter Lima Júnior.

1933

Publica *Doidinho*.
A Fundação Graça Aranha concede prêmio ao autor pela publicação de *Menino de engenho*.

1934
Publica *Banguê* pela Livraria José Olympio Editora que, a partir de então, passa a ser a casa a editar a maioria de seus livros.
Toma parte no Congresso Afro-brasileiro realizado em novembro no Recife, organizado por Gilberto Freyre.

1935
Publica *O moleque Ricardo*.
Muda-se para o Rio de Janeiro, após ser nomeado para o cargo de fiscal do imposto de consumo.

1936
Publica *Usina*.
Sai o livro infantil *Histórias da velha Totônia*, com ilustrações do pintor paraibano Tomás Santa Rosa, artista que seria responsável pela capa de vários de seus livros publicados pela José Olympio. O livro é dedicado às três filhas do escritor.

1937
Publica *Pureza*.

1938
Publica *Pedra Bonita*.

1939
Publica *Riacho Doce*.
Torna-se sócio do Clube de Regatas Flamengo, agremiação cujo time de futebol acompanharia com ardorosa paixão.

1940

Inicia colaboração no Suplemento Letras e Artes do jornal *A Manhã*, caderno dirigido à época por Cassiano Ricardo. A Livraria José Olympio Editora publica o livro *A vida de Eleonora Duse*, de E. A. Rheinhardt, traduzido pelo escritor.

1941

Publica *Água-mãe*, seu primeiro romance a não ter o Nordeste como pano de fundo, tendo como cenário Cabo Frio, cidade litorânea do Rio de Janeiro. O livro é premiado no mesmo ano pela Sociedade Felipe de Oliveira.

1942

Publica *Gordos e magros*, antologia de ensaios e artigos, pela Casa do Estudante do Brasil.

1943

Em fevereiro, é publicado *Fogo morto*, livro que seria apontado por muitos como seu melhor romance, com prefácio de Otto Maria Carpeaux.
Inicia colaboração diária para o jornal *O Globo* e para *O Jornal*, de Assis Chateaubriand. Para este periódico, concentra-se na escrita da série de crônicas "Homens, seres e coisas", muitas das quais seriam publicadas em livro de mesmo título, em 1952.
Elege-se secretário-geral da Confederação Brasileira de Desportos (CBD).

1944

Parte em viagem ao exterior, integrando missão cultural no Ministério das Relações Exteriores do Brasil, visitando o Uruguai e a Argentina.

1945

Inicia colaboração para o *Jornal dos Sports*.
Publica o livro *Poesia e vida*, reunindo crônicas e ensaios.

1946

A Casa do Estudante do Brasil publica *Conferências no Prata: tendências do romance brasileiro, Raul Pompeia e Machado de Assis*.

1947

Publica *Eurídice*, pelo qual recebe o prêmio Fábio Prado, concedido pela União Brasileira de Escritores.

1950

A convite do governo francês, viaja a Paris.
Assume interinamente a presidência da Confederação Brasileira de Desportos (CBD).

1951

Nova viagem à Europa, integrando a delegação de futebol do Flamengo, cujo time disputa partidas na Suécia, Dinamarca, França e Portugal.

1952

Pela editora do jornal *A Noite* publica *Bota de sete léguas*, livro de viagens.
Na revista *O Cruzeiro*, publica semanalmente capítulos de um folhetim intitulado *Cangaceiros*, os quais acabam integrando um livro de mesmo nome, publicado no ano seguinte, com ilustrações de Candido Portinari.

1953

Na França, sai a tradução de *Menino de engenho* (*L'enfant de la plantation*), com prefácio de Blaise Cendrars.

1954

Publica o livro de ensaios *A casa e o homem*.

1955

Publica *Roteiro de Israel*, livro de crônicas feitas por ocasião de sua viagem ao Oriente Médio para o jornal *O Globo*.
Candidata-se a uma vaga na Academia Brasileira de Letras e vence a eleição destinada à sucessão de Ataulfo de Paiva, ocorrida em 15 de setembro.

1956

Publica *Meus verdes anos*, livro de memórias.
Em 15 de dezembro, toma posse na Academia Brasileira de Letras, passando a ocupar a cadeira nº 25. É recebido pelo acadêmico Austregésilo de Athayde.

1957

Publica *Gregos e troianos*, livro que reúne suas impressões sobre viagens que fez à Grécia e outras nações europeias. Falece em 12 de setembro no Rio de Janeiro, vítima de hepatopatia. É sepultado no mausoléu da Academia Brasileira de Letras, no cemitério São João Batista, situado na capital carioca.

Conheça outras obras de
José Lins do Rego

Primeiro romance de José Lins do Rego, *Menino de engenho* traz uma narrativa cativante composta pelas aventuras e desventuras da meninice de Carlos, garoto nascido em um engenho de açúcar. No livro, o leitor se envolverá com as alegrias, inquietações e angústias do garoto diante de sensações e situações por ele vivenciadas pela primeira vez.

Doidinho, continuação de *Menino de engenho*, traz Carlinhos em um mundo completamente diferente do engenho Santa Rosa. Carlinhos agora é Carlos de Melo, está saindo da infância e entrando na pré-adolescência, enquanto vive num colégio interno sob o olhar de um diretor cruel e autoritário. Enquanto lida com o despertar de sua sexualidade, sente falta da antiga vida no engenho e encontra refúgio nos livros.

Em *Banguê*, José Lins do Rego constrói um enredo no qual seu protagonista procede uma espécie de recuo no tempo. Após se tornar bacharel em Direito no Recife, o jovem Carlos regressa ao engenho Santa Rosa, propriedade que sofrera um abalo com a morte de seu avô, o coronel José Paulino. Acompanhamos os dilemas psicológicos de Carlos, que luta a duras penas para colocar o engenho nos mesmos trilhos de sucesso que seu avô alcançara.

Em *Usina*, o protagonista é Ricardo, apresentado em *Menino de engenho* e retomado no romance *O moleque Ricardo*. Após cumprir prisão em Fernando de Noronha, Ricardo volta ao engenho Santa Rosa e encontra o mundo que conhecia completamente transformado pela industrialização. Do ponto de vista econômico e social, a obra retrata o fim do ciclo da tradição rural nordestina dos engenhos, o momento da chegada das máquinas e a decadência dessa economia para toda a região.

Fogo morto é considerado por muitos críticos a obra-prima de José Lins do Rego. O livro é dividido em três partes, cada uma delas dedicada a um personagem. A primeira dedica-se às agruras de José Amaro, mestre seleiro que habita as terras pertencentes ao seu Lula, protagonista da parte seguinte da obra e homem que se revela autoritário no comando do engenho Santa Fé. O terceiro e último segmento concentra-se na trajetória do capitão Vitorino, cavaleiro que peregrina pelas estradas ostentando uma riqueza que está longe de corresponder à realidade.

Este box do "ciclo da cana-de-açúcar" é o retrato de um período da história brasileira, o dos engenhos açucareiros do Nordeste. Os livros que o compõem revelam os bastidores do universo rural, embora apresentem um caráter universal. *Menino de engenho*, *Doidinho*, *Banguê*, *Usina* e *Fogo morto* nasceram do anseio do autor de "escrever umas memórias (...) de todos os meninos criados (...) nos engenhos nordestinos", mas movido por uma força maior ele transcendeu o impulso inicial para criar uma "realidade mais profunda".

Obras de José Lins do Rego
pela Global Editora

Água-mãe
Banguê
Cangaceiros
Doidinho
Eurídice
Fogo morto
*Histórias da velha Totônia**
José Lins do Rego crônicas para jovens
*O macaco mágico**
Melhores crônicas José Lins do Rego
Menino de engenho
Meus verdes anos
O moleque Ricardo
Pedra Bonita
*O príncipe pequeno**
*Pureza**
Riacho Doce
*O sargento verde**
Usina

* Prelo

Impresso por :

gráfica e editora
Tel.:11 2769-9056